努力論

幸田露伴

角川文庫
21734

目次

初刊自序　21

運命と人力と　25

運命の支配――天子は命を造る、命を言うべからず――英雄と運命と――運命前定説――非運命前定説の思想――本然感情――朧気の意識――運命に対する二様の解釈――一半の真と全部の真と――互反互真――好運否運は人間の私の評価なり――観察より教訓を得べし――自ら責めて自ら補い、自ら責めて同情を得べし――偉大なる人物は必らず自ら責む――人力と運命との関係の目安

着手の処　33

着手の処の不明――籠耳――着手の処は学ぶ処の如何によって異なり――真に着手の処を見出さんとするは、すなわちこれ真の着手の処なり

自己の革新　35

歳首の祝福と歳末の感慨と――正当の感情――正当の意志――自己は拙き俳優のごとし――新しき自己――同じ貨幣は同じ価値なり――当面の問題――他力に頼りて自己を新たにす――自己の自己革新――他人の運命の分け前を得――他力を仰ぐ者は自己を忘るべし――化石的自己――蓬的自己――自己の没却――自己の存続――難行道――易行道――自力修行の好処――他力中の自力、自力中の他力――人の実際――新を欲すれば旧を除くべし――昨日の我を殺すべし――当に弊を除くべし、短を獲るべからず――抜本塞源の計――結果の害を除かんより、害の原因を除くべし――同因同果、異因異果――活力消耗の場合はむしろ少し――昨日の我を愛するもまた人情なり――身弱意強と身弱意弱と

惜福の説（幸福三説第一）

福無福幸不幸の真相――幸不幸は偶然の運り合わせ――幸不幸は偶然のみに生ぜず――福を得んとするは最善の希望にあらず――得福を希うは人の常情――幸不幸は論ずるに足らず――多く禍福を談ればその弊や卑――福不福における希微の消息――惜福――惜福の情状――花果の喩――好運は七度人を訪う――幸福の存留――世の実際が下す判断――自ら

矯め自ら治むべし——世上の事実——史上の事実——無福者の光景——有福者の気象——幸福を竭尽す——福を求めんよりは福を惜しめ——福を惜しまざる結果——産業上の惜福工夫——軍事上の惜福と不惜福——惜福者の福運の来訪を受くるゆえん——不惜福者の福運の来訪を少なくするゆえん

分福の説（幸福三説第二）

分福——分福とはなんぞ——惜福と分福とは相表裏をなす——福を分つ者福を得——福をもっぱらにする者は福なきに近し——専福者、惜福者、分福者の光景——福を分たざる者は餓狗のごとし——人類も一動物——人類と動物との差——高貴の情懐の発現——分福の事は小にして果は大——名将と愚将と——人の上となる者は必らず福を分つの工夫あるべし——和気祥光——人の下となる者は必らず福を惜しむの工夫あるべし——分福を能くする主人——分福を能くせざる主人——いかなるかこれ最多力最多智——地平線上の人と分福の工夫と——人世の事は時計の揺子のごとし——能く福を惜しめる東照公——天下第一の好主人——氏郷の東照公評——惜福と分福との工夫足らざる弊

――清盛と頼朝と
植福の説（幸福三説第三）……76
有福――惜福――分福――植福――植福とはなんぞや――植福の二重の意義と二重の結果――林檎の喩え――植福の実例――一念の善、洪大の効――福利の源頭――植福の精神と世界の進歩および幸福と――福を植うるを迂なりとするなかれ――植えられたる福――種子は小、結果は大――微細の事も決して価値なきならず――幾微の枢機――文明の源泉
努力の堆積……84
努力と奮闘と――努力と好事と――努力と好事と相伴う――人生艱苦なき能わず――俊才凡才各皆努力――聖賢英雄いよいよ多く努力す――天才何処より来る――天才に対する世俗の解釈――努力は器質の変化を致す――天才は努力の堆積の煥発なり
修学の四標的（その一）……90
的なかるべからず――現今の教育――標的ただ四――正、大、精、深―

――大道理は恒常なり――新奇は事に益なし――いよいよ古いよいよ新、いよいよ易いよいよ奇――第一標。正――小径邪路――勝つを好むの弊――正を持せざるものは危し――第二標。大――一種の人――従学者は自ら小にするなかれ――学問は人をして大ならしむるゆえん――時代の勢い

修学の四標的（その二）……98
精――精をもって評すべき物――精粗の差――粗枝大葉の学――句読訓詁の学――事を做す粗笨に流るるの習癖――読書領大略――読書不求甚解――孔明と陶淵明と――不精の不利――文明史上の光輝の源は精の一字――深――人に万能力なし――天分厚薄――部面の大小と到達の深浅――普通学をおわらんとする時、深の一標に看到るべし

凡庸の資質と卓絶せる事功……106
心中の事、掌上の物――心の把持するところのもの――才能と性格と事業と目的と――性格の階級――謙遜の美徳――志望は高くせざるべからず――日常些細の事――最高志望――最狭範囲――蚯蚓の研究――最大

範囲の最高志望

接物宜従厚 ……… 111

多種の性情、多様の境遇――性情拗戻辛辣の人――「やわらかみ」と「あたたかみ」――助長作用――剋殺作用――花笑鳥歌――鼎倒弓裂――悪習慣――悪性質――ありがたき人とあり得る人と――善きものを毀傷するよりほかに能力なき人――世態人情の実相――人の善をなすを沮める実例――花苗蹂躪――己を是とし他を非とすれば天下の不是も多し

四季と一身と（その一）……… 119

天地古今は人の心中にあり――人は天地古今の間にあり――人を支配する勢力――空間の勢力――時間の勢力――四季の勢力――四季の詩歌――天時人事の関係――物理所摂――物理および生理所摂――物理生理および心理所摂――四季と鉱物と――四季と植物と――植物界における自然情勢の利用――動物界における自然情勢の利用――心理よりの動作――生理よりの動作――人類の通有する感――自己の掌をもって自己の眼を掩う――観察不円満――春における草木――春における動物――春に

おける人類
四季と一身と（その二）……128
春における血液の充実——温暖の影響——熱と物質の膨脹と——心理と血量——食物の影響——蔬菜と身心と——開花抽芽の時における草木——春における植物性食餌——香気と心理と——春と香気と——春らしき心——春夏秋冬と心身——人天の関係
疾病の説（その一）……134
疾病は生物のなき能わざる所——疾病の定義——悲しむべきの不幸——矛盾に満てる人世——欺くべからざる願い——社会的駆病法——低級衛生、高級衛生——疾病における個人と社会と——疾病絶滅の最要件——種の善悪——疾病の来路——世上自ら招致せる病多し——智識の乏少は疾病を致す多し——自ら招かずして病を得たる人
疾病の説（その二）……142
社会と先天的羸弱者——病人と悪人と——社会は仁慈院を立つべし——

―心もって気を率い、気もって血を率い、血もって質を率いる事実――力士の体力も心力より来る――祐天上人――闇百詩――意志による器質の変化――無形と有形との間の霊妙なる連鎖――脳の充血、貧血、鬱血――負債家すなわち濫費家――純気の童子の血行――生長老死は天数――順人逆仙――人の有する者は死のみ――自然の手は童子を人となし、人を衰死せしむ――造化の意志に参する権能――人は羊となって満足せず――人類の血をもって描きたる歴史――造化の法律の精神――低級約束――高級権利――錬気全神

静光動光（その三）……………………

負傷と治癒と――生気の多少――生気の漏泄――生気の漏洩と醞醸と――すべからく気を畜むべし――生気の循環――人は天地の生気の一容器――気の鬱屈旋転――すべからく事理相応せしむべし――碁の喩え――人は一時に二念ある能わず――気の散る前後の状態――思うべきを思い、なすべきをなす――全幅の精神をもって事に当たるべし――明智光秀――俳諧連歌の古宗匠――心の不良好状態――鏡浄ければ影自ら鮮やかなり――事を做すすべからく徹底すべし――一生朦朧――卑事瑣事を做す

——努力は結果を求むるなり、気の張りは原因となるなり——気の一張一弛——一気大いに張れば平生を超越す——気張れば天下難事あるを見ざらんとす——気の張弛と功の成廃——張る気の景象——内より外に向かいて発舒展開せんとする象——気の張らぬ象——蠟燭の喩え——護謨球の喩え——気の習癖——二気一元となり、一元二気となる——張気の後は弛気となる——気の母子——張る気の子気、その一、逸る気——逸る気の象と弊と——張る気の子気、その二、亢る気——亢る気の象と弊と——亢る気生ずれば張る気の妙作用失わる——隣気——凝る気の象——凝る気の弊——好からんを欲すると勝たんを欲するとの差——川中島——関ヶ原——小牧山——長篠——豊太閤は能く気を張って気を凝らさず——一処不動の気——融通無碍の気——人事——天数——我と我が信との一致の自覚——古の立教者ないし奉道者——自覚の核心の鞏固と長養と——偉人大人に気の萎えたるものなし——三因具備の信——信力の高低大小——意の料簡——意の一大転回——寡婦の例——身境変じて心状変ずる種々の相——人十分にその天より受くるゆえんのものを用い尽くす場合——情の感激——美にして正しき情の感激は張る気を生ず——智の光輝は張る気を生ず——智の光りと張る気と——智識の威力は燭火のごとし――写真術の最初――魔力ある宝物――智が気をして張らしむる光景――美術音楽より張る気生ぜらる――気の共鳴作用――多人数の集会――気の偏を有せる人――多人数の会合に起こる妄動――暴ぶ気――奸雄は衆愚の心理的共鳴作用を利用す――善気の共鳴作用は少し――美術音楽には作者の気寓在す――芸術の功を挙げたる時は、すなわち気の共鳴作用の成り立ったる時なり――薬功は微にして毒力は偉――善気を有せる者は少し――張る気を保たんとせば弛む気を生ぜしむる美術音楽を近づくるなかれ――新境の現前は張る気を致す――我が受くるものの相違――境遇変化の三様の場合――境遇善変――物質的利益――身体状態の善変は張る気を生ず――力量――膂力と意志と筋腱との関係――精神機関の器質および機能の変化より生ずる張る気――新境現前は張る気を生ず――外境に対する対抗作用――長く同一状態にある時は動植物皆衰う――境遇固定の不利――植物と新土と――盆栽植物――抑損法――自体の新状――人類は釘着せらるるを欲せず――厭故欣新の内的要求――新境現前の人を利せぬ場合――転地療法――気の作用より観察する神経衰弱――自覚病――新境と熟境と――境遇悪変より張る気を生ず――張る気の一時性と持続性と――進潮の持続時間――人の一日における張る気の持続期――潮の増張する期間――人の張る気の持続しやすき期間――女子の身体における一月間の盈虚――心身に跨りて存する自然のリズム――気の律調的運動、自然の数――逆境に生じたる張る気は持続せず――逆境の張る気は潜勢力の発現のみにすぎず――逆境に生じたる張る気に似て非なるもの――張る気に似たる凝る気――凝る気をもって事をなす者の跛者的状態――張る気より生ずる澄む気――張る気をもって芸術に臨む人の光景――俗気多き作品――芸術進歩の径路――泥水分離の境――澄む気の生ずる象――世評人言の役使するところとならず――倣し得たる人――凝る気をもって芸術に従うものは澄む気の境に到らず――ただ熟するあってさらに進むなきもの――碁の喩え――凝る気は不出不入――凝る気は氷のごとく、張る気は水のごとし――凝る気をもって碁を囲む人の情状――一着の可否――張る気をもって事に従う情状――凝る気をもって事に従う情状――火いたずらに燃えて物を煮ず――凝る気の苛厳猛烈――張る気の平正充実の光景――張る気と凝る気との差――この気の他の気に之く場合――張る気と凝る気との近似――凝る気をもって倣せる芸術上の結果――天数と人事との関係――天数――人事――個人――個人の一時状態――天の数――天の数と気の張弛と――

天の数の支配を受けいる吾人の実際——昼夜の支配——吾人の精神は色界の支配を受く——物質界の状態と精神との自然の感応——人の朝の気の張るゆえんの生理的解釈——その一、廃残物の排去——その二、脳と胃とにおける血液の状態——飽食と睡眠——仏者の真の行儀——睡眠休息と廃残物——心身の不一不二——身の意に先だつ場合と意の身に先だつ場合——夢——夢の生ずるゆえん——夢の心理的解釈——夢の物理的解釈——血液の状態と夢と——精神労作とその資料との関係——夢は不完全なる精神労作、もしくは不完全なる精神休息なり——夢は脳の血量の漸増漸減の時に成る——夢とシオテ——人の身心の動作は人よりのみ来らずして天の数より来る——人の気は天の数に包まれて張弛す——草木の気の張弛——一切現象はただこれ天地の気の運移の相——禽獣虫魚の朝夕における気の張弛——朝気夜気——自然と自己との諧調——二重の張る気——節と潮と月齢とにおける気の張弛——一年における気の張弛——冬秋夏春の語の義——春の張る気——春の地下の水、木の芽水——樹内の水圧——春は張るなり——永遠の内における張る気の時——地球の過去および将来——地球の運命——地球は猶独楽のごとし——地球の力の衰弱——生物の生滅と生存競争——地球上の温度の減少——個物

の側より下せる観察——大処より下す観察——エナージー不滅論——力の生処を問わん——問をもって答となす——科学は皆智の圏内のX|A、X|B、X|C等を取り扱うのみ——世に平面ないし直線なし、皆これ想像所立なり——科学に絶対権威なし——圏内の談——太陽と地球との力の前途——天体の存立および吾人の智識の存立は風前の燈火のごとし——地球は常に変化す——隕石——地球の運行軌道の変化——微少隕石説——世界の異動はほとんど不断なり——世界現在の相、性、体、力、作は必らず変化す——世界の始期壮期および老期終期——過去を幸福とする説と将来を幸福とする思想——世界は今張る気を有す——弛む気の世界——人類の終期——今日は人類繁昌期——吾人は張る気の中に包まれいるなり——天の数——人の寿

説気　山下語……………………………………

万象皆一気——気の方処性相名目——気と物と——気と物とは相離れず——物の気——気はすなわちにおいなり——古い用語例のにおいすなわち気——物より立ち騰り横迸り游離するものをもすなわち気という——支那の望気の術——戦闘の用——日本の望軍気の術——鉱山の気——気

を望み山を相するの術――天象と人事との関係――星気を候し雲気を望むの術――広義の望気の術――気は望むべきもの――気の色、気の形――関尹喜、呂后、蘇伯阿、新垣平、張華、葛稚川――大阪の戦いの前に起こりし気――火柱――龍宮城の図――土地の気――土地の気と人と――雋異の士よりは庸常の民おおく土地の気を被る――地の気の人に対する作用――望見すべからずして作用あるものをも気という――時の気――一日には一日の気、六十年には六十年の気――運気論――運気の流行――三十年目六十年目に同じ気の行わるるという思想――人の面上の気――相書の説くところの気――朝晴堂の説くところの気――仏菩薩の円光――相術の淵源――相術は医道より出ずるか――医家の説くところの気は指すところ一ならずその義ははなはだ多し――衛気営気――いきの気――気息と生命と――気につらなる邦語――気息と心身との離れぬ関係――気息の義なりとのみ解すべからざる気――おきながの術――腹式呼吸――日本神伝の気息に関する教え――道家仏家の気息に関する道――天台智者大師の示せる六気――人の感情として解すべき気――ようすの気――器と非器と身と心と――心身の分別は無意義に近し――基督教の霊魂、小乗仏教の我体――圏外の玄談――身を離れて人存せず、心なければ人なし――身心の分離すべきを古の人の思いたる原因――その一、死――その二、夢――その三、慾と義との争――死する時には身も必ず破る――蘇生者の談話――夢の解釈――身心牴牾の解釈――我が所摂所知ならぬごとき物の存在――内臓――毛髪――盲腸――腸の無用の長さ――我の中の矛盾――器分を減ずれば非器分を減ず――頭蓋骨内の物のみにて生存せる人の心如何――記性――淫念――フレノロジー――瓶子の喩え――盲腸の縮小、複乳の稀観、膂力の衰退――仏教渡来後の邦人の身心――我が現代人の思想の変化――仏教の戒律の必要――形式と精神とを分離する思想――器と非器との交渉のところを気という――生気――死気――余気――錬気――化気――基督教の神は宇宙の心――正直なる思索および直覚の最大輪廓――天地宇宙間の気――時間の気――気の道

附録

立志に関する王陽明の教訓

言の庸常に出ずるといえどもあえてもって非とせず――王陽明立志の説――志の立たざるの弊――中等の資を抱く者と立志――上智と下愚と――

初刊自序

努力は一である。しかしこれを察すれば、おのずからにして二種あるを観る。一は直接の努力で、他の一は間接の努力である。間接の努力は準備の努力で、基礎となり源泉となるものである。直接の努力は当面の努力で、尽心竭力《けつりょく》の時のそれである。人はややもすれば努力の無功に終わることを訴えて嗟歎《さたん》するもある。しかれど努力は功の有と無とによって、これをあえてすべきや否《いな》やを判ずべきではない。努力というとが人の進んで止むことを知らぬ性の本然であるから努力すべきなのである。そして若干の努力が若干の果を生ずべき理は、おのずからにして存しているのである。ただ時あって努力の生ずる果が佳良ならざることもある。それは努力の方向が悪いからであるか、しからざれば間接の努力が欠けて、直接の努力のみが用いらるるためである。無理な願望に努力するのは努力の方向の悪いので、無理ならぬ願望に努力して、そして甲斐《かい》のないのは、間接の努力が欠けているからだろう。瓜《うり》の蔓《つる》に茄子《なすび》を求むるがごときは、努力の方向が誤っているので、詩歌の美妙なものを得んとして、いたずらに篇を連ね句を累《かさ》ぬるがごときは、間接の努力が欠けているのである。誤った方向の努力をなすことはむしろ少ないが、間接の努力を欠くことは多い。詩歌のごときは当面の努力のみで佳なるものを得べくはない。不勉強が佳なる詩歌を得る因にはならぬが、ただ当面の勉強のみによって佳なる詩歌が得らるるものではない。朝より暮に至るまで、紙に臨み筆を執ったからとて、字や句の百千万をば連ね得はするだろうが、それで詩歌の逸品は出来ぬ。この意において勉強努力ははなはだ価が低い。で、努力を喜ばず、勉強を斥《しりぞ》ける人もある。特に芸術の上においては自然の生成を尚《たっと》び、努力を排する者も多い。それも有理の説である。努力万能なりとは断じ得ぬ。印度《インド》の古伝のごとく、技芸天すなわち芸術の神は六欲の円満を得た者の美睡の頭脳中よりおのずからにして生《な》り出《い》ずる者であるかもしらぬ。当面の努力のみで、必らず努力の好果が得らるるならば、下手の横好きという諺《ことわざ》は世に存せぬであろう。しかしそれにしてもそれは努力の排斥すべきゆえんにはならないで、かえって間接の努力を要求するゆえんになっている。努力無功果の事実は、芸術の源泉となり基礎となる準備の努力、すなわち自性《じしょう》の醇化《じゅんか》、世相の真解、感興の旺溢《おういつ》、製作の自在、それ等のものを致すの道を講ずることが重要であるということを、いたずらに紙に臨み筆を執るのみの直接努力をあえてしているものに明示しているのである。努力はよしやその功果がないにせよ、人の性の本然が、人の生命ある間は、おのずからにしてあえてせんとするものである。厭《いと》うことは出来ぬものである。

しかし努力を喜ばぬ傾きの人に存することも否定することは出来ぬ。まさに睡《ねむ》らんとする人とようやく死せんとする人とは、直接の努力をも間接の努力をも喜ばぬ。それは燃ゆべき石炭がなくなって、火が焔《ほのお》を挙げることを辞退しているのである。

努力はよい。しかし人が努力するということは、人としてはなお不純である。自己に服せざるものが何処かに存するのを感じていて、そして鉄鞭《てつべん》をもってこれを威圧しながら事に従うているの景象がある。

努力している、もしくは努力せんとしている、ということを忘れていて、そして我がなせることがおのずからなる努力であって欲しい。そうあったらそれは努力の真諦《しんたい》であり、醍醐味《だいごみ》である。

この冊の中、運命と人力と、自己革新論、幸福三説、修学の四標的、凡庸の資質と卓絶の事功と、接物宜従厚、四季と一身と、疾病説、以上数篇は明治四十三年より四十四年において『成功雑誌』の上に、着手の処、努力の堆積《たいせき》二篇は同じ頃の他の雑誌に、静光動光は四十一年『成功雑誌』に、進潮退潮、説気山下語はこの書の刊に際して草したのである。努力に関することが多いから、この書を努力論と名づけた。

努力して努力する。それは真のよいものではない。努力を忘れて努力する。それが真のよいものである。しかしその境に至るには愛か捨かを体得せねばならぬ、しからざれば三阿僧祇劫《あそうぎごう》*の間なりとも努力せねばならぬ。愛の道、捨の道をこの冊には説いておらぬ。よってなおかつ努力論と題している。

著者識

壬子の夏

運命と人力と

世にいわゆる運命というがごときものなければすなわち已《や》む、もし真にいわゆる運命というがごときこれありとすれば、必らずや個人、もしくは団体、もしくは国家、もしくは世界、すなわち運命の支配を受くべきものと、これを支配するところの運命との間に、なん等かの関係の締結約束されいるものがなくてはならぬ。もちろん古《いにしえ》よりの英雄豪傑には、「我は運命に支配せらるるを好まず、我自ら運命を支配すべきのみ」というがごとき、熱烈鷙《ねつれつし》悍《かん》*の感情意気を有したものの存することは争われぬ事実で、かの「天子は命《めい》を造る、命を言うべからず」と喝破した言のごときも、「天子というものは人間における大権の所有者で、造物者の絶対権を有するがごとくに命を造るべきものである、それが命の我に利せざるを嘆じたりなんどするというがごとき薄弱なことのあるべきものではない」と英雄的に道《い》い放したものである。いかにも面白い言《ことば》であって、およそ英雄的性格を有している人には、毎《つね》にかくのごとき意気感情が多少存在しているものといってもよいくらいであって、そしてまたかくのごとき激烈勇猛の意気感情を抱いているものは、すなわち英雄的性格の人物である一徴、といっても差し支えないくらいである。運命が善《い》いの悪いのといって、女々しい泣き事を列《なら》べつつ、他人の同情を買わんとするがごとき形迹《けいせき》を示す者は、庸劣凡下《ようれつぼんげ》の徒*の事である。いやしくも英雄の気象あり、豪傑の骨頭あるものは、「大丈夫命を造るべし、命を言うべからず」と豪語して、自ら大斧《たいふ》を揮《ふる》い、巨鑿《きょさく》を使って、我が運命を刻み出してしかるべきなのである。いたずらに売卜者《ばいぼくしゃ》、観相者、推命者流の言のごとき、「運命前定説」の捕虜となって、そして好運の我に与《く》みせざるを嘆ずるというがごときことはなすべからざるはずである。

およそ世の中に、運命が自己の生誕の日の十干十二支や、九宮二十八宿やなんぞによって前定しているものと信じたり、または自己の有している骨格や血色やなんぞによって前定しているものと信じて、そして自己の好運ならざるを嘆ずる者ほど、悲しむべき不幸の人はない。何ゆえとなれば、そのごとき薄弱貧小な意気や感情や思想は、ただちにこれ否運を招き致し、好運を疎隔するに相当するところのものであるからである。生まれた年月や、おのずからなる面貌《めんぼう》やが、真にその人の運命に関するか関せぬかは別問題としても、そういうことに頭を悩ましたり心を苦しめたりするということが、すでにあまり感心せぬことである。

『荀子《じゅんし》』に非相の篇があって、相貌と運命との関せざることを説いているのは二千余年の昔である。『論衡《ろんこう》』に命虚《めいきょ》の論があって、生まれた年月と運命との相関せざることを言っているのは漢《かん》の時である。よしやそれ等の論議が真を得ていないで、相貌は実に運命に関し、生年月日は実に運命に関するにしたところで、かの因襲的従順的な支那《しな》人の間にさえ、そういうところの、運命の前定というがごとき思想に屈服せぬ思想を抱いたものが、遠い古から存したことを思うと、はなはだ頼もしい気がすると同時に、それだのに今の人にしてなおかつ運命前定論に屈伏するがごとき情ない思想を抱いているものもあるかと思っては、嘆息せざるを得ないわけなのである。

実に荀子の言った通り、相貌は肖《に》て心志は肖ざるものもあり、王充《おうじゅう》の言った通り、同時に埋殺された趙《ちょう》の降卒何十万が、皆同じ生年月を有したわけでもなかろうが、それ等の事はしばらく論外としておいて、とにかく運命前定論などには屈伏し難いのが、人の本然の感情であるということは争われない。吾人《ごじん》はあるいは運命に支配されているものであろう、しかし運命に支配さるるよりは運命を支配したいというのが吾人の欺かざる欲望であり感情である。しからばすなわち何を顧《かえり》みて自ら卑しうし自ら小にせんやである。ただちに進んで自ら運命を造るべきのみである。かくのごとき気象を英雄的気象といい、かくのごときの気象を有して、ついにこれを事実になし得るものを英雄というのである。

もし運命というものがないならば、人の未来はすべて数学的に測知し得べきもので、三々が九となり、五々が二十五となるがごとく、明白に今日の行為をもって明日の結果を知り得べきである。しかし人事は複雑で、世相は紛糾しているから、容易に同一行為が同一結果に到達するとはいえぬ。そこで何人《なんぴと》の頭にも運命というようなものが、朧気《おぼろげ》に意識されて、そしてその運命なるものが偉大の力をもって吾人を支配するかのように思われるのである。某《ぼう》は運命の寵児《ちょうじ》であって、某は運命の虐待を被《こうむ》っているように見えるということがある。自己一身にしてもある時は運命の順潮に舟を行《や》って快を得、ある時は運命の逆風に帆を下して踟躕《ちちゅう》*するように見えるということがある。そこで「運命」という語は、容易ならぬ権威のある語として、吾人の耳に響き、胸に徹するのである。

ただし聡明《そうめい》な観察者となり得ぬまでも、注意深き観察者となって、世間の実際を見渡したならば、吾人はたちまちにして一の大なる灸所《きゅうしょ》を見出《みいだ》すことが出来るであろう。それは世上の成功者は、皆自己の意志や、智慮や、勤勉や、仁徳の力によって自己の好結果を収め得たことを信じており、そして失敗者は皆自己の罪ではないが、運命のしからしめたがために失敗の苦境に陥ったことを嘆じているという事実である。すなわち成功者は自己の力として運命を解釈し、失敗者は運命の力として自己を解釈しているのである。

この両個の相反対している見解は、そのどの一方が正しくて、どの一方が正しからざるかは知らぬが、互いに自ら欺いている見解でないには相違ない。成功者には自己の力が大いに見え、失敗者には運命の力が大いに見えるに相違ない。

かくのごとき事実は、そもそも何を語っているのであろうか。けだしこの両様の見解は、皆いずれもその一半は真《まこと》なのであって、両様の見解を併合する時は、全部の真となるのではなかろうか。すなわち運命というものも存在しておって、そして人間を幸不幸にしているには相違ないが、個人の力というものも存在しておって、そしてまた人間を幸不幸にしているに相違ないということに帰着するのである。ただその間において成功者は運命の側を忘れ、失敗者は個人の力の側を忘れ、各一方に偏した観察をなしているのである。

川を挟んで同じ様の農村がある。左岸の農夫も菽《まめ》を種《う》え、右岸の農夫も菽を作った。しかるに秋水大いに漲《みなぎ》って左岸の堤防は決潰《けっかい》し、左岸の堤防の決潰したために右岸の堤防は決潰を免れたという事実がある。この時において、左岸の農夫は運命の我に与みせざるを歎《たん》じ、右岸の農夫は自己の熱汗の粒々辛苦の結果の収穫を得たことを悦《よろこ》んだとすれば、その両者はいずれも欺かざる、また誤まらざる、真事実と真感想とを語っているのである。その相反しているの故をもって左岸の者の言と、右岸の者の言との、どの一方かが、虚偽であり誤謬《ごびゅう》であるということは言えぬのである。そして天運も実にあり、人力も実にあることを否むわけにはゆかぬ。ただ左岸の者は、人力を遺《わす》れて運命を言い、右岸の者は運命を遺れて人力を言っているにすぎずして、その人力や運命は、川の左右をもって扁行扁廃しているのではないことも明白である。

さてすでに運命というものがあって、冥々《めいめい》に流行するという以上は、運命流行の原則を知って、そして好運を招致し、否運を拒斥したいというのは、誰しもの抱くべき思念である。そこでこの至当な欲望に乗じて、推命者だの、観相者だの、卜筮者《ぼくぜいしゃ》だのが起こって、神秘的の言説を弄《ろう》するのであるが、神秘的のことはしばらく擱《お》いて論ずまい。吾人はあくまでも理智の燭《しょく》を執って、冥々を照らすべきである。ここにおいて理智は吾人に何を教えるであろう。

理智は吾人に教えて曰《いわ》く、運命流行の原則は、運命その物のみこれを知る。ただ運命と人力との関係に至っては我能《よ》くこれを知ると。

運命とは何である。時計の針の進行がすなわち運命である。一時の次に二時が来り、二時の次に三時が来り、四時五時六時となり、七時八時九時十時となり、かくのごとくにして一日去り、一日来り、一月去り、一月来り、春去り、夏来り、秋去り、冬来り、年去り、年来り、人生まれ、人死し、地球成り、地球壊れる、それがすなわち運命である。世界や国家や団体や個人にとっての好運否運というがごときは、実は運命の一小断片であって、そしてそれに対して人間の私の評価を附したるにすぎぬのである。しかしすでに好運と目すべきものを見、否運と目すべき者あるを覚ゆる以上は、その好運を招き致し、否運を拒斥したいのは当然の欲望である。で、もし運命を牽《ひ》き動かすべき線条があるならば、人力をもってその幸運を牽き来り招き致しさえすればよいのである。すなわち人力と好運とを結び付けたいので、人力と否運とを結び付けたくないのである。それが万人の欺かざる欲望である。

注意深き観察者となって世上を見渡すことは、最良の教えを得る道である。失敗者を観、成効者を観、幸福者を観、不幸者を見、しかしてある者がいかなる線綫を手にして好運を牽き出し、ある者がいかなる線綫を手にして否運を牽き出したかを観る時は、吾人は明らかに一大教訓を得る。これはすなわち好運を牽き出し得べき線は、これを牽く者の掌《たなごころ》を流血淋漓《りんり》たらしめ、否運を牽き出すべき線は、滑膩《かつじ》油沢《ゆうたく》なる柔軟のものであるという事実である。すなわち好運を牽き出す人は常に自己を責め、自己の掌より紅血を滴《したた》らし、しかして堪え難き痛楚《つうそ》を忍びて、その線を牽き動かしつつ、ついに重大なる体軀《たいく》の好運の神を招き致すのである。何事によらず自己を責むるの精神に富み、一切の過失や、齟齬《そご》や、不足や、不妙や、あらゆる拙なること、愚なること、よからぬことの原因を自己一個に帰して、決して部下を責めず、朋友《ほうゆう》を責めず、他人を咎《とが》めず、運命を咎め怨《うら》まず、ただただ吾が掌の皮薄く、吾《わ》が腕の力足らずして、好運を招き致す能《あた》わずとなし、非常の痛楚を忍びつつ、努力して事に従うものは、世上の成功者において必らず認め得るの事例である。けだし自ら責むるという事ほど、有力に自己の欠陥を補いゆくことはなく、自己の欠陥を補いゆくことほど、自己をして成功者の資格を得せしむることのないのは明白な道理である。また自ら責むるということほど、有力に他の同情を惹《ひ》くことはなく、他の同情を惹くことほど、自己の事業を成功に近づけることはないのも明白な道理である。

前に挙げた左岸の農夫が菽《まめ》を植えて収穫を得ざりし場合に、その農夫にして運命を怨み咎むるよりも、自ら責むるの念が強く、これ我が智足らず、予想密ならずしてかくくのごときに至れるのみ、来歳は菽をば高地に播種《はんしゅ》し、低地には高黍《たかきび》を作るべきのみ、というように損害の痛楚を忍びて次年の計を善くしたならば、幸運はついに来らぬとは限るまい。すべて古来の偉人傑士の伝記を繙《ひもと》いてみたならば、何人もその人々が必らず自ら責むるの人であって、人を責め他を怨むような人でない事を見出すであろうし、それからまた翻《ひるがえ》って各種不祥の事を惹き起こした人の経歴を考え検《しら》べたならば、必らずその人々が自己を責むるの念に乏しくて、他を責め人を怨む心の強い人である事を見出すであろう。否運を牽き出す人は常に自己を責めないで他人を責め怨むものである。そして柔軟な手当たりのよい線を手にして、自己の掌を痛むるほどの事をもせず、容易に軽くしてかつ醜なる否運の神を牽き出し来るのである。

自己の掌より紅血を滴らすか。滑沢《かったく》＊柔軟のもののみを握るか、この二つは、明らかに人力と運命との関係の好否を語る所の目安である。運命のいずれかを招致せんとするものは、思いを致すべきである。

着手の処

着手の処の不明な教えは、いかに崇高な教えでも、荘厳な教えでも、あるいは正大円満な教えでも、教えらるる者にとっては、差し当たり困却を免れぬわけである。本来をいえば、教えには着手の処の不明なものなぞがあるべきわけはない。しかし吾人《ごじん》は実際その旨意がはなはだ高遠であることを感ずるが、それと同時に、漠として着手の処を見出《みいだ》し難いのに遭遇することが少なくない。それも歳月が立ってみると、実は教えその物が漠として着手の処を認めしめないのではなくて、自分がある程度に達していなかったそのために、着手の処を見出し得なかったのだと悟るのであるが、それはとにかくに、ややもすると着手の処を知り得ない教えに遭遇する事のあるという事は、誰しも実験する事実であるらしい。戯談ならば、論理的遊戯ともいうべき謎のような教えもいいが、実際の利益を得ようという意で教えを請うのに、さて着手の処の分からぬ教えを得たのでは実に弱るわけである。そこで問う者は籠耳《かごみみ》*になってしまって、教えは聞いたには違いないがなん等の益をも得ずに終わるという事も少なくない。それは聞く人にも聞かせる人にも、不本意千万なるに相違ない。教えというものも、ともすれば一場の座談になる傾向がありはしないか、そしてまたいわゆる籠耳で終わる傾向がありはしまいかと危しまれるけれども、もしさようであったならば、それは聴者にも談者にも、着手の処ということが強く印記されていなかったためとして、省《かえり》みなければならないので、教えその物について是非をすべきではないのであろう。着手の処、着手の処と尋ねなければならぬ。播種耕耘《ばんしゅこううん》の事を学ぶとしても、経営建築の事を学ぶとしても、操舟航海の事を学ぶとしても、軍旅行陣の事を学ぶとしても、画を学ぶとしても、書を学ぶとしても、着手の処、着手の処と逼《せ》り詰めて学ぶのでなくては、百日過ぎてもまだ講堂の内に入らぬのである、一年経っても実践の域に進まぬのである。どうして心会《しんえ》体得のなんのという境地に到り得るものであろう。なんでもかでも着手の処を適切に知り得て、そしてそこに力を用い功を積んで、そしてそこから段々と進み得べきではあるまいか。さてそうならば着手の処はどのようなところであろうか。それはけだし学ぶところのもの如何《いかん》によって違うであろうから、今すぐにこれを掲げ示す事は出来ぬが、一般の修養の上からならば、教うる者においてはあえて示せぬではなかろう。けれども着手の処、着手の処と逼り詰めて、人々各自がその志す所の道程においてある点を認め出した方が妙味があるであろう。儞《なんじ》、脚《すね》あり、儞、歩むべし、儞、手あり、儞、捉《と》るべしである。

自己の革新

歳というものはどこに首《かしら》があり尾があるというべきはずのものではないが、古俳人のいわゆる「定めなき世の定め哉《かな》」であって、おのずからにして人間には大晦日《みそか》もあれば元日もあり、ついに大晦日は尾のごとく、元日は首のごとく思わるるに至っておるのである。さてそこですでに頭があり尾があるということになると、歳の尾たる大晦日には一年の総勘定を行《や》ってみ、歳の首には将来の計画をも行ってみたくなるのが人の常情である。歳末の感慨やら、年頭の希望やらは、この人情からして生じてくるので、誰しもそう自分の思ったように物事の運べているものは鮮《すくな》いのであるから、歳末には日月の逝《ゆ》きやすくして、流水奔馬のごとくなるをいまさらながら感歎《かんたん》し、そしてまた宿志の蹉跎《さだ》*として所思の成就せざるを恨み嘆くのが常であり、それからまた年首には、屠蘇《とそ》の杯を手にし、雑煮の膳《ぜん》に対《むか》うに及んで、今年こそはと自ら祝福して、前途に十二分の希望と計画とを懸けて、奮然として振るうのが常であるのである。歳に首があり尾があるべき理はないなどと、愚にもつかぬ理屈などを考えているものは一人だってありはしない。たいていの人は歳末には感慨嗟歎《さたん》し、年頭には奮起祝福するのが常である。実に人情自然、そうあるべき理なのである、当然なのである。大人小人、俊傑平凡の別なく、けだし皆そういう感情を懐《いだ》くのであるから、すなわちそれは正当の感情なのである。

かくのごとき感情の発動が正当であるとすれば、吾人《ごじん》はその歳末の嗟歎をば本年度においては除き去り、そしてその年頭の希望をば本年度においては実現したいと考えることが、第二に起こってくるところの意思であって、その意思はもとより正当にして、かつ美なる意思なのである。

有体《ありてい》をいえば、誰しも皆毎年毎年にかくのごとき感情を懐き、かくのごとき意志を起こし、そしてまた毎年毎年嗟歎したり、発憤したりしているのである。で、脚の立場を動かして、しばらく自己というものに同情せぬ自己になって客観してみれば、年々歳々仮定的の歳末年頭において、某甲《なにがし》なる一の拙《つたな》き俳優が同じような筋書によって、同じような思い入れを、同じような舞台の、同じような状態の、同じような機会において演じているのにすぎぬのを認めないわけにはゆかないから、笑い出したくもなり、馬鹿馬鹿しいというような考えも起こらずにはいない。が、しかしこの考えは自己にとっては決してよい考えではなくって、いかに達観して悟ったような事を思ったからとて、そんなら明日から世外《せがい》の人となれるかというに、そうはなれぬというのなら、やはり正直に筋書に従って、同じ感慨、同じ希望、同じ思い入れをした方がよいのである。すると、努力すべきは、ただ来るべき歳末または年頭においては、今までは些《すこ》し違った役回りを受け取って、少しは気焔《きえん》を吐き、溜飲《りゅういん》を下げるようなことを演ぜんとして、その注文の通り貫けるようにとすべき一事である。すなわち某甲という自己を「新た」にすべきのみなのである。例によって例のごとき某甲では宜《い》けないから、例の某甲よりは優れた某甲に自己を改造すべきよりほかに正当な道はないのである。

けれどもそれは知れ切った事である。誰も皆「新しい自己」を造りたいために腐心しているのであるが、その新しい自己が造れぬので、歳末年頭の嗟歎や祝福を繰り返すのである。と、いう評言《ことば》はそこここから出るに相違ない。いかにも自他共に実際はそうであろう。しかし新しい自己が造れぬと定まっているのではないから、多くの人が新しい自己を造らんとして努力しても造れぬからといって、すべての人が新しい自己を造り得ぬとは限らぬ。イヤなすある人が随分去年の自己と異なった今年の自己を造り、あるいは一昨年の自己と違った今年の自己を造って、年末の嗟歎の代わりに凱《がい》歌《か》を挙げて、窃《ひそ》かに歓呼の声を洩《も》らしているのも世の中には少なからずあろう。してみればもし新しいよい自己が造り得なかったとあれば、それは新しいよい自己を造り得ない道理があってではなくて、新しいよい自己を造るに適しない事をなして歳月を送ったからだといってよろしいのである。すなわち新しい自己を造るべき道を考えてこれを実行することが粗漏であったために、新しい自己が造れなかったという事は明らかなのである。

同じ貨幣は同じ価値を有する道理である。もしも去年や一昨年と同一の自己であるならば、自己が受け取るべき運命も同一なるべきはずである。すなわち新しい自己が造り成されぬ以上は、新しい運命が獲得されるわけはない。同一の自己は同一の状態を繰り返すだろう。そしてそのような事を幾度となく繰り返す中《うち》に、時計のゼンマイはようやく弛《ゆる》んで、その人の活力はようやく少なくなり、ついに幸福を得ざるのみならず、幸福を得べき予想さえなし能《あた》わざるに至ってしまうのであろう。であるから大悟して幸不幸を双忘してしまい得ればともかくも、普通の処から立論すれば、在来年々に不満足を感じて、嗟歎したり祝福したりしているようなものならば、ぜひとも振るい立って自己を新たにして、そして新たなる運命の下に新しい境遇を迎えねばならぬのである。で、それなればどうして自己を新たにしようかというのが、これ当面の緊急問題である。

この問題は一つ勘査してみたい問題である。第一何によって自己を新たにしたものであろうか、という事が先決せられねばならぬ。すなわち自己によって自己を新たにするか、他によって自己を新たにするか、という事である。ここに自然の一塊石があると仮定する。この一塊石はある形状ある性質を有して長い年月の間同一の運命を繰り返していたものとする。この石に新しい運命を得させようとするには、この石を新たにすればおのずから成り立つのである。すなわち他力をもって、あるいはその凸凹を有用的にし、あるいはその表面を装飾的にすれば、その石は建築用、あるいは器財用として用いらるるに至るのであろう。これは他によって自己を新たにして、そしておのずから新しい運命を致したのである。またここに一医学生があって、数年開業試験に応じて、数年間同一の運命を繰り返していたものとする。この医学生が一朝にして同じ貨幣は同じ価値を有するものだということを悟り、発憤勉励して、研鑽《けんさん》はなはだ力《つと》めた末に試験及第して開業するを得たものとすれば、それは自己によって自己を新たにしたのである。

この例のように、自己を新たにするにも、他によるのと、自らするのとの二ッの道がある。他力を仰いで、自己の運命をも、自己その物をも新たにした人も、決して世に少なくはない。立派な人や、賢い人や、勢力者や、黽勉家《びんべんか》*や、それらの他人に身を寄せ心を托《たく》して、そしてその人の一部分のようになって、その人のために働くのは、すなわち自己のために働くのと同じであると感じていて、その人と共に発達し、進歩してゆき、つまりその人の運命の分け前を取って自己も前路を得てゆくというのも世間にあることであって、決して慙《は》ずべき事でも厭《いと》うべきことでもない。やはり一の立派な事なのである。往々世に見える例であるが、さほど能力のあった人とも見えなかった人が、ある他の人に随身して数年を経たかと思う中に、意外にその人が能力のある人になって頭角を出してくる、というのがある。で、近づいてその人を観るとすでに旧阿蒙《あもう》*ではなくて、その人物も実際に価値を増しておって、目下の好運を負うているのもなるほど不思議はない、と思われるようになっているのがある。それはすなわちその初め、ある人に身を寄せた時からして、他《ひと》によって新しい自己を造り出し初めたので、そして新しい自己が出来上がった頃、新しい運命を獲得したのである。この他力によって新しい自己を造るという道の最も重要な点は、自分は自分の身を寄せているところの人の一部分同様であるという感じを常に存する事なのであって、決して自己の生賢《なまさか》しい智慧《ちえ》やなんぞを出したり、自己のために小利益を私《わたく》しせんとする意を起こしたりなんぞしてはならぬのである。

他人によって自己を新たになそうとしたらば、昨日の自己は捨ててしまわねばならぬのである。他人によって新しい自己を造ろうと思いながら、やはり自己は昨日の自己同様の感情や習慣を保存して、内々一家の見識なぞを立てていたいと思うならば、それは当面の矛盾であるからして、なん等の益を生じないばかりでなく、かえって相互に無益の煩労を起こす基《もとい》である。それほど自己に執着しているくらいに、自己をよい物に思っているならば、他人に寄る事も要らないから自己で独立していて、そして在来の自己通りの状態や運命を持続して、自ら可なりとしているがよいのである。新しい自己を造る要もないようなものである。樹であるならば撓《た》めることも出来るが、化石であっては撓めることは出来ない。化石的自己を有している人も世には少なくない。もし化石的自己を有している人ならば、他力を頼んでも他力の益を蒙《こうむ》る事はけだし少ないであろう。藤であるならば竹に交わっても真直ぐにはなるまいが、蓬《よもぎ》であるならば麻に交われば直ぐになる。世には蓬的自己を有している人も少なくはない。もし蓬的自己を有している人ならば、自己を没却してしまって、自己より卓絶した人、すなわち自己がそうありたいと望むような人に随従して、その人の立派な運命の圏中において自己の運命を見出すのも、見苦しい事ではないのみならず、合理的な賢良な事である。古来の良臣というのにはけだしこの類の人があるのであろう。これは他力によって自己を新たにする方の談《はなし》である。

他力によって自己を新たにするのには、何より先に自己を他力の中に没却しなければならぬのである。ちょうど浄土門の信者が他力本願に頼る以上は憖《なま》じ小才覚や、えせ物識《ものしり》を棄ててしまわねばならぬようなものである。しかし世にはまたどうしても自己を没却することの出来ぬ人もある。そういう人は自ら新しい自己を造らんと努力せねばならぬのである。他力に頼るのは易行道*であって、これは頗《すこぶ》る難行道である。何ゆえ難行道であるかというに、今までの自己がよろしくないから、新しい自己を造ろうというのであるのに、その造ろうというものがやはり自己なのであるからである。これを罵《ののし》り嘲《あざけ》ってみるならば、あたかも自己の脚の力によって自己を空中に騰《のぼ》らしめんとするがごときものであって、ほとんど不可能であるといいたい。であるからなるほど世間の多数の人が毎年毎年嗟歎したり祝福したりして、新しい自己を造ろうと思い立ちながら、新しい自己を造り得ないで、また年々歳々同じ事を繰り返すわけである。けれども一転語を下してみようならば、自己ならずしてそもそも誰が某甲を新たにせんやである。

真実の事をいえば、我流で碁が強くなることははなはだ望みの少ない事で、卓絶した碁客に頼って学んだ方が速やかに上達すると同じく、世間で自力のみで新しい自己を造って年々歳々に進歩してゆく人は非常に少なく、やはり他力に頼って、そして進歩してゆく人の方が多いのである。が、自ら新しい自己を造らんとすることは実に高尚偉大な事業であって、たとえその結果ははなはだ振るわざるにもせよ、男らしい立派な仕事たるを失わぬのである。いわんや百川海《ひやくせん》を学んで海に至るであるからして、その志さえ失わないで、一蹶《けつ》しても二躓《てつ》しても三顚四倒しても、起き上がり起き上がりしてあえて進んだならば、鈍駑《どんど》*も奮迅すれば豈《あに》寸進なからんやであるからして、必らずや一年は一年に、一月は一月に、好処に到達するに疑いはないのである。自ら新たにするということは、換言すればつまり個々の理想を実現せんとする努力であるから、豈その人のためとのみいわんやで、そういう貴《たつと》い努力があればこそ世が進歩するのであるから、実に世間全体にとってもはなはだ尚《たつと》ぶべく嘉《よみ》すべき事なのである。みずから新しくせんとする人が少なくなれば、国は老境に入ったのである。現状に満足するという事は、進歩の杜絶《とぜつ》という事を意味する。現状に不満で、未来に懸望して、そして自ら新たにせんとするの意志が強烈であれば、すなわちそれがその人の生命の存するゆえんなのである。

他力に頼って自己を新たにしようとするにしても、信というものは自己によって存するのであるから、すなわち他力に頼る中に、自力の働きがある。自力によって自己を新たにせんとするにしても、自照の智慧は実に外囲からの賜物であるから、自力による中に他力の働きがある。自力他力といって、強いて厳正には差別する事も難いくらいのものである。しかし他力に頼る上は自己を没却するのであるから、舟に乗り車に乗ったようなもので、大いにやすい気味があるが、自ら新たにせんとする以上は、自家の手脚をもって把握し歩行しなければならぬのだから、当面にただちに考量作為を要するのであるが、さてどうしたらば自ら新たにする事が出来よう。

仮定するのではない、けだしたいていの人の実際がこうなのである。「某甲当年何十何歳、自ら顧みるに従来の自己は自己の予期したりし所に負《そむ》くこと大にして、しかして今日に及べり、既往は是非に及ばず、今後は奮って自ら新たにし、自己をして善美のものたらしめ、したがって自己の目的希望をして遂げしめ、福徳円満、自己の理想境に到達するを期せん」というような事を思っているのが普通善良の人の懸直《かけね》なしの所で、これより下った人は自ら新たにするの工夫もなさず、運命だけが新規上等のものになって現前せんことを望んでいるくらいのものであろうから、そは論ずるに足らぬとしておいて、それなら差し当たりどうして自ら新しい自己を造ろうとしたらよいかが吃緊《きっきん》な研究問題なのである。そしてその着手着意の処を知り得て過《あやま》たずに、実《じっ》做《こ》実作の境に処し得て錯《あや》まらざらんことを人も我も欲するのである。

自ら新たにするの第一の工夫は、新たにせねばならぬと信ずるところの旧《ふる》いものを一刀の下《もと》に断って捨てて、余孽《よげつ》*を存せしめざることである。雑草が今まで茂ってのみいた圃《はたけ》を、これではならぬから新たに良好な菜蔬《さいそ》を仕立てようとする場合であれば、それはすなわちやはりあえて新たにするのであって、もしその地が新たにされおわれば、多少はあれ菜蔬が出来る時が来て、すなわち従来とは異なった運命が獲得されるわけなのである。しかればそれは雑草を棄てて菜蔬にせねばならぬと信ずるのであるから、第一にまず新たにせねばならぬ旧《ふる》いもの、すなわち雑草を根きり葉きり、耘《くさぎ》り去ってしまわねばならぬものである。旧いものは敵である。自分の地に生じていたものので、なんでも古いものは敵である。雑草を耘り去ってしまわねば、新しく菜蔬は播《ま》き付けられぬのである。そこでこの道理に照らせば自然分明であるが、今までの自分の心術でも行為でも、いやしくも自ら新たにせんと思う以上は、その新たにせねばならぬと信ずるところの旧いものを、大刀一揮で、英断を振るって斫《き》り倒してしまわねばならぬものである。例えば今まで做《な》し来ったところの事は、習慣でも思想でもなんでもちょっと棄て難いものであるが、今までの何某《なにがし》でない何某になろうという以上は、今までの習慣でも思想でもなんでも悪い旧いものはすべて棄てなければならぬ。しかしそうなると未練やなんぞが出て棄てられぬものである。妙な弁護説などを妙なところから考え出して棄てぬものである。だが、古い歯を抜き去ることにおいて遅疑しては、新しい歯のためにならぬ、草莱《そうらい》を去らねば嘉禾《かか》*は出来ぬのである。去年の自己は自己の敵であるとぐらいに考えねばならぬのである。何を断って棄てなければならぬかは人々によって異なっているだろうが、人々皆自ら能《よ》く知っているだろう。

具象的に語ればかようである。従来不健康であった人ならば、不健康は一切の不妙の事の因《もと》であるから、自ら新たにして健康体にならねばならぬと思うのである。さてそう思うたらば、自己の肉体に対する従来の自己の扱い方を一応糺《ただ》してみて、まずその弊の顕著なる箇条を断って棄てて斥《しりぞ》けてしまわねばならぬ。そしてその点において努力して新たにせねばならぬ。例を挙げよう。従来貪食家《どんしょくか》で胃病がちであったらば、貪食という事を断って棄てねばならぬ。節食せねばならぬ。貪食のために弁護して、貪食でも運動を多くしたらよかろうなぞというのはよくない。雑草を抜かずとも肥料をさえ多く与えたら菜蔬が生長する余地はあるだろう、というような理屈は、理屈としてはあるいは成り立つであろうけれども、要するに中正の説ではない。従来と同様な身的行為を保っておれば、従来と同様な身的状態を得るのは当然の事である。従来と異なった身的状態を得たいとならば、従来做し来った身的行為を讎敵《しゅうてき》のようにして斬って棄ててしまうがよい。従来と反対な結果が得たくば、従来と反対な原因を播くがよい。貪食をなしては胃病を患い、薬力を仮りて病を癒《なお》しては、また貪食して病みつつ、永く自己の胃弱を嘆じて恨むがごとき人もはなはだ少なくはない。昨日の自己をさえ斬って棄てれば、明日の自己に胃病はないのである。貪食と健胃剤とは雑草同士の揣《から》み合いなのである。二者共に転り去ってしまえば、健康体の精力は自然と得られるのである。胃病を歎じている人々を観るに、多くは貪食家か、乱食家か、間食家か、大酒家か、異食家か、呆座家《あいざ》*で、そして自己の真の病原たる悪習慣に対して賢く弁護することは、雑草を抜かずとも雑草が吸収するよりはなお多くの肥料を与えたら菜蔬の生育に差し支えはなかろうというような理論家に酷消《こくしょう》*しているのである。いやしくも自ら新たにせんとするものは昨日の自己に媚《こ》びてはならぬのである。一刀の下に賊を斬ってしまわねばならぬのである。何をするにも差し当たって健康は保ち得るようにせねば、一切瓦解《がかい》する虞《おそれ》があるから、従来不健康なら発憤して賊を馘《き》るのが何より大切だ。親譲りで体質の弱い人は実に気の毒であるが、すべて従来做し来った事で悪いと認めた事はずんずんと斬り棄てていったなら、ついにあるいは従来に異なった健康体となり得ぬとも限らぬのである。再び言う。新しくせねばならぬと思うところの旧いものは、未練気なく斥けてしまわねばならぬのである。

不健康の人が衛生に苦労するあまり、アレコレ云って下らないことに齷齪《あくせく》としているのはそもそも間違い切った談《はなし》で、歯磨き、石鹸《せっけん》の瑣事《さじ》までに神経を悩ましていたり、玩弄物《がんろう》のような、もしくは間食が変形したような薬などを、嘗《な》めたり嚙《か》ったりしているがごとき事に心を使っているのは、それがまず第一に非衛生的の頂上で、それよりも酒を廃すとか煙草を廃すとか、不規則生活を改めるとかした方が、なにほど早く健康を招き致すか知れたものではない。もし従来不健康のためにはなはだしく不利益を蒙っていると思う人があったなら、ぜひともその人は自ら新たにして健康を招致せねばならぬのだが、さて真誠に自ら新たにしようと思ったなら、昨日までの自己の身体取り扱い方を断然と改めねばならぬのである。今日以後も昨日以前同様の取り扱い方を吾《わ》が身に加えていて、しかして明日からは往日と異なった結果を得ようというそんな得手勝手な注文は成り立つ道理がない。胃病についていえば、もし間食家だったなら間食を断って棄てるがよい。大酒家だったなら徳利と絶交するがよい。乱食家だったならムラ食いを改めるがよい。異食家だったなら奇異なものを食わぬがよい。呆座家だったら、座蒲団《ざぶとん》を棄ててしまって、火鉢を打ち砕いて、戸外に運動する習慣を得るがよい。湯茶をむやみに飲む習慣があったなら、急須《きゅうす》や茶碗《ちゃわん》を抛《ほう》り出してしまうがよい。喫煙家だったら煙草を棄ててしまうがよい。自己の生活状態を新たにすれば自己の身体状態は必らず変易せずにはいない。激変を与えるのだから、身心共に楽ではないに相違ないが、これが出来ぬならやはり永久に、昨年のごとく、一昨年のごとく、一昨々年のごとく、同じ胃病に悩んで青い顔をしているがよいので、そして胃病宗の帰依者となって、ついに胃病のために献身的生涯を送るがよいのだから、歎息《たんそく》して不足などを云わぬがよいのである。右が嫌なら左に行け、左が嫌なら右に行けである。良医の判断に従い、自己の生活状態を新たにして、それで胃病が治《じ》せぬなら、それはすでに活力が消耗している証拠であるから致し方はないが、たいていの人は活力消耗して病癒ゆる能わざる場合に立っているのではなくて、自己の生活状態を新たにせぬがために、すなわち昨日までの自己身体取り扱い方に未練を残しているために、やはり昨日通りの運命に付き纏《まと》われて苦しんでいるのである。例によって例のごとき旧い運命に生け捕られたくないならば、旧い状態を改むるに若《し》くはないのである。

胃病のみではない。麤食《そしょく》を常にして諸病に犯されやすい薄弱体を有して苦しんでいる人もある。刺激物を取り過ぎて、心舎《いえ》に安んぜざる悵忡悸懼《ちょうちゅうきく》の状に捉《とら》えられて困っている人もある。夜業を廃さないで眼を病んで弱っているものもある。最もはなはだしい愚かなのに至っては、唐辛子を嗜食《ししょく》して痔《じ》に苦しんでいるなどという滑稽《こっけい》なのもある。生活に逐われて座業をのみ執りおるために、運動不足で、筋肉弛緩《しかん》を致し、いわゆる羸弱《るいじゃく》*になって悄然《しょうぜん》としている、同情すべきものもある。父母のために悪体質を賦与されて、それが原因で常に薬餌《やくじ》と親しむべき状を有している、最も悲しむべきものもある。が、要するに従来の自己に不満を感ずるならば、従来の自己状態を改めてしまうがよいのである。ところが昨日の自己もやはり可愛いらしいものであって、「酒は我が身体を悪くしおるな」とは知りつつも「酒を棄てる事は出来ない」なんぞというのが人の常である。とかくに理屈をつけて昨日の自己を保持弁護しつつ、さてその結果だけは昨日よりよいものを得たいと望むのが人情であるから、恕《じょ》すべきではあるが、それを恕するとすれば数理上やはり自己は新たにならぬのであるからなんにもならない。ぜひ英断を施さねばならぬのである。身体が弱くては一切不幸の根が断《き》れず、一切幸福の泉が涸《か》れがちであるから、いやしくも自ら新たにしようと思ったならば、痛苦を忍んで不健康を致す昨日の自己の旧い悪習と戦ってこれに克《か》ち、これを滅し、これを殲《ほろぼ》してしまわねばならぬのである。

しかし身体が弱くても事が成せぬのではない。身が弱くても意が強ければ、一日の身あれば一日の事は成せるのである。が、もし身体を弱くする原因がなんであるかを知悉《ちしつ》しながらも、これを改むることが出来ぬように意が弱くて、そして身が弱くては、気の毒ながらその人は自ら新たにする事が出来難いのであって、従来通りの状態を超脱する事は出来ぬのである。それではならぬ。よろしく発憤して自ら新たにすべしである。

惜福の説（幸福三説第一）

船を出《いだ》して風に遇《あ》うのになんの不思議はない。水上は広闊《こうかつ》、風はおのずからにしてあるべき理である。

しかしその風にして我が行かんと欲する方向に同じき時は、我はこれを順風と称して、その福利を蒙《こうむ》るを得るを悦《よろこ》び、また我が方向に逆行して吹く時は、我はこれを逆風と称して、その不利を蒙るを悲しみ、また全くの順風にもあらず、全くの逆風にもあらざる横風に遇う時は、帆を操り舵《かじ》を使うの技術と、吾《わ》が舟の有せる形状との優劣善悪によって、程度の差はあるがこれを利用するを得るのであるゆえに、あまり多く風の利不利を口にせず、我が福無福をも談《かた》らぬのが常である。

かくのごとき場合において風には本来福と定まり福ならずと定まっていることもないのであるから、同一の南風が北行する舟には福となり、南行する舟には福ならぬものとなるのである。順風を悦ぶ人の遇っている風は、すなわち逆風を悲しむ人の遇っている風なのである。福ならずとせらるる風はすなわち福なりとせらるる風なのである。してみれば福を享《う》くるも福を享けぬも同じ風に遇っているのであるから、福を享けた舟が善いゆえという事もなく、福を享けぬ舟が悪いゆえ福を享けぬということもなく、いわゆる運《めぐ》り合わせというものであって、福無福についてはなん等の校量計較*によって福を享け致すべきところもないようなものである。

しかしながら福無福を偶然の運り合わせであるとするのは、風に本来福も無福もないという理や、甲の福とする風はすなわち乙の無福とする風と同一の風であるからという理があればとて、それはいささか速断過ぎるのである。如何《いかん》となれば風は予測し難いものには相違ないが、また全く予測することの出来ないものとも限られてはいないのであるから、舟を出さんとするに臨みて、十二分に思議測量して我にとって福利なる風を得べき見込みを得たる後、初めて海に出《い》ずるにおいては、十の七、八は福を享け無福を避け得るはずであるゆえに、福に遇い無福に遇うをもって偶然の廻《めぐ》り合わせのみに帰するということは、正当の解釈とは認められない理である。

人の社会にあって遭遇する事象は百端千緒であるが、一般俗衆がややもすれば発する言語の「福」というものは、社会の海上において、無形の風力によって容易に好位置に達し、または権勢を得、富を得たるがごとき場合を指すので、彼は福を得たというものは、すなわち富貴利達、もしくは富貴利達の断片的なるものを得たのをいうのである。

福を得んとする希望は決して最も立派なる希望ではない。世には福を得んとする希望よりもなお幾層か上層に位する立派な希望がある。しかし上乗の根器ならざるものにあっては、福を得んとするも決して無理ならぬことで、しかもまたあえてあながちにこれを批難排撃すべきことでもない。福を得んとするの極、いわゆる淫祠《いんし》邪神に事《つか》うるをも辞せずして、白蛇に媚《こ》び、妖狐《ようこ》に諂《へつら》う*ごときに至っては、その醜陋《しゅうろう》*なる当たり難きものであるが、滔々《とうとう》たる世上幾多の人が、あるいは心を苦しめ、あるいは身を苦しめ、営々孜々《しし》として勉め勤めているのも、皆多くは福を得んがためなのであるを思えば、福について言をなすもまた徒爾《とじ》ではあるまい。

太上は徳を立て、その次は功を立て、またその次は言を立つるとある。およそこれ等の人々にあっては、禍福吉凶のごときはそもそも末なるのみで、あまり深く立ち入って論究思索する価もないことであろう。もしまた単に福を得んことにのみ腐心してこれを思うに至らば、けだしその弊や救い難きものあらんで、論究思索も、単に「いかにして福を得べきや」ということのみに止《とど》まったらば、あるいは人間の大道を離れて邪路曲径に入るの虞《おそれ》があろう。本来からいえば、事に処し物に接するにおいて吾人《ごじん》はすべからく「当不当」を思うべきで、「福無福」のごときは論ぜずして可なるわけであるが、ここに幸福の説をなすものは、愚意いわゆる落草の談*をなして人をして道に進ましめんとするに他ならぬのである。はなはだしく正邪を語れば人をして狷介《けんかい》偏狭ならしむるの傾きがある。多く禍福を談《かた》れば人をして卑小ならしむるの傾きがある。言をなすも実に難い哉《かな》であるが、読む人予が意を会して言を忘れて可なりである。

幸福不幸福というものも風の順逆と同様に、つまりは主観の判断によるのであるから、定体はない。しかしまず大概は世人の幸福とし不幸とするものも定まって一致しているのである。で、その幸福に遇う人、および幸福を得る人としからざる人とを観察してみると、その間に希微の妙消息があるようである。

第一に幸福に遇う人を観ると、多くは「惜福」の工夫のある人であって、しからざる否運の人を観ると、十の八、九までは、少しも惜福の工夫のない人である。福を惜しむ人が必らずしも福に遇うとは限るまいが、どうも惜福の工夫と福との間には関係の除き去るべからざるものがあるに相違ない。

惜福とはどういうのかというと、福を使い尽くし取り尽くしてしまわぬをいうのである。たとえば掌中に百金を有するとして、これを浪費に使い尽くして半文銭もなきに至るがごときは、惜福の工夫のないのである。正当に使用するほかにはあえて使用せずして、これを妄擲《ぼうてき》浪費せざるは惜福である。吾が慈母よりして新たに贈られたる衣服ありと仮定すれば、その美麗にして軽暖なるを悦びて、旧衣なおいまだ敝《やぶ》れざるにこれを着用して、旧衣をば行李《こうり》中に押しまろめたるまま、黴《かび》と垢《あか》とに汚さしめ、新衣をば早くも着崩して、折目も見えざるに至らしむるがごときは、惜福の工夫のないのである。慈母の厚恩を感謝して、新衣をば浪《みだ》りに着用せず、旧衣なおいまだ敝れざる間は、旧衣を平常の服とし、新衣を冠婚喪祭のごとき式張りたる日に際して用うるがごとくする時は、旧衣も旧衣としてその功を終え、新衣も新衣としてその功をなし、他人に対しても清潔謹厳にして敬意を失わず、自己も諺《ことわざ》にいわゆる「褻《け》にも晴《はれ》にも」ただ一衣なる寒酸の態を免るるを得るのである。かくのごとくするを福を惜しむというのである。

樹の実でも花でも、十二分に実らせ、十二分に花咲かす時は、収穫も多く美観でもあるに相違ない。しかしそれは福を惜しまぬので、二十輪の花の蕾《つぼみ》を、七、八輪も十余輪も摘み去ってしまい、百顆《か》の果実をいまだ実らざるに先だって数十顆も摘み去るがごときは惜福である。花実を十二分ならしむれば樹は疲れてしまう。七、八分ならしむれば花も大に実も豊かに出来て、そして樹も疲れぬゆえ、来年も花が咲き実が成るのである。

「好運は七度人を訪《と》う」という意の諺があるが、いかなる人物でも、周囲の事情がその人を幸いにすることに際会することはあるものである。その時に当たって出来る限り好運の調子に乗ってしまうのは福を惜しまぬのである。控え目にして自ら抑制するのは惜福である。ひっきょう福を取り尽くしてしまわぬが惜福であり、また使い尽くしてしまわぬが惜福である。十万円の親の遺産を自己が長子たるのゆえをもってことごとく取ってしまって、弟妹親戚《しんせき》にも分たぬのは、惜福の工夫に欠けているので、その幾分をば弟妹親戚等に分ち与うるとすれば、自己が享けて取るべき福を惜しみ愛《いつくし》みて、これを存留しておく意味に当たる。これを惜福の工夫という。すなわち自己の福を取り尽くさぬのである。他人が自己に対して大いに信用を置いてくれて、十万円ぐらいならば無担保無利息でも貸与してくれようという時、悦んでその十万円を借りるのに毫《ごう》も不都合はない。しかしそれは惜福の工夫においては欠けているのであって、十万円の幾分を借りるとか、ないしはある担保を提供して借りるとか、正当の利子を払うとかするのが、自己の福をば惜しむ意味になる。すなわち自在に十万円を使用し得るという自己の福を使い尽くさずに、幾分を存留しておく、それを惜福の工夫というのである。倹約や吝嗇《りんしょく》を、惜福と解してはならぬ、すべて享受し得べきところの福《ふく》佑《ゆう》を取り尽くさず使い尽くさずして、これを天といおうか将来といおうか、いずれにしても冥々《めいめい》たり茫々《ぼうぼう》たる運命に預け置き積み置くを福を惜しむというのである。

かくのごときは当時の人の視てもって迂闊《うかつ》なり愚魯《ぐろ》なりとすることでもあろうし、また自己を矯《た》め飾り性情を偽り瞞《あざむ》くこととするであろうが、真に迂闊なりや愚魯なりやは、人の言語判断よりも世の実際が判断するのに任せた方がよろしい。また聖賢のごとき粋美の稟賦《ひんぷ》*をもって生まれてこぬものは、自然に任せ天成に委《ゆだ》ねてはならぬ。曲竹は多く檃括《のだめ》*を施さねばならぬ。撓《た》め正さずしてよいのは、ただ真直ぐな竹のみである。粗木は多く髹漆塗染《きゅうしつとせん》するによって用をなす。そのままでよいのは、ただ緻密《ちみつ》堅美な良材のみである。馬鹿馬鹿しい誇大妄想を抱いているものでない以上は、自己をみずから矯《た》め、みずから治めるのを、誰か是《ぜ》ならずとするものがあろうか。

それらの論はしばらくこれを他日に譲りて擱《お》き、とにかく上述したるごとき惜福の工夫を積んでいる人が、不思議にまた福に遇うものであり、惜福の工夫に欠けている人が不思議に福に遇わぬものであることは、面白い世間の現象である。試《こころ》みに世の福人と呼ばるる富豪等について、惜福の工夫を積んでいる人が多いか、惜福の工夫を積まぬ人が多いかと糺《ただ》してみれば、何人もたちまちにして多数の富豪が惜福を解する人であることを認めるであろう。翻《ひるがえ》ってまた世の才幹力量はありながら、しかもなお一起一倒、世路に沈淪《ちんりん》して薄幸無福の人たるを免れぬものを見たならば、その人の多くは惜福の工夫に欠けているのを見出すであろう。

同じ事例はまたこれを古来の有名なる福人の伝記において容易に検出することを得る。福分の大なることは平清盛《たいらのきよもり》のごときは少ない。しかし惜福の工夫には欠けて、病中に憤死し、家滅び族夷《たいら》げられたのは、人の知っていることである。木曾義仲《きそよしなか》は平《へい》氏を逐《お》い落とした大功があった。しかし惜福の工夫には欠けて、旭《あさひ》将軍*の光はたちまちに消え去った。源義経《みなもとのよしつね》もまた平氏討滅の大功があった。惜しい哉、朝廷の御覚目出《めで》度《たき》に乗じて、私《わたくし》に受領したために兄の忌むところとなって終わりを全くしなかった。頼朝《よりとも》の猜忌《さいき》は到底避け難きところではあったろうが、義経に惜福の工夫の欠けたのも確かに不幸の一因となったのである。東照公《とうしょう》は太閤秀吉《たいこうひでよし》に比して、器略においてはあるいは一、二段下がっていたかも知らぬが、しかし惜福の工夫においては数段も優《まさ》っていた。腫《は》れ物の膿《うみ》を拭《ぬぐ》った一片紙をも棄てなかったのは公である。聚楽《じゅらく》の第に栄華を誇った太閤に比して、いかに福を惜しまれたか知るべきである。しかしてまた一片の故紙をも棄てざるところより、莫大《ばくだい》の黄金を子孫に残し留めて、徳川《とくがわ》氏初期数代を築き固むるの用とせられたに徴しても、いかに惜福に力《つと》められしかを知るべきである。当時の諸侯は皆馬上叱咤《しった》号呼の雄にして、悍鷙激烈《かんごうげきれつ》の人であったが、いずれも惜福の工夫などには疎くて、皆多くは勝手元の不如意を来し、度支紊乱《たくしびんらん》*、おのずから支ゆる能《あた》わざるに至って、威衰え家傾き、はなはだしきは身を失い封を褫《うば》わるるに及び、しからざるも尾を垂れ首を俛《た》れて制を受くるに至ったのが多いのである。三井《みつい》家や住友《すみとも》家や、その他の旧家、酒田《さかた》の本間《ほんま》氏のごときも、連綿として永続せるものは、これを糺すに皆善く福を惜しめるによって福竭《つ》きず、福竭きざる間に、また新たに福に遇いてこれを得るに及べるのである。外国の富豪のごときも、その確固なるものは、皆これを質《ただ》すに惜福の工夫に富んでいるのである。

粱肉《りょうにく》*を貪《むさぼ》り喰らい、酒緑燈紅*の間に狂呼して、千金一擲《いってき》*、大酔淋漓《りんり》せずんば已《や》まざるがごときは、豪快といえば豪快に似たれども、実は監獄署より放免せられたる卑漢が、渇し切ったる娑婆《しゃば》の風味に遇いたるがごとく、十二分に歓を罄《つく》せば歓を罄すだけ、その状むしろ憫《あわれ》むべく悲しむべくして、寒酸の気こそ余りあれ、重厚のところはさらにないのである。器小にして意急なるものは、余裕ある能わざる道理であるから、福を惜しむことの出来ないのはすなわち器小意急の輩で、福を惜しむことの出来るのはすなわち器大に意寛なるものである。新たに監獄を出たるものの一飽酔を欲するは人の免れぬ情であろうが、名門鉅《きょ》族の人は、美酒佳肴《かこう》前に陳《つら》なるも、さのみなんとも思わざるがごとくである。この点より観れば、能く福を惜しみ得るにおいてはその人すでに福人なのであるから、再三再四福に遇うに至るも、怪しむべきではないのである。試みに世上を観るに、張《ちょう》三李《り》四*の輩、たまたま福に遇うことはなきにあらざるも、その一遭遇するや、新たに監獄を出でし者の酔飽に急なるがごとく、餓《が》狗《く》の肉に遇えるがごとく、猛火の毛を燎《や》くがごとく、ただちにその福を取り尽くし使い尽くさずんば已まないのである。そこで土耳古《トルコ》人の過ぎたる後には地皆赤《せき》すというがごとく、福もまた一粒の種子だになきようにされおわるのであるから、急には再び福の生じ来らぬようになるのも、不思議はないのである。

魚は数万個の卵を産するものであるが、それでさえ惜魚の工夫がなくて酷漁すれば遠からずして滅し尽くすものである。まして人一代にわずかに七度来るという好運の齎《もた》らすところの福のごときが、惜福の工夫なくして、福神を酷待虐遇するがごとき人に遇って、なんぞ滅跡亡影せざらんやである。禽《とり》は禽を愛惜する家の庭に集まり、草は草を除き残す家の庭に茂るのである。福もまたこれを取り尽くさず使い尽くさざる人の手に来るのである。世上滔々福を得んと欲するの人のみであるが、能く福を惜しむ者が若干人かあろう。福に遇えば皆是《これ》新出獄者の態をなす者のみである。たまたま福を取り尽くさざるものあれば、これを使い尽くすの人であり、また福を使い尽くさざるの人であれば、これを取り尽くすの人であって、真に福を惜しむ者はほとんど少ない。世に福者の少ないのも無理のないことである。

個人が惜福の工夫を欠いて不利を享くる理は、団体もしくは国家においても同様でなければならぬ。水産業はどうである。貴重海獣の漁獲のみに力めて、保護に力めなかった結果は、我が邦《くに》沿海に、臘虎《ラッコ》膃肭《オット》臍《セイ》の乏少を来したではないか。すなわち惜福の工夫なきために福を竭《つく》してしまったのである。蒸気力トロール漁獲に力めた結果、欧洲、特に英国においては海底魚の乏少を致して、ついに該トロール船を遥《はる》かに日本などに売却するを利益とするに至ったのも、すなわち福を竭して不利を招いたのである。山林も同様である。山林濫伐をあえてして福を惜しまなかった結果は、禿《とく》山渇水をいたるところに造り出して、土地の気候を悪くし、天候を不調にし、一朝豪雨あるに至れば、山潰《つい》え水漲《みなぎ》りて、不測の害を世間に貽《おく》るに至るではないか。樹を伐《き》れば利益はあるに相違なかろうが、いわゆる惜福の工夫を国家が積んだならば、山林も永く栄茂するであろう。魚を獲《と》れば利益があるには相違なかろうが、これも国家が福を惜しんだならば、水産も永く繁殖することであろう。山林に輪伐法あり、擢伐法《てきばつほう》あり、水産に劃地《かくち》法あり、限季法あり、養殖法あり、漁法制度ありて、これ等の事を遂行し、国福を惜しめば、国は福国となる理なのである。

軍事も同様である。将強く兵勇なるに誇って、武を用いる上において愛惜する所がなければ、ついには破敗を招くのである。軍隊の強勇なるは一大福である。しかしこの福を惜しむ工夫がなければ、武を黷《けが》すに至る。武田《たけだ》勝頼《かつより》は弱将や愚将ではなかった。ただ惜福の工夫に欠けて、福を竭し禍《わざわい》を致したのである。長篠《ながしの》の一戦は、実に福を惜しまざるもまたはなはだしいものであって、馬場《ばば》、山県《やまがた》を首《はじめ》とし、勇将忠士は皆その戦いに死したため、武田氏の武威はその後また振るわなくなったのである。将士忠勇にして武威烈々たるのは一大福であるが、これを惜しまざれば、福のついに去ることは、黄金を惜しまざれば、黄金のついに去ると同じ事である。那破翁《ナポレオン》は曠世《こうせい》*の英雄である。武略天縦《ぶりゃくてんしょう》*、実に当たり難きの人であったが、やはり惜福の工夫には乏しかったので、魯《ろ》国の長駆に武運の福は尽き去ってしまった観がある。我が邦は陸海軍の精鋭をもって宇内《うだい》の強国を驚かしている。しかしこれとても惜福の工夫を欠いたならば、水産山林と同様の状態に陥るべきは明瞭《めいりょう》である。雄将忠卒も数限りはあり、金穀船馬も無限に生ずるものではない。まして軍隊の精神は麺麭《パン》を燔《や》くように急造し得るものではない。陸海軍の精鋭は我が邦の大幸福であるが、これを愛惜するの工夫を欠いたならば寒心すべきものがある。福を使い尽くし取り尽くすということは忌むべきであって、惜福の工夫は国家にとっても大切である。

何ゆえに惜福者はまた福に遇い、不惜福者はようやくにして福に遇わざるに至るであろうか。これはただ事実として吾人の世上において認むることで、その神理の鍵《かぎ》は吾人の掌中に所有されておらぬ。しかし強いて試みにこれを解してみれば、惜福者は人に愛好され信憑《しんぴょう》さるべきものであって、不惜福者は人に憎悪され危惧《きぐ》さるべきものであるから、惜福者がしばしば福運の来訪を受け、不惜福者がついにようやく福運の来訪を受けざるに至るも、自《おのず》からしかるべき道理である。前に挙げた慈母より新衣を贈られたる場合のごとき、惜福者の挙動は慥《たし》かに婦人の愛好を惹《ひ》き、その母をして、吾が児の吾が与えしところのものを重んずるかくのごときか、と怡悦《いえつ》満足の情を動かさしむべきであるが、これに反して不惜福者の、乱暴に新衣を着崩し、旧衣を押し丸めたるを見る時は、いかに慈愛深き母なればとて、慈愛こそはこれがために減ずることもなかるべけれども、嗚呼《ああ》吾が児の吾が与えしものを草率*に取り扱うことなんぞはなはだしきやと、歎《たん》ずるに至るべきは明白である。人は感情のために動くものであるから、満足怡悦すれば、再びまた新衣を造り与えんとするに至るべきも、いささかなりとも悦ばしからず感ずるにおいては、再び新衣を造り与えんとするに際しても、あるいは時遅く、あるいは物粗《そ》なるに至るべき勢いが幾分かある。慈母ならばしかもはなはだしき差はなかるべけれど、継母なんどならば、不惜福者に対しては厭悪《えんお》の念を発して、あるいはゆえに再びこれを与うるに及ばざるやも知るべからずである。無担保をもって資を借りるがごときもしかりで、借福者が利子を提供し、担保を提供し、あるいは額面を減少して借りるがごときは、その出資者の信憑を強くするゆえんの道であるから、その後また再び借用を申し込むも、ただちに承諾さるべき事態で、融通の一路は優に存するのであるが、不惜福者の挙動は、たとい当面の出資者においてはなん等の厭《いと》うべき点なしと認むるにせよ、出資者の家眷《かけん》、ないし友人、婢僕《ひぼく》等よりは危惧の眼《まなこ》をもって見らるべきものであるから、いつかはそれ等の人々の口より種々の言語が放たれて、そしてついには出資者よりも危惧され、融通の一路は障碍物《しょうがい》によって埋めらるるに至るのである。このごとき二の事例は実に瑣細の事であるが、万事このような道理が、暗々の中《うち》、冥々の間に行われて、借福者はしばしば福運の来訪を受け、不惜福者はようやくついに福運の来訪を受けざるに至るのであろう。

分福の説（幸福三説第二）

福を惜しむということの重んずべきと同様に、福を分つということもまたはなはだ重んずべきことである。惜福は自己一身にかかることで、いささか消極的の傾きがあるが、分福は他人の身上《みのうえ》にもかかることで、おのずから積極的の観がある。正しく論じたらば、惜福が必らずしも消極的ならず、分福が必らずしも積極的ではあるまいが、自然《おのず》と惜福と分福とは相対的に消極積極の観をなしている。惜福はすでに前に説いたごとくである。

分福とはどういうことであるかというに、自己の得るところの福を他人に分ち与うるをいうのである。たとえば自己が大なる西瓜《すいか》を得たとすると、その全顆《ぜんか》を飽食し尽くすことをせずして、その幾分を残し留《とど》むるのは惜福である。その幾分を他人に分ち与えて自己と共にその美を味わうの幸いを得せしむるのは分福である。またたとえば自己が一の小なる蜜柑《みかん》を得たる時に、自己一個にしてこれを食い尽くすもなおその足らざるを覚ゆるごとき場合にも、その半顆を傍人に頒《わか》ち与うるはすなわち分福である。惜福の工夫をなし得る場合としからざる場合とに論なく、すべて自己の享受し得る幸福の幾分を割いて、これを他人に頒ち与え、他人をして自己と同様の幸福をば、少分にもせよ享受するを得せしむるのは分福というのである。惜福は自己の福を取り尽くさず用い尽くさざるをいい、分福は自己の福を他人に分ち加うるをいうので、二者は実に相異なり、また互いに表裏をなしているのである。惜福は自ら抑損するので、分福は他に頒与《はんよ》するところあるのであるから、彼は消極的、これは積極的なのである。

もしただ一時の論や眼前の観からいえば、惜福は自己の幸福を十分に獲得捕捉せずして、その幾分を冥々茫々《めいめいぼうぼう》として測るべからざるところの未来もしくは運命というがごときものに委《ゆだ》ねて、預けおき積み置くをいい、分福はまた自己の幸福を十分に使用享受せずして、その幾分をただちに他人に頒ち与うるをいうのであるから、自己の幸福を自己が十分に享受し使用せぬところは二者全く相同じであって、そして双方共に自己にとっては、差し当たり利益を減損し、不利益を受けているようなものである。しかし惜福ということが間接に大利益をなして、能《よ》く福を惜しむものをして福運の来訪に接せしむるがごとく、分福ということもまた間接にその福を分つところの人をして福運の来訪に接すること多からしむるのは世の実例の示していることである。

世には大なる福分を有しながら慳貪鄙吝《けんどんひりん》の性癖のために、少しも分福の行為に出《い》でないで、憂いは他人に分つとも、よい事は一人で占めようというがごとき人物もある。俚諺《りげん》にいわゆる「雪隠《せっちん》で饅頭《まんじゅう》を食う」ような卑劣なる行為をあえてして、しかして心窃《ひそ》かにこれを智なりとしているものも随分あるのである。いかにも単に現在のみより立言したらば、福を他人に頒つよりは、福を独占した方が、自己の享受し得る福の量は多いに相違ない。しかし福を自己一個のみにて享受しようという情意、すなわち福をもっぱらにしようという情意は、実に狭小で鄙吝で、なんともいえぬ情ない物淋《さび》しい情意ではないか。言を換うれば福らしくもなく福を享《う》くるということになるではないか。一瓶の佳酒があると仮定する。これを自己一人にて飲み尽くせば、酔いを得るに足り、他人と共にこれを飲めば、自他共に酔いを得るに足らずという場合に際して、自己一個にてこれを飲み尽くして、同座または同寓《どうぐう》の人に頒ち与えざるのは、福をもっぱらにするのである。自分の酒量には些《ちと》過ぐるほどなるにも関わらず、これを飲み尽くしてしまうのは、福を惜しまぬのである。他人と共にこれを飲めば、ただわずかに口に麴香《きくこう》を留むるのみなるにも関わらず、自己のみにてこれを飲むには堪えずして、他人と共にこれを飲むというのは福を分つのである。福を惜しまぬものの卑しい事はすでに説いた通りで、実に新たに監獄署より放免されたるもののごとき状は、むしろ哀しむべく愍《あわ》れむべきものである。

福を分たぬものの卑吝《ひりん》の情状はそもそもどうである。これまた餓狗《がく》のその友に譲る能《あた》わざるがごとくであって、実に「人類もまた一動物である」ということを証拠立てているといえばそれまでであるところの情ない景色ではないか。餓狗のその友に譲らざるのは、畜生のやむをえざるところであるが、いやしくも人として畜生と多く異ならざるの情状を做《な》すのは、実に情ない談《はなし》である。よしや生物学者から言ったらば、人類もまた一動物であって、脚走羽飛するところのものと多く異なるなきが実際であるにせよ、少なくとも動物中の最高級のものに属する以上は、他の動物等の追随企及し能わざるような高尚都雅なる情状、すなわち情を矯《た》めて義に近づき、己を克して礼に復《かえ》るような、崇美なところがなければならぬのである。しからざれば人と他の動物とはなんの区別するところもなくなるのである。己を抑えて人に譲る、かくのごときは他の動物にほとんどなきところで、人にのみあり得るところである。物に足らざるも心に足りて、慾《よく》に充《み》たざるも情に充ちて甘んずる。かくのごときは他の動物になくして人にのみあり得るところである。およそかくのごときの情状を做し得てこそ、人もいささか他の動物の上に立ち得るのであれ、さなくばどこに人の動物たらざるところを見んやである。

一瓶の酒、我を酔わしむるに足らざるも人にその味わいを分ち、半鼎《はんてい》の肉、我を飽かしむるに足らざるも人にその臠《にく》*を薦《すす》むる、かくのごとき分福の挙動は、実に人の餓狗たらず、貪狼《どんろう》たらざるところを現すのであって、ただに幸福を得るの道として論ずべき一個条といわんよりは、人としての高貴の情懐の発現というべきである。この類の高貴の情懐の発現があってこそ、吾人《ごじん》の社会が野獣や山禽《さんきん》の社会と迥《はる》かに距《へだ》った上級のものとなるのであって、かかる情懐の発現がその人に「超物的の高尚な幸福」を与うるは言うまでもなく、そしてまた他人には、物質的の幸福と、心霊的の幸福とを与うるものなのであって、すなわちかくのごとき行為は人類の社会を高尚にし、善良にし、愉快にするの重要の一原子たるのである。

一瓶の酒、半鼎の肉、これを頒つも頒たざるも、もとより些細《ささい》の事である。しかしその一瓶の酒を頒ち与えられ、半鼎の肉を分ち与えられた人は、これによって非常に甘美なる感情を惹《ひ》き起こされるのであって、その感情の衝動された結果として生ずる影響は、決して些細なものではない。甚大甚深のものなのである。古《むかし》の名将の伝記を繙《ひもと》いたならば、士卒に福を分ち恵を贈らんがために、古名将等がいかに臨機の処置をとったかが窺《うかが》われるのであるが、これに反して愚将弱卒等は毎《つね》に分福の工夫に欠けた鄙吝の行為を做すものである。酒少なく人多き時に、酒を河水に投じて衆と共に飲んだ将があるが、かくのごときはいわゆる分福の一事を極端に遂行したのであって、流水に酒を委《い》したとて、誰をも酔わすに足らないのは、知れきった事であるが、それでもなおかつ自己一人にて福をもっぱらにするに忍びないで、これを他人に頒とうとする情懐は、実に仁慈寛洪*の徳に富んでいるものである。さればその時に当たって、流水を掬《きく》してこれを飲んだものは、もとより酒には酔うべくもないのではあるが、しかもその不可言の恩愛には酔わざるを得ないのである。かくのごとく下を愛する将に対しては、下もまた身を献じてその用をなさんとするのである。およそ人の上《かみ》となりて衆を帥《ひき》いるものは、必らず分福の工夫において徹底するところあるものでなければならぬ。禽《とり》は蔭《かげ》深き枝に宿し、人は慈愛深きところによるものである。慈愛深きものの慈愛の発現は、ただ二途あるのみで、その一は人のためにその憂いを分ってこれを除くのであり、他の一は人のために我が福を分ってこれを与うるのである。憂いを分つことは今しばらくおいて言わず。福を分つの心は実に春風の和らぎ、春日の暖かなるがごときものであるから、人いやしくも真に福を分つの心を抱けば、その分つところの福は、実際尠少《せんしょう》にして言うに足らざるにせよ、その福を享受したる人は、非常に好感情を抱くものであることは、譬《たと》えば春風は和らぐといえども、物を長ずるの力は南薫に如《し》かず、春日は暖かなりといえども、物を烘《あぶ》るの能は夏日にしかざるがごときであるに関わらず、なお春風春日は人をして無限の懐かしさを感ぜしむるようなものである。ゆえに分福の工夫に欠けているものは、おのずから寂寞蕭散《せきばくしょうさん》＊の光景あるを免れざるに反し、分福の事をあえてするものは、おのずからその人の周囲に和気祥光の氤《いん》氳揺曳《うんようえい》＊するがごときを感じて、衆人が心をこれに帰するに至るのである。

惜福の工夫と分福の工夫とを兼ね能くするに至っては、その人実にすでに福人たりというべきであるが、世の実際を観るに、能く福を惜しむの人は、多くは福を分たず、能く福を分つの人は、多くは能く福を惜しまざるの傾きがあるのは、嘆ずべく惜しむべきである。福を惜しむの工夫をも做さざるの人は、人の下として人に愛重さるべき人でなく、福を分つの工夫に乏しき人は人の上として帰依《きえ》信頼さるべき人でない。人いやしくも人の下としてようやくに身を立てんとしたならば、必らず福を惜しまねばならぬ。福を惜しまざれば、福の積もり累《かさ》なるところなくして、その人は長く無福の境界におらねばならぬのである。福を分たざれば、その人は長くただ自己一個の手脚をもって福を獲得するのみの小境界に止《とど》まり、他人の手脚よりは、なん等の福祉をも得ざるに終わるべき理があるのである。

我能く人に福を分てば、人もまた我に福を与うべく、たとえ人能く我に福を与えざるまでも、人皆心私《ひそ》かに我をして福あらしめんことを禱《いの》るものである。ここに一商店の主人ありと仮定するに、その主人の商利を得るや、必らずこれを使用人等に頒つとすれば、使用人等は、主人の福利を得るは、すなわち自己等の福利を得ることとなるをもって、勉励して業務に順《したが》い、力めて主人をして利を得せしめんとすべきは、論なきことである。これに反して、主人もし商利を得るも、ただ自己の懐中をのみ膨大せしめて、使用人等に対して、なん等分福の挙に出でずとすれば、その使用人等は、労力相当の報酬を得るの約あるをもって、なん等不平不満を抱かざるにせよ、主人の利不利は自己に痛痒《つうよう》少なきをもって、おのずからにして主人をして福利を得しめんとするの念淡く、ついに主人をして福利を得るの事実と機会とを逸去せしむること多きに至るべき勢いが生ずるのである。契約や、権利義務の観念や、法律や、道徳や、種々の鎖鏈鉸釘《されんこうてい》が、この人世に存在するものであるから、たとえ分福の工夫の欠けた人でも、急に不利益の境遇に陥るという事はないが、要するに分福の工夫の欠けた人は、自己の手脚をのみ頼まねばならぬ情状を有しているといってもよいから、したがって他人の力によって福を得ることは少ないとせねばならぬのが、世の実際の示している現証である。

そもそも力は衆の力を併せた力より多い力はなく、智は人の智を使うより大なる智はないではないか。高山大沢の飛禽走獣は、一人の手脚の力、これを得るには足らぬのである。大事大業大功大利が、いかにして限りある一人の心計身作の力で能く成し得るものであろうか。このゆえに大なる福を得んとするものは、必らず能く人に福を分って、自ら独り福をもっぱらにせず、衆人をして我が福を得んことを希《ねが》わしむるのである。すなわち我が福を分って衆人に与え、しかして衆人の力によって得たる福を、我が福とするのである。分福の工夫の欠けたる人のごときは、いまだ大なる福を致すには足らざるものである。

惜福の工夫十分なる人が、福運の来訪を受くること多きは、実際の事実であって、遠く史上の古人についてこれを検覈《けんかく》＊するを須《もち》いず、近く吾人の目睹耳聞《もくとじぶん》するところの今人についてこれを考査すれば、ただちに明瞭《めいりょう》なることであるが、分福の工夫十分なる人が、好運の来訪を受くること多きも、また明白なる事実である。特《こと》にその人いまだ発達せざる中《うち》に、惜福の工夫さえあれば、その人は漸次に福を積み得るものであるが、その人ようやく発達して、地平線上に出ずるに及んでは、惜福の工夫のみでは大を成さぬ、必らずや分福の工夫を要するのである。商業者としては、店員や使用人や関係者や取引者に対して、常に自己の福分を頒ち与うるの覚悟と行為とを有する時は、自然とこれ等の人々は、その主人のために福運の来り到らんことを望むのであるから、人望の帰するところは天意これに傾く道理で、その人は必らず福運の来到を受くるに至るのである。農業者としてもそのごとくで、小作人に対し、肥料商に対し、種苗供給者に対し、常に福を頒たんとするがごとき温かなる感情を有する時は、小作人の耕《こう》耘《うん》も、懇切精到になるから、その農事も十分に出来、肥料商も粗悪な品質のものを供給せぬから、その効果も十分に挙がり、種苗供給者も良好なる種子《たね》や苗を供給するから、収穫も多いようになる道理である。

すべて人世の事は時計の揺子のごときものであって、右へ動かしただけは左へ動くものであり、左へ動いただけは右に動くものである。天道は復《かえ》すことを好むというが、実にその通りで、我より福を分ち与うれば、人もまた我に福を分ち与うるものである。工業でも政治でもなんでも一切同じ事である。ゆえになんによらず分福の工夫に疎にして人の上に立つことははなはだ難いのである。

東照公は惜福の工夫においては豊太閤《ほうたいこう》に勝《まさ》っておられたが、分福の工夫においては太閤の方が勝れていた。太閤の功を収むること早くて、東照公の功を収むること遅かったのは、決してただ一、二の理由に本づくのではないが、太閤の分福の工夫のはなはだ到っていた事も、慥《たし》かにその一理由である。東照公は自己の臣下に対しては、多く知行を与えられなかった人である。徳川氏譜第恩顧の者は、多くは大禄《たいろく》を与えられなかった。これに反して、太閤は実に気持ちよくその臣下に大禄厚俸を与えた人である。この点において太閤は実に古今独歩の観がある。加藤《かとう》や福島《ふくしま》や前田《まえだ》や蒲生《がもう》や、あるいは初めより臣下であり、あるいは半途より旗下に属したものにもせよ、惜し気なく福を分ち恵みを施したのは、太閤の一大美処であって、一勇の夫も何十万石を与えられたのであった。すなわち豊公が幸福を得さえすれば、臣下もまた必らずその福の配分に与《あずか》るを得たのであり、主公をして一国を切り取らしむれば、臣下もまた一郡あるいは一城を得るというのであった。臣下たり旗下たるものいずくんぞ主君のために鷹犬《ようけん》の労*を致して、血戦死闘せざらんやである。かくのごときはすなわち太閤の早く天下を得たゆえんの一理由でなければならぬ。

蒲生のごときは、大器雄略ある士には相違なかった。しかしこれを会津《あいづ》に封ずるに当たって、忽《こつ》として百万石を与えたのである。蒲生氏郷《うじさと》が、底の心の知れない伊達政《だてまさ》宗《むね》と徳川家康《いえやす》との間に介在して、豊公のために大丈夫的苦慮健闘をあえてしたのも、決して偶然ではないのである。北条《ほうじょう》氏を滅するや、豊公の徳川氏に与えたものは実に関《かん》八州であった。徳川氏たるもの、焉《いずく》んぞ豊臣《とよとみ》氏に対して異図を抱くを得んやである。太閤かつて宴安の席上にて、「天下の大小名、予に対して異志を抱くものあるべきはずなし、如何《いかん》となれば、いかにしても予のごとき好き主人は、世に二ッあるべくもなければなり」と云ったということがある。実に太閤のその言は、いかに当時において、太閤が福を分って惜《おし》まざる天下第一の人であったかという事を語っているものである。

氏郷の伝を読めば、当時の英雄等会合の席上において、太閤万一の事あらば誰か天下の主たるものであろう、という問に対して、蒲生氏郷が前田の老父《おやじ》であると云った。そこで前田殿を除いては、という再度の質問が起こって、それに答えては乃公《おれ》がと云った。そこでまた氏郷の眼中に徳川氏なきを訝《いぶか》って、徳川殿はという質問が起こった。それに答えてかの銀の鯰《なまず》の盔《かぶと》の主は笑いながら、「徳川のごとき人に物を呉《く》れ惜しむものが何を仕出かし得ようや」と云ったという事が載っている。氏郷の心中には常に徳川公をなんとか思っていたらしいのであるから、これは一時の豪語でもあろうし、またその事実も必らずしも信憑《しんぴょう》すべからざるものであるが、しかしながら氏郷の語は、慥かに徳川公の短処に中《あた》っていて、東照公の横ッ腹に匕首《あいくち》を加えたものである。

実にその言のごとく、徳川公はその臣下に大禄厚俸を与えなかった人で、その遺制は近代に及び、維新前に至って、徳川氏の譜第大名が、皆小禄薄俸の徒であったため、真に徳川氏のために力を致さんとするものの力は微に勢いは弱くして、ついに関ヶ原《せきがはら》の一戦の敗者たる毛利《もうり》、島津《しまづ》等の外様《とざま》大名のために圧迫されたのである。太閤は惜福の工夫において欠くる所があった代わりに、分福の工夫において十二分であり、東照公は惜福の工夫において勝れていた代わりに、分福の工夫においては、やや不十分であった。

平清盛は随分短処の多い人であった。しかし分福の工夫においては、実に十二分の人であって、一族一門に福を分って惜しまないこと、清盛のごとき人は、日本史上に少ない。清盛に反して、頼朝は実に福を分たぬ人であって、佐々木《ささき》の功を賞した時は、日本半国を与うべしなどと云いながら、その後これを与えなかったので佐々木は仏門に入ったのである。弟の義経、範頼《のりより》にもろくに福を分たぬのみならず、かえって禍《わざわい》を贈ったのである。頼朝の家のために死力を出す人は少なく、平家に忠臣の多かったのも、偶然ではない。奈破崙《ナポレオン》もまた能く福を分った人である。その一族および旗下臣下等の、奈翁のために巨福を得たものはなにほどあるかしれぬ。一敗の後、再び欧土に旗を樹《た》てた時、ほとんどまた暴風浪を巻くの勢いをなしたのも無理はないのである。足利尊氏《あしかがたかうじ》は欠点少なからざる将軍であるが、その福を分つにおいて、天下の同情を得て、新田《にった》、楠《くすのき》のごとき智勇抜群の人をも圧倒したのである。今の世において、千万人中、誰か能く福を惜しみ、誰か能く福を分つものぞ。人試みに指を屈してこれを数えて、その功を成すことの大小を考えてみたらば興味があろう。実に福は惜しまざるべからずであって、また福は分たざるべからずである。

植福の説（幸福三説第三）

人皆有福の羨《うらや》むべきを知って、さらに大いに羨むべきもののあるのを知らない。人皆惜福のあえてすべきを知って、さらに大いにあえてすべきもののあるのを知らない。人皆分福の学ぶべきを知って、さらに大いに学ぶべきもののあるのを知らない。有福は羨むべからざるにあらず、しかも福を有するというは、放たれたる箭《や》の天に向かって上る間の状態のごときものであって、力尽くる時は下り落つるを免れざると均《ひと》しく、福を致したるゆえんの力が尽きる時は、ただちに福を失うのである。惜福はあえてすべからざるにあらず、しかも福を惜しむというは、炉中の炭火を妄《みだ》りに暴露せざるがごときものであって、たといこれを惜しむこと至極するにせよ、新たに炭を加うるあるにあらざれば、別にその火勢火力の増殖する次第でもない。分福の学ぶべからざる事でないのはもちろんである。しかも福を分つというは、紅熟せる美果を人と共に食らうがごときもので、食いおわればすなわち空しいのである。人悦《よろこ》び我悦べば、その時において一応は加減乗除が行われてしまったわけなのであって、要は人の悦びを得たところが、我のみの悦びを得たのに比して優《まさ》っているに止《とど》まるのである。有福、惜福、分福、いずれも皆よい事であるが、それ等に優って卓越しているよい事は植福という事である。

植福とはなんであるかというに、我が力や情や智をもって、人世に吉慶幸福となるべき物質や、清趣や、智識を寄与する事をいうのである。すなわち人世の慶福を増進長育するところの行為を植福というのである。かくのごとき行為の尊《たっと》むべきものであることは、常識ある者のおのずからにして理解していることであるが、遼豕《りょうし》*の誇《そし》りを忘れて試《こころ》みにこれを説いてみよう。

予は単に植福といったが、植福の一の行為は、おのずから二重の意義を有し、二重の結果を生ずる。何を二重の意義、二重の結果というかというに、植福の一の行為は、自己の福を植うることであると同時に、社会の福を植うることに当たるからこれを二重の意義を有するといい、他日自己をしてその福を収穫せしむると同時に、社会をして同じくこれを収穫せしむる事になるから、これを二重の結果を生ずるというのである。

今ここに最も瑣細《ささい》にして最も浅近《せんきん》な一例を示そうならば、人ありてその庭上に一の大なる林檎《りんご》の樹を有するとすれば、その林檎が年々に花さき、年々に実りて、甘美清快なる味を供することは、慥《たし》かにその人をして幸福を感ぜしむるに相違ない。で、それはその人が幸福を有するのであって、すなわち有福である。その林檎の果実を浪《みだ》りに多産ならしめないで、樹の堅実と健全繁栄とを保たしむるのは、すなわち惜福である。豊大甘美な果実の出来たところで、自己のみがこれをもっぱらにしないで親近朋《ほう》友《ゆう》に頒《わか》つのは分福である。有福ということには善も悪もなく可も否もないが、惜福分福は皆嘉尚《かしよう》すべきことである。

これ等の事はすでに説いたところであるが、さて植福というのはどういうことかというと、新たに林檎の種子《たね》を播《ま》きてこれを成木せしめんとするのも、植福である。同じ苗木を植え付けて成木せしめんとするのも植福である。また悪木に良樹の穂を接ぎて、美果を実らしめんとするのも植福である。蚜蠹《がと》の害に遇《あ》って枯死に垂《なんな》んたる樹があるとすれば、これを薬療して復活蘇《そ》生《せい》せしむるのもまた植福である。およそ天地の生々化育の作用を賛《たす》け、または人畜の福利を増進するに適当するの事をなすのはすなわち植福である。

一株の林檎の樹というなかれ、一株の樹もまた数顆数十顆《か》、ないし数百顆の実を結ぶのであって、その一顆よりはまた数株ないし数十株の樹を生じ、果《み》と樹と相交互循環しては、無量無辺の発生と産出とをなすものである。ゆえに一株の樹を植うるその事ははなはだ微少瑣細であるけれども、その事の中に包含されている将来は、はなはだ久遠洪大なもので、その久遠洪大の結果は、実に人の心念の機微に繫《かか》っているものであって、一心一念の善良なる働きは、なにほどの福を将来に生ずるかもしれぬのである。一株の果樹は霜虐雪圧《そうぎやくせつあつ》に堪えさえすれば、必らずや、ある時間において無より有を生じ、地の水と天の光とを結んで、甘美芳香の果実を生じ出《いだ》す。すでに果実が生ずれば、必らずやこれを味わう人をして幸福を感ぜしむるのであって、主人自らこれを味わうにせよ、主人の親近朋友がこれを味わうにせよ、または主人に売却せられて、ある他の人がこれを味わうにせよ、何人《なんぴと》かが造物主の人間に贈るところの福恵を享受して、満足怡悦《いえつ》の情を湛《たた》うるに相違ない。されば一株の樹を培養成長せしむるということは、瑣事には相違ないが、自己にとりても他人に取りても幸福利益の源頭となることであるゆえに、これを福を植うるといって誤りはないのである。

およそかくのごとく幸福利益の源頭となることをなすをば植福というのであるが、この植福の精神や作業によって世界はなにほど進歩するかしれず、またなにほど幸福となるかしれないのである。もし人類にして植福の精神や作業がないならば、人類はたとえ勇猛なるも、数千年の古《いにしえ》より、今なお獅子《しし》熊のごとき野獣と相伍《ご》していなければなるまい。たとえ智慧あるも、今なお猿猴猩々《えんこうしょうじょう》の類と林を分ちて相棲《す》まねばなるまい。たとえ社会組織をなすの性あるも今なお蜂や蟻とその生活を同じうせねばなるまい。幸いにして吾人《ごじん》は数千年の昔時の祖先よりして、植福の精神に富み、植福の作業に服し従ったため、一時代は一時代より幸福が増進し、祖先以来の勇気によって建設せられたる人類の権利は、他動物に卓絶し、祖先以来の智識を堆積《たいせき》し得て生じたる人類の便利は、他動物の到底及ばざるものとなり、祖先以来の社会組織の経験を累《かさ》ね来《きた》って、他動物には到底見る能《あた》わざるの複雑にして巧妙なる社会組織を有するに至ったのである。

農業は植福の精神や作業を体現したかの観あるものであるが、実にその種を播《ま》き、秧《なえ》＊を挿《さしはさ》むの労苦は、福神の権《かり》に化して人と現れて、その福の道を伝えんがために労作する、といってもよいほどのものである。工業も商業もまたしかりで、いやしくも真に自己の将来の幸福、または他人の幸福の源頭となるものである以上は、これに従事する人は皆福を植うるの人である。

世に福を有せんことを希《こいねが》う人ははなはだ多い。しかし福を有する人は少ない。福を得て福を惜しむことを知る人は少ない。福を惜しむことを知っても福を分つことを知る人は少ない。福を分つことを知っても福を植うることを知る人は少ない。けだし稲を得んとすれば、稲を植うるに若《し》くはない。葡萄《ぶどう》を得んとすれば、葡萄を植うるに若くはない。この道理をもって、福を得んとすれば福を植うるに若くはない。しかるに人多くは福を植うるをもって迂闊《うかつ》の事として顧《かえり》みない傾きがあるのははなはだ遺憾の事である。

樹を植うるを例としたから、復《ふたた》びその例について言おうならば、すでに一度樹を植えたる以上、必らずその樹はその人または他人ないし国家に対して与うるところがなくて已《や》むものではないから、このくらい植福の事例として明白なよき説明をなすものはない。すなわち植えられたる福は、時々刻々に生長し、分々寸々に伸展して、少しも止むことなく、天運星移と共に進み進みて、いつとなく増大し、いつとなく結果を挙ぐるものである。杉や松の大木は天を摩するものもある。しかしその種子は二指をもって撮《つま》みて余りあるものである。植福の結果は非常に大なるものである。しかしその植えられたる福ははなはだ微細なるものでも、不思議はないのである。

渇したる人に一杯の水を与うるくらいの事は、いかなる微力の人でもなすことを得ることである。飢えたる人に一飯を振る舞うくらいの事は、貧者もまたこれを能《よ》くするを得る事である。しかし世にはかくのごとき微細なる事はそもそもまた何を値せんやと思い做《な》して、これをなさぬ人がある。ただしそれは明らかに誤りであって、一撮《ひとつまみ》に余りある微少の種子より、摩天の大樹＊の生ずることを解したならば、その瑣細なこともまた必らずしも瑣細なことで終わるとは限らぬことを解するに足るであろう。自己が幸福を得ようと思って他人に福恵を与うるのは、善美を尽くしたものではないけれども、福は植えざるべからず、と覚悟して、植福の事に従うのは、福を植えざるに勝ること、万々である。一盞《さん》の水、一碗《わん》の飯、渇者飢者にとっては、そもそもなにほどか幸福を感ずることであろう。

かくのごときは福を植うるにおいて最も末端の事ではあるが、しかもまた決して小事ではない。人の饑渇《きかつ》に忍びざるの心よりして人の饑渇を救うのは、すなわち人の禽《きん》獣《じゅう》と異なるゆえんのものを発揮したので、かくのごときの人類の情懐の積もり累《かさ》なりて、人類の社会は今日のごとく成り立っているのである。他の疲憊困苦《ひはいこんく》に乗じて、これを搏噬《はくぜい》*するがごときは、野獣の所為であって、かくのごときの心を有せる野獣は、今なお野獣の生活を続けているのである。ゆえに人の飢渇に同情するとせぬとのごときは、その事小なるがごとくなれども、野獣の社会とは異なる人類の今日の社会の出現するとせぬとに関する、と言っても可なるほど、大なる径庭の生ずるところの幾微の枢機がこれに存しているのである。思わざるべけんやである。

今日の吾人は古代に比し、もしくは原人に比して大なる幸福を有している。これは皆前人の植福の結果である。すなわちよき林檎の樹を有しているものは、よき林檎の樹を植えた人の恵みを荷《にな》うているのである。すでに前人の植福の庇蔭《ひいん》による、吾人もまた植福の事をなして子孫に貽《おく》らざるべからずである。文明ということは、すべてある人々が福を植えた結果なのである。災禍ということは、すべてある人々が福を戕《しょう》残《ざん》*した結果なのである。吾人は必らずしも自己の将来の福利について判断を下して、しかして後に植福の工夫をなさずともよい。吾人は吾人が野獣たるを甘んぜざる、すなわち野獣たる能わざる立場よりして福を植えたい。徳を積むのは人類の今日の幸福の源泉になっている。真智識を積むのもまた人類の今日の幸福の源泉になっている。徳を積み智を積むことは、すなわち大なる福を植うるゆえんであって、樹を植えて福恵を来者に貽るごとき比ではない。植福なる哉《かな》、植福なる哉、植福の工夫を能《よ》くするにおいて初めて人は価値ありというべしである。

有福は祖先の庇蔭に寄るので、尊むべきところはない。惜福の工夫あるに至って、人やや尚《たっと》ぶべしである。分福の工夫を能くするに至って、人いよいよ尚ぶべしである。能く福を植うるに至って、人真に敬愛すべき人たりというべしである。福を有する人はあるいは福を失うことあらん。福を惜しむ人はけだし福を保つを得ん。能く福を分つ人はけだし福を致すを得ん。福を植うる人に至ってはすなわち福を造るのである。植福なる哉。植福なる哉。

努力の堆積《たいせき》

人間の所為を種々に分類すれば、随分多数に分類し得る。そしてその所為の価値にいくばくとない階級もあろうが、努力ということは確かにその高貴なる部分に属するものである。頃者《このごろ》世に行われている言葉に奮闘という言葉があって、努力とやや近似の意味を表わしているが、これは仮想の敵があるような場合に適当するもので、努力は我が敵の有無に拘《かかわ》らず、自己の最良を尽くしてしかしてある事に勉励する意味で、奮闘という言葉が有する感情意義よりは、高大で、中正で、明白で、人間の真面目な意義を発揮している。元来一切の世界の文明は、この努力の二字に根ざして、そこから芽を発し、枝をつけ、葉を生じ、花を開くのであるといわねばならぬ。

しかし努力に比して、ちょうどその相手のごとく見ゆるものがある。それは好んでなすことである。好んでなすという事である。努力は厭《いや》な事をも忍んでなし、苦しい思いにも堪えて、しかして労に服し事に当たるという意味である。が、嗜好《しこう》という場合には、苦しい事も打ち忘れ、厭《いと》うという感情も全くなくて、すなわち意志と感情とが並行線的、もしくは同一線的に働いている場合をいうのである。努力はそれとやや違った意味を有し、意志と感情とが相忤《あいご》し*戻っている場合でも、意識の火を燃え立たせて、感情の水に負けぬようになし、そして熱して熱して已《や》まぬのをいう。

ある人がある事に従事し、しかしてその人が我知らず自己の全力をその処に没して事に当たるという場合、それは努力というよりは好んでなすといった方が適当である。そこで、世界の文明は、努力から生じているごとく見える場合も、嗜好から生じているがごとく見える場合もある。例えば文明の恩人、すなわち各時代の俊秀なる人物が、ある事業のために働いて、その徳沢を後世に遺《のこ》した場合を考えてみるに、努力の結果のごとく見ゆる場合もあり、また、好んでなした結果のごとく見ゆる場合もある。これは人々の観察、解釈、批評の仕方によってどちらにもとれる。が、正当にこれを解釈してみたならば、好んでなす場合にも、努力が伴わぬ時はその進行は廃絶せざるを得ない。しからずとするもその結果の偉大を期する事は出来ない。パリッシーの陶器製造におけるも、コロンブスの新地発見におけるも、皆そうである。いかに好んでなすといっても、例えば有福の人が園芸に従事する場合についても、ある時は確かにそれは苦痛を感ぜしめよう。すなわち酷寒酷暑における従事、あるいは虫害その他についての繁雑なる手数、緻密《ちみつ》なる観察、時間的不規律な労働に服するなどの種々の場合に、努力によらなければ、中途にして歇《や》むの状態に立ち至る事もままある道理で、換言すれば好んでなすといっても、その間に好まざる事情が生ずるのは人生にありがちな事実である。その好ましからぬ場合が生じた時に、自己の感情に打ち克《か》ち、その目的の遂行をもっぱらにするのが、すなわち努力である。

人生の事というものは、座敷で道中双六《すごろく》をして、花の都に到達するごときものではない。真実《ほんとう》の旅行にしてみれば、旅行を好むにしてみても、なおかつ風雪の悩みあり、峻坂嶮路《しゅんぱんけんろ》の艱《かん》あり、ある時は磯《いそ》路に阻まれ、ある時は九折の山逕《さんけい》に、白雲を分け、青《せい》苔《たい》に滑る等、種々なる艱苦を忍ばねばならぬ。すなわちそこに明らかに努力を要する。もし一路坦々砥《たんたんと》*のごとく、しかも春風に吹かれ、良馬に跨《またが》って旅行するならば、努力はないようなものの、全部の旅行がそうばかりはゆかぬ。いかに財に富み、地位において高くとも、天の時、地の状態等によって、相当の困苦艱難に遭遇するのは、旅行の免れない処である。

されば、いかにこれを好む力が猛烈で、しかしてこれをなすの才能が卓越していても、徹頭徹尾、好適の感情をもって、ある事業を遂行する事は、ほとんど人生の実際にあり得ない。種々なる障碍《しょうげ》、あるいは蹉躓《さてつ》の伴う事は、やむをえない事実である。しかしてそれを押し切って進むのはその人の努力に俟《ま》つより他はない。周公《しゅうこう》、孔子《こうし》のごとき聖人、ナポレオン、アレキサンドルのごとき英雄、あるいはニュートン、コペルニクスのごとき学者であろうとも、皆その努力によってその事業に光彩を添え、黽勉《びんべん》によって大成している事実は、爰《ここ》に呶々《どうどう》*するまでもないことである。まして才乏しく、徳低き者にありては、努力は唯一の味方であると断言してよいのである。あたかも財力乏しく、地位また低きの旅行者が、馬にも乗れず、車にも乗れず、ひたすら双脚の力を頼むより他に山河跋渉《ばっしょう》の道なきと同様である。

しかし、俊秀な人の仕業を見ると、時にはこの努力なくして出来たごとく見ゆる場合もあるが、それは皮相の観察で、馬に乗っても雪の日は寒く、車に乗っても荒れたる駅路では難儀をする。いかに大才厚徳の士であっても、やはり必らず安逸好適の状態のみをもって終始する事は出来ない。いわんや千里の駿馬は、おのずからにして駑《ど》馬《ば》よりは多くを行き、大才厚徳の士は常人よりは人世の旅行を多くして、常人の到達し得ざる処に到達せんとするものゆえ、その遭遇する各種の不快、不安、障碍蹉躓は、したがって多いのであるから、その努力が常人を越えているのは云うまでもない。文明の恩人の伝記を繙《ひもと》き見るに、誰か努力の痕《あと》を留《とど》めない者があろう。殊に各種の発明者、もしくは新説の唱導者、真理の発見者等は、皆この努力によってその一代の事業を築き上げていると云わねばならぬ。東洋流の伝記や歴史で見ると、英才頓悟《とんご》、もしくは生まれながらに智勇兼ね備わっていたといったようなものがあって、俊秀な人は何事も容易になし得たかのごとく書いてあるが、それはむしろ事実の真を得ないものだといわねばならぬ。また、縦《よ》しんば英才の人が容易にある事をなし得ないとするも、その英才はいずれから来たか。これはその人の系統上の前代の人々の「努力の堆積《たいせき》」

がその人の血液の中に宿って、しかしてその人が英才たる事を得たのである。

　天才という言葉は、ややもすると努力に因らずして得たる知識才能を指《ゆび》さすがごとく解釈されているのが、世俗の常になっている。が、それは皮相の見たるを免れない。いわゆる天才なるものは、その系統上における先人の努力の堆積がしからしめた結果と見るのが至当である。美しい斑紋《はんもん》をもちもしくは稀有《けう》なる畸形《きけい》をなした万年青《おもと》が生ずると、数寄者は非常なる価値を認めるが、しかしその万年青なるものをつくづく研究してみると、決して偶然に生じたものではなく、やはりその系統の中《うち》にその高貴なるゆえんの原因をもっていた事を発見する。草木にしてしかり、いわんや人間の稀有なる尊《たっと》いものが忽然《こつぜん》として生まれるはずはないのである。

　盲人の指の感覚はその文字を読み得ざる紙幣に対しても、なお真贋《しんがん》を弁別し得るほどに鋭敏になっておる。しかしその感覚力は偶然に得たものではなく、その盲目の不便より生ずる欠陥を補わんとする努力の結果として、その指頭の神経細胞の配布を緻密ならしめたので、換言すれば単にその感覚が鋭敏なのではなく、解剖上における神経分布の細密を来し、しかして後に鋭敏なる感覚力を有するに至ったのである。すなわち、「機能」が卓越するというばかりでなく、その「器質」に変化を生じて、しかして常人に卓越したものとなったのである。これひっきょう努力の絶えざる堆積は、やがて物質上にも変化を与うる例証として認識するに足るでないか。

この理によって帰納すれば、俊秀なる人のごときも、偶然に発した天賦の才能の所有者といわんよりは、俊秀なる器質の遺伝、すなわち不断の努力の堆積の相続者、もしくは煥発者《かんぱつ》という方が適当である。かくのごときの説は、あるいは英雄聖賢の人に対して、その徳を減ずるがごとくにも聞こえるが、実はそうでない。努力は人生の最大最善なる尊いもので、英雄聖賢は、その不断に努めた堆積の結果だというのだから、いよいよ英雄聖賢の光輝をいよいよ揚ぐるゆえんだと思う。

野蛮人が算数に疎いというのも、つまり算数に対する努力が、まだ堆積しておらぬからで、すなわち代々の努力を基本としておらぬ者が、忽然として高等の数理を解釈し得よう道理がないから、そこで数学の高尚なる域に到達し難いという証例である。吾人《ごじん》はややもすると努力せずしてある事を成さんとするがごとき考えをもつが、それは間違い切った話で、努力より他に吾人の未来を善くするものはなく、努力より他に吾人の過去を美しくしたものはない。努力はすなわち生活の充実である。努力はすなわち各人自己の発展である。努力はすなわち生の意義である。

修学の四標的（その一）

射を学ぶには的がなくてはならぬ、舟を行《や》るにも的がなくてはならぬ。路《みち》を取るにも的がなくてはならぬ。人の学を修め身を治むるにもまた的がなくてはならぬ。したがって普通教育、すなわち人々個々の世に立ち功を成すゆえんの基礎を与うるところの教育にも、また的がなくてはならぬ。またしたがってその教育を受くるものにあっても、また的とするところがなくてはならぬ。的なくして射を学べば、射の芸は空しきものになる。的なくして舟を行れば、舟は漂蕩《ひょうとう》してその達するところを知らざることとなる。的なくして路を取れば、日暮れて駅《うまや》を得ず、身飢えて食を得ざることとなる。人にして的とするものなければ、帰するところ造糞《ぞうふん》機たるに止《とど》まらんのみである。教育にして的なく、教育を受くるものにして的とすべきところを知らざれば、読書佔《てん》畢《ひつ》*は、ひっきょう蚊虻《ぶんぼう》の鼓翼《こよく》に異ならず、雪案蛍燈*の苦学も、枉《ま》げて心を労し身を疲らすにすぎざるものであろう。しからばすなわち基礎教育の的とすべきは、どういうものであろうか。またその教育を受くるものの的として、眼を着け心を注《つ》くべきは、どういうところであるべきであろうか。

現今の教育はその完全周浹《しゅうしょう》なることにおいて、前代の比すべきではない程度に発達している。その善美精細なることにおいても、往時の及ぶべきにあらざる程度に進歩している。必らずしも智育に偏してはいない。必らずしも徳育を欠いてはいない。必らずしも体育を懈《おこた》ってはいない。教育家が十二分に教育方針を研究して、十二分に教育設備を円満になさんとして、努力している結果、ほとんど容喙《ようかい》すべき余地のないまでに、一切は整頓《せいとん》しているのが、現今の状態であるから、その点については、なお欠陥もあろうけれども、多く言わざるも可なりである。ただ教育の標的が、最簡最明に挙示されておらぬ。教育を受けるものも、明白にその標的を自意識に上《の》せておらぬごとく見ゆるのは遺憾である。で、今その点について少しく語らんと欲するのである。

もっとも教育の標的といっても教育の精神といってもよろしい教育勅語は、炳焉《へいえん》*として吾人《ごじん》の頭上に明示されている。これを熟読し爛読《らんどく》*して服膺《ふくよう》*すれば、万事おのずから足るのであって、別にさらに予のごときものの絮説《じょせつ》を要せぬのである。しかし予が別に言をなすものは、予の一片の婆心、已《や》む能《あた》わざるに出《い》ずるのみであって、もとより勅語のほかに別主張をなし、異意見を立つるがごとき狂妄な事をあえてするのではなく、ひそかに自ら我が言の必らず勅語とその帰を同じうして違《たが》わざらんことを信じているのである。

予が教育および教育を受くるものもしくは独学師なくして自ら教うるもののために、その標的とせんことを奨《すす》むるものはわずかに四箇の義である。標的ただ四、その題を称《とな》うれば、一口気にして余りあり、しかもその義理、その意味、その情趣、その応用における、滾々《こんこん》として尽きず、汪々《おうおう》として溢《あふ》れんと欲するものがある。願わくは予と天下なすあらんとするの人と共に、これを口称心念して遺《わす》れざらんとするのである。いかなるかこれ四箇の標的。一に曰《いわ》く、正なり。二に曰く、大なり。三に曰く、精なり。四に曰く、深なり。この四はこれ学を修め、身を立て、功を成し、徳に進まんとするものの、眼必らずこれに注ぎ心必らずこれを念《おも》い、身必らずこれに殉《したが》わねばならぬところのものである。これを標的として進まば、時に小蹉躓《さてつ》あらんも、ついに必らず大いに伸達するを得べきは疑うべくもない。

正、大、精、深。かくのごときは陳套《ちんとう》*である。いまさら点出して指示されずとも、我すでにこれを知れりという人もあろう。いかにも陳套である。新奇のことではない。しかし修学進徳の標的としては、このごとく適切なものはない。陳のゆえをもって斥《しりぞ》け、新のゆえをもって迎うるは、軽薄の才子と、淫奔《いんぽん》の女子との所為である。日照月曜はその久しきをもって人これに頼り、山峙《さんじ》河流はその常あるをもって人これにより、三三が九、二五十の理はその恒《つね》なるをもって人これを争わぬのである。いわゆる大道理なるものは、その行わるること変ぜず、その存すること誣《し》い難きをもって、人これに信頼し、人これに依帰《いき》するのである。すなわちいよいよ久しくして、いよいよ信ずべきを見、いよいよ古くして、いよいよよるべきを見るのである。かの毒菌の湿に生じ、冷焔《れいえん》の朽《くちき》に燃ゆるがごとき、倏生忽滅《しゅくせいこつめつ》＊して、常なきものは、そのいよいよ新たにして、いよいよ取るに足らず、いよいよ奇にして、いよいよ道《い》うに値せざるを見るのである。教育を受くるもの、もしくは自ら教うるもの等に対《むか》って、新奇の題目を拈出《ねんしゅつ》＊し来ってその視聴を驚かすがごときは、あるいは歓迎を受けるかもしれぬがその実は事に益なきのみである。正、大、精、深の四標的、取り出し来って奇なしといえども、決してその陳套のゆえをもってこれを斥くべきではない。いわんやまた日月は旧《ふる》しといえども、実に朝暮に新しく、山河は老いたりといえども、実に春秋に鮮《あざら》けく、三三が九、二五十の理は珍らしからずといえども、実に算数の術日に新たに開くるも、ひっきょうこのほかに出でざるにおけるをや。これを思えば、これ等皆いよいよ古くしていよいよ新たに、いよいよ易にしていよいよ奇なのである。正、大、精、深の四箇の事のごとき、これを味わえば味わいて窮《きわ》まりなく、これを取れば取って竭《つ》きざるの妙がある。如何《いかん》ぞこれを新奇ならずとせんやである。

正とは中である。邪僻偏頗《じゃへきへんぱ》＊、詭詖《きひ》傾側ならざるをいうのである。学をなすに当たって、人に勝《まさ》らんことを欲するの情の強きは、悪き事ではない。しかし人に勝らんことを欲するの情強きものは、ややもすれば中正を失うの傾きがある。人の知らざるを知り得、人の思わざるに思い到り、人のなさざるをなし了せんとする傾きが生じて、知らず識《し》らず中正公明のところを逸し、小径邪路に落在せんとするの状をなすに至るものである。力《つと》めてこれを避けて、自ら正しくせんとせざる時は、後に至って非常の損失を招く。僻書《へきしょ》を読むのも、正を失っているのである。奇説に従わんとするのも、正を失っている。尋常普通の事は、すべてこれを面白しとせずして、怪詭稀有《かいきけう》の事のみを面白しとするのも、正を失っているのである。たとえば飲食の事は、まず善くその飯を不硬不軟に作り得るを力むべきである。燕窠鯊翅《えんかしゃし》の珍は、その後に至ってこれを烹熬《ほうごう》すべきである。しかるにひたすら珍饌《ちんせん》異味を捜求して調理せんとし、かえって日常の飯を作《な》すことはなはだ疎なるを致すがごときは、正しきを失っているのである。学をなすもまたしかりで、学問の道もおのずから大門があり、正道があって、師はこれを教え、世はこれを示し、まず坦々蕩々《たんたんとうとう》たる大道路を行かしめて、しかして後人々の志すところに到らしめんとしているのである。しかるに好んで私見を立て、小智に任じ、傍門小径を望んで走るのは、その意けだし悪《にく》むべからずといえども、その終わりやけだし善からざるに至るのである。近来人皆勝つことを好むの心亢《たかぶ》り、好んで詭誕の説を聴き、古往今来、万人の行きて過たず《あやま》、万々人の行きて過たざるの大道路を迂《う》なりとし、奮力向前して、荊棘満眼《けいきょくまんがん》、磊石塡路《らいせきてんろ》の小径を突破せんとするがごとき傾きがある。その意気は愛すべきも、その中正を失えるは嘉《よみ》すべからざることである。学やや成って後に、そういう路をとるならば、あるいはその人の考え次第でいいかも知らぬが、それですら正を失わざらんとするの心がその人になくてはならぬのである。

いわんや書を読んでいまだ万巻に達せず、識いまだ古今を照らすに及ばざるほどの力量分際をもって、正を失わざらんとするの心ははなはだ乏しく、奇を追わんとするの念転《うたた》盛んにして、たまたま片々たる新聞雑誌等の一時の論、矯激の言等に動かされ、好んで傍門小径に走らんとするのは、はなはだ危いことである。くれぐれも正を失わざらんとし、自ら正しくせんとするの念を抱いて学に従わねばならぬ。

大は人皆これを好む。多く言うを須《もち》いぬ。今の人殊に大を好む。いよいよ多く言うを須いぬ。しかれども世あるいは時に自ら小にして得たりとするものあり。憾《うら》むべし善良謹直の青年の一派に、特に自ら小にするもの多きを。一、二例を挙げんか。彼等のある者は曰く、予才拙学陋《ろう》なり、ただたまたま俳諧《はいかい》を好み、闌更《らんこう》*に私淑す、願わくは一生を犠牲にして、闌更を研究せんと。ある者は曰く、予詩文算数法医工技、皆これを能《よ》くせず、ただ心ひそかに庶物を蒐集《しゅうしゅう》するを悦《よろこ》ぶ。マッチの貼紙《ペーパ》を集むるすでに一年、約三五千枚を得たり。異日積集大成して、天下に誇らんと欲すと。かくのごときの類、あるいは学者のごとく、あるいは好事家のごとく、あるいは畸人《きじん》のごときものがはなはだ少なくない。別にまた一派の青年があって、はなはだ小さなことを思っている。あるいは曰く、予は大望なし、学成りて口を餬《のり》し、二万円を積むを得ば足れりと。あるいは曰く、予父祖の余恵により、家に負郭の田《でん》*数頃《けい》、公債若干円あり、今学に従うといえども、学成るも用いるところなし、ただ吾《わ》が好むところの書を読み、画を観、費やさず、得ず、一生を中人生活に送らんのみと。このごときの類、あるいは卑陋《ひろう》の人のごとく、あるいは達識の人のごときものも、またはなはだ少なくない。これ等は皆強て咎《とが》むべきではない。闌更を研究するも可、マッチのペーパを蒐《あつ》むるも可、身を低くして財を積むも可、徒坐《とざ》して徒死するも、犯罪をするに比して不可はない。されども学を修むるの時に当たって、このごとくにして我が学ぶところを限り、毫《ごう》も自ら大にせんとするの念なきは、はなはだ不可である。いやしくも学に従う以上は常に自ら自己を大きくしようと思わねばならぬ。浪《みだ》りに大望野心を懐《いだ》くべきを勧むるのではない。闌更の研究、マッチのペーパの蒐集を廃せよというのではない。ただかくのごときことは、学成り年やや長《た》けて後、これをなすも可なりである。学に従っている中《うち》は、力《つと》めて眼界を拡大し、心境を開拓し、智を広くし、識を多くし、自ら自己を大になさんことを欲せなければならぬ。

七歳八歳の時に、努力してわずかに擡《あ》ぐるを得たる塊石も、年長じ身大なるに至っては、容易にこれを擡ぐるを得るものである。七歳八歳の我が、十五歳二十歳の我に及ばざりしは、明白である。このゆえに青年修学時代の我が、他日壮歳にして、学ややや成れる頃の我に及ばざるもまた明白である。しからば今の我をもって、後の我を律せんよりは、今はただ当面の事に勉《つと》め、学んでしかして習わんのみで、何を苦しんで自ら小にし、自ら卑しくし、自ら劃《かぎ》り、自ら狭くするを要せんやである。修学の道最も自ら小にするを忌む、自尊自大も、また忌むべきこともちろんであるが、大ならんことを欲し、自ら大にすることを力めるは最も大切なことである。人学べばすなわちようやく大、学ばざればすなわち永く小なのであるから、換言すれば学問は人をして大ならしむるゆえんだといってもよいくらいである。決して自ら劃って小にしてはならぬ。自ら自己をば真に大ならしめんとして力めねばならぬ。

大には広の意味を含んでいる。今や世界の智識は、相混淆《こんこう》し相流注して、一大盤渦*を成しているのである。この時に当たって、学を修むるものは、特に広大を期せねばならぬ。眼も大ならねばならぬ。胆も大ならねばならぬ。馬を万仞《ばんじん》の峰頭に立てて、眼に八荒を見渡すの気概がなくてはならぬ。大千世界を見ること、掌中の菴羅《あんら》果《か》*のごとくすというほどの意気がなくてはならぬ。一巻の蠹書《としょ》に眼睛《がんせい》を瞎却《かっきゃく》されて、白首皓《はくしゅこう》髯《ぜん》、なお机を離れずというようではならぬ。これもまたすべからく大の一字を念じて、さような境界《きょうがい》を脱し得なければならぬのである。

修学の四標的（その二）

精の一語はこれに反対する粗の一語に対照して、明らかに解し知るべきである。卑俗の語のゾンザイというは精ならざるを指していうので、精はすなわちゾンザイならざるものをいうのである。物の緻密《ちみつ》を欠き、琢磨《たくま》を欠き、選択おろそかに、結構行き届かざる類は、すなわち粗である。米の精白ならず、良美ならず、食らいて味わい佳ならず、糟糠《そうこう》いたずらに多きがごときは、すなわち粗である。これに反して物の実質の善く緻密にして、琢磨も十分に、選択も非ならず、結構も行き届きている類はすなわち精である。米の糟糠全く去り除かれ、良美にして精白、玉のごとく、水晶のごとく、味わいてその味も佳なるものは、すなわち精である。

精の一字を与えてこれを評すべき机ありと仮定すれば、その机は必らずやこれに対する人をして満足を感ぜしむるのみならず、また必らずや長く保存され、長く使用に堪え得るものたるに相違ない。如何《いかん》となれば、その材の選択に、十分の注意が払われているならば、乾湿に遇《あ》いて、たちまち反ったり裂けたり歪《ゆが》んだり縮んだりするようなこともなかろうし、結構に十分の注意が払われているならば、少々くらいの撞突《どうとつ》衝撃を受けても、たちまちにして脚が脱したり、前板や向板《むこういた》が逸《はず》れて、バラバラに解体してしまうような事もなかろうし、また実質が緻密であるならば、鬆疏《しょうそ》*のもののように脆弱《ぜいじゃく》でもあるまいから、自然と傷つき損ずる事も少なかろうし、琢磨が十分ならば、外観も人の愛好珍重を買うに足りるだけの事はあろうから、すなわち長く使用さるるに堪え、長く保存さるるに至り、そして人をして恒《つね》に満足を感ぜしむるだけの事は、おのずからにしてそこに存在するであろう。米もまたしかりで、もし精の一語をもって評すべきようの米ならば、米としては十分なる価値を有しているものであろう。これに反して粗の一語をもって評すべきようの机あらば、その机はこれに対する人をして、不満足を感ぜしめ、不快を覚えしむるのみならず、幾日月の使用にも堪えずして、破損して廃物となるに至るであろう。如何となれば材料実質が悪くて、結構も親切ならず、琢磨も行き届かぬものならば、誰しもこれを取り扱うに愛惜の情も薄らぐであろうし、物それ自身も、少々の撞突衝撃にあってもただちに損ずるであろうから、そういう運命を現ずるも必然の勢いである。米もまたしかりで、その粗なるものは、かえって他の賤《いや》しい穀物の精なるものには劣るくらいである。なんによらず精粗の差たるや実に大なりである。学問の道にも、精粗の二つがある。もちろんその精を尚《たっと》ぶのである。その大ザッパで、ゾンザイであるのをば、斥《しりぞ》けねばならぬのである。

しかし机や米に対しては、誰しも精の一語を下してその製作を評されたり、その物を評されたりするようなものを可とするが、学問においては時に異議あることを免れない。というものは古《むかし》からの大人や偉才が、時に精ということには反するような学問の仕方をなしたかのごとく見ゆることがあるので、後の疎懶《そらん》の徒＊が、ややもすればこれに藉口《しゃこう》＊して、豪傑ぶったことをあえて放言して憚《はばか》らぬところより、おのずからにして精を尚ばぬ一流を生じているからである。しかしながらその主張は、誤解から来ているものが多い。

精を尚ぶことをせぬ徒の、ややもすれば口にすることは、句読訓詁《くんこ》の学なぞは、乃《お》公《れ》はあえてせぬというのが一つである。なるほど句読訓詁の学は、学問の最大要用なことではないに相違ない。けれども、古の人が句読訓詁の学をなすことを欲しなかった点については、その志の高くして大なるところに倣うべきであって、その語があるから句読訓詁なぞはどうでもよいと思うのは間違いである。句読訓詁の学をなして、ただ句読訓詁に通ずるをもって足れりとし、句読訓詁の師たるに甘んずるようなる学問の仕方をなしたなら、それは非であろう。しかし句読訓詁を全然顧《かえり》みないでは、何をもって書を読みてこれを解し悟るを得んやである。句読訓詁に没頭してしまうのは、もちろん非である。句読訓詁なぞは、と豪語して、ゾンザイな学風を身に染みさせてしまうのも決してよろしくはない。字もって文を載せ、文もって意を伝うる以上は、全く句読訓詁に通ぜずして、そもそもまた何を学ぶを得んやである。文辞に通ぜざるは弊を受くるゆえんである。徂徠《そらい》先生＊のごとき豪傑の資をもって、なおかつ文辞に吸々《どうどう》するものは、実にやむをえざるものがあるからである。

仮に句読訓詁を事とせざるは可なりとするも、書を読んで句読訓詁を顧みざるがごとき習慣を身に帯ぶるに及んでは、何事をなすにも、粗笨《そほん》にして脱漏多く、違算失計、はなはだ多きを致すを免れざるものである。事を做《な》すに当たって、違算失計多きを悪《にく》まざるの人は、世に存せずといえども、習癖すでに成れば、これを脱するははなはだ難きものである。句読訓詁を事とせざるはあるいは可なるも、事を做すに精緻《せいち》を欠いて、しかもこれを意とせざるの習いを身に積むは、百弊あって一利なきことである。似而非《えせ》豪傑流の習慣は、決していわんや学問日に精緻を加うるは、今日の大勢である。句読訓詁を事とせよというのではないが、て身に積まざるようにと心掛けねばならぬ。

学をなすには精を尚《たっと》ばねばならぬというのである。

学問精密なることを尚ばぬ徒の、ややもすれば拠《よ》りどころとするのに、諸葛孔明《しょかつこうめい》が読書ただその大略を領した、ということもまたその一つである。陶淵明《とうえんめい》が読書ははなだ解するを求めずと云ったというのも、またその一つである。淵明は名家の後であって、そして如何ともなし難き世に生まれた人である。その人一生を詩酒に終わってしまったのである。情意ははなはだ高しといえども、その幽致は、ただちにとってもって庸常の人の規矩《きく》*とし難きものがある。まして不求甚解とは、粗漏空疎でよいと云ったのではない。甚解ということが不妙なのである。それで甚解を求めざるのである。学問読書、細心精緻を欠いて可なりとしたのではない。孔明の大略を領すというのも、領すというところに妙味があるのである。どうして孔明のごとき人が、囫圇儱侗《こつりんろうとう》の学*をなすものではない。孔明という人は、身ようやく衰え、食大いに減じた時に当たっても、なお自ら吏事を執ったくらいの人で、盲判《めくらばん》を捺《お》すような宰相ではなかった。それで敵の司馬仲達《しばちゅうたつ》をして、「事多く食少なし、それ豈《あに》久しからんや」、とその死を予想せしめたほどに、事を做す精密周到で、労苦を辞さなかった英俊の士である。その孔明が書を読み学を治むるに当たって、ゾンザイな事などをあえてしたと思うては大なる誤謬《ごびゅう》である。庸人の書を読むや、多くは枝葉瑣末《さまつ》の事を記得して、かえってその大処を遺《わす》るるのである。孔明に至っては、その大略を領得したのである。淵明や孔明の伝にかくのごときあるを引き来って、学をなす精ならざるも可なるかのごとくに謂《い》うものは、すなわちその人すでに読書不精の過《あやま》ちに落在しているのである。精は修学の一大標的とせねばならぬ。

殊に近時は人の心はなはだ忙《せわ》しく、学を修むるにも事を做すにも、人ただその速やかならんことを力《つと》めて、その精ならんことを期せぬ傾きがある。これもまた世運時習のしからしむるところであって、ただちに個人を責むることは出来ないのである。しかし不精ということは、事の如何にかかわらず、はなはだ好ましからぬことである。箭《や》を造る精ならずんば、なんぞ能《よ》く中《あた》るを得んやである。源為朝《ためとも》、養由基《ようゆうき》*をして射ら瞄《み》やしむるも、鏃直《やがら》からず、羽整わずんば、馬を射るもまた中らざらんとするのは、すき道理である。学問精ならざる時は、人をあやまるのみである。「一事が万事」という俗諺《ぞくげん》の教うるごとく、学を修むるものにして、いやしくも学の精なるを力めざるがごとくんば、その人万事の観察施設、皆精ならずして、世に立ち事に処するに当たっても、おのずから過ちを招き失を致すこと、けだし多々ならんのみである。

これに反して、学問その精ならんことを力むるにおいては、万事に心を用いる、また自ら精なるを得て、知らず識《し》らずの間に、多く智を得、多く事を解するに至り、世に立ち事に処するに当たっても、おのずから過ちを招き失を致すこと、けだし少なかるを得べきである。ガルバニの平流電気を発見せるも、*ニュートンの引力を発見せるも、世の瞶々者流《かいかいしゃりゅう》は、これを偶然に帰するが、実は精の功これをしてしかるを得せしめたので、学に精に、思に精に、何事にもゾンザイならず、等閑《なおざり》ならざる習慣の、その人の身に存しおりたればこそ、かくのごとき有益の大発見をもなし出《いだ》したるなれ、というのが適当である。ニュートンのごときは、現に自ら「不断の精思の余にこれを得たり」といっているではないか。およそ世界の文明史上の光輝は、皆精の一字の変形ならざるものなし、といってもよいくらいである。

深は大とはそのおもむきが異なっているが、これもまた修学の標的とせねばならぬものである。ただ大なるを勉《つと》めて、深きを勉めなければ、浅薄《せんはく》となる嫌いがある。ただ精なるを勉めて、深きを勉めなければ、渋滞拘泥のおそれがある。ただ正なるを勉めて、深なるを勉めなければ、迂闊《うかつ》にして奇奥なるところなきに至る。井を鑿《ほ》る能《よ》く深ければ、水を得ざることなく、学を做す能く深ければ、功を得ざることはない。学を做す偏狭固陋《ころう》なるも病であるが、学を做す博大にして浅薄なるも、また病である。ただ憾《うら》むべきはその大を勉むる人は、多くはその深きを得るに至らざることである。しかし人力はもとより限りあるものであり、学海は淼茫《びょうぼう》*として、広闊《こうかつ》無涯のものであるから、百般の学科、ことごとく能く深きに達するというわけにゆかぬのはむろんである。ゆえに、深を標的とする場合は、おのずから限られたる場合でなければならぬ。一切の学科において、皆その学の深からんことを欲すれば、万能力を有せざる以上は、その人の神《しん》疲れ精竭《つ》きて、困悶斃死《こんもんへいし》を免れざらんとするのが数理である。深はこのゆえにその専攻部面にのみこれを求むべきである。濫《みだ》りに深を求むれば、狂を発し病を得るに至るのである。

ただ人々天分に厚薄があり、資質に強弱はあるけれども、すでにその心を寄せ念を繋《か》くるところを定めた以上は、その深きを勉めなければ、井を鑿《さく》して水を得るに至らず、いたずらに空坎《くうかん》*をなすわけである。はなはだ好ましからぬことであるといわなければならぬ。どこまでも深く深く力め学ばねばならぬのである。天分薄く、資質弱く、力能く巨井を鑿《うが》つに堪えざるものは、初めより巨井を鑿せんとせずして、小井を鑿せんことをおもうように、すなわち初めより部面広大なる学をなさずして、一小分科を収むるがよい。分薄く質弱しといえども、一小科を収むれば、深を勉めて已《や》まざるや、能くその深きを致し得て、しかしてついに功あるを得べき数理である。たとえば純粋哲学を学得せんとするや、その力を用いるはなはだ洪大ならざるを得ざるも、某哲学者を撰《えら》んでその哲学を攻究せんとすれば、部面おのずからにしてその深きを致しやすきがごとき理である。美術史を攻《おさ》むるを一生の事とすれば、その深きを致さんことはなはだやすからざるも、一探幽《たんゆう》、一雪舟《せっしゅう》、一北斎《ほくさい》*を攻究せんとすれば、質弱く分薄きものも、またあるいは能く他人のにわかに企及しやすからざる深度の研究をなし得べきようの数理である。このゆえに深の一標に対しては、人々個々によりてあらかじめ考えねばならぬ。が、要するに修学の道、そのやや普通学を了せんとするに際しては、深の一標に看《み》到って、そしてあらかじめ自ら選択するところがなければならぬ。しかして学問世界、事業世界のいずれに従うにしても、深の一字を眼中に置かねばならぬことは、いやしくもある事に従うものの皆忘れてはならぬところである。

以上述べたところは何の奇もないことであるが、眼に正、大、精、深、この四標的を見て学に従わば、その人けだし大過なきを得んとは、予の確信して疑わぬところである。

凡庸の資質と卓絶せる事功

何事によらず、人のある時間を埋めてゆくには、心の中《うち》にせよ、あるいは掌《て》の上にせよ、何ものかを持っていなければおられぬ。まるで空虚でいることは、出来得るかもしれぬが、まず普通の人々としてはなし得られない。さらば心の中、あるいは掌の上に、何物かを持っている事が常住であるならば、その持っているものの善いものでありたいことは言うまでもない。

いわゆる志を立つるということは、あるものに向かって心の方向を確定する意味で、云い換うれば、心の把持するところのものを定めるわけなのだ。それであるから、心の執る処のものを最も善いものにしなければならぬのは、自然の道理である。したがって志を立つるには固からんことを欲する前に、まず高からんことを欲するのが必要で、さて志立って後はその固からんことを必要とする。

しからば志を立つるに最高であればよいかというに、もとよりそうである。しかし万人が万人同一の志であるということはあり得ない理だ。各人の性格に基づいて、その人が善しとする処に、心を向けてゆくべきなのである。政治上の最高地位を得て、最大功徳を世に立てようとか、あるいは宗教上道徳上の最上階級に到達して、最大恩恵を世に与えようとか、さらにまた文教美術の最霊の境涯に到達して、その徳沢を世に与えようとか、それ等はいずれも最高の階級に属するもので方面はそれぞれ変わっても立派なことは同一であるが、方向を異にするのは各人の性格から根ざしてくるのである。そこである性格の人は同じ最上最高のところに志を立つるにしても、ある事には適当し、ある事には適当せぬということがある。すなわち性格がその志に適応しなければ駄目である。

これ等は最も卓絶した人についていうので、普通の人は、また性格その者が最上最善にはあり得ない。甲乙丙丁種々あるけれども、第一級性格の人もあれば、第二級性格の人もあり、また第三級の性格をもっている人もある。元来人の性格はそういうように段階を区別することは出来ないものである。が、肉体にもある人は五尺六寸のものもあり、あるいは五尺三寸のものもあり、また五尺のものも多くある。かく肉体の身長《みのたけ》も、種々階級があるがごとくに、性格というものも、おのずからにして非常に高い人もあり、中位の人もあり、さらに低い人もある。そこで第一級の性格のものは、第二級の性格のものの志望するような事はおのずから志望せず、第二級の性格のものは、第三級の性格の者の志望するような事は自然に望まぬ。それは社会実際の状態であって、各人の性格に基づくのだから致し方がない。譬《たと》えばここに美術家があると仮定してみると、古往今来尽未来の第一位の人たらんとするものもあり、古《いにしえ》の人に比して、誰くらいになり得れば、満足と思うものもあり、それよりも低き古人を眼中に置いて、それぐらいが満足であると思うものもある。またさらに低きになると唯《ただ》一時代に称賛を博して、生活状態の不満さえなければ、それで満足とするものもある。斯《か》く人々の身長の高さに種々あるがごとくに、人々の志望の度合いも、性格に相応してみずから高低が現れてくる。

中にはまた非常に謙遜《けんそん》の美徳をその性質に具《そな》えているがために、自己の志望よりも自己の実質の方が卓越しておるくらいの人もある。そういう人はまず稀有《けう》のことであって、事実に例証していってみれば、南宋《なんそう》の岳飛《がくひ》は、歴史上の関羽《かんう》、張飛《ちょうひ》と肩を並べれば満足であると信じた。しかし岳飛のなした事は、関羽、張飛と肩を並べるどころではない。むしろ関張よりも偉いくらいである。また三国の時の孔明は、管仲《かんちゅう》、楽毅《がくき》などの人々を自分の心の標的としていた。けれども孔明の人品事業は、決して管仲、楽毅の下にはいない。かく二人のごとき謙遜の美《うる》わしい性質を有した人は、しばらく除外例として、多くの人々は尺を得んとして寸を得、寸を得んとしてその半ばにだも達せずして終わる。それゆえ志は性格に応じて、出来得るだけ高からんことを欲する。大なる志望を懐《いだ》いても、三十、四十、五十と、おいおい年を取るにしたがってついには陋巷《ろうこう》に朽ち果てて終わるのが常であるから、人は仮初にも高い志望を懐かねばならぬ。

一生を委《ゆだ》ぬる事業は、しばらくさしおいても、日常些細《ささい》のことでもやはり同一である。娯楽でもなんでも心の中掌の上に持っているものは、願わくは最高最善のものでありたい。ある人は盆栽を買っても安いものを買い、鳥を飼ってもイヤなものを飼い、園芸をしても拙劣《まずい》ものを作り、その他謡曲にしても、和歌にしても、また三味線《さみせん》にしても、種々の娯楽をとるに、いずれも最低最下のところで終わる人がある。またある性格の人は、種々の楽しみの中で、「盆栽は好むが他は好まぬ。盆栽でも草の類はたくさんあるが、己れは草はおいて木を愛する。また木にも色々あるけれども、己は柘《ざく》榴《ろ》を愛玩《あいがん》する。その代わり柘榴においては、誰よりも深く玩賞《がんしょう》し、かつ柘榴に関する智識と栽培経験とを、誰よりも深く博《ひろ》く有して、而《そ》して誰よりも善いのを育てよう」とするものがある。些細のことであるが、柘榴においては天下一にならんことを欲して、最高級に志望を立てるものがある。そういう人がもし他の娯楽に心を移したなら善い結果は得られぬが、かくのごとくにして変ぜざれば第一になることは出来ないまでも、その人ははなはだしい鈍物ならざる以上、柘榴においては決して平凡の地位に終わらない。柘榴の盆栽つくりにおいては他人をして比肩し得難きを感ぜしむるまでの高度の手腕を、その人はもち得られるに至る。それは最高に志望を置いた結果で、凡庸の人でも、最狭の範囲に最高の処を求むるならば、その人はけだし比較的に成功しやすい。

近頃ある人が蚯蚓《みみず》の生殖作用を研究して、専門家に利益を与えたという事が新聞に見えていた。是は誠に興味ある事例で、蚯蚓のごときつまらぬものにしても、その小さい範囲に長年月の間心を費やせば、その人は別に卓越した動物学者でないにも拘《かか》わらず、卓越した学者にすら利益を与え得るということに到達し、永い間の経験の結果は世の学界にあるものを寄与貢献したということになったのである。実に面白いことではないか。

人々の身長の高さはおおよそきまっているのであるから、むやみに最大範囲における最高級に達することを欲せず、比較的狭い範囲内において志を立てて最高位を得んことを欲したならば、平凡の人でも知らず識《し》らず世に対して深大なる貢献をなし得るであろう。何をしても人はよい。一生瓜《うり》を作っても馬の蹄鉄《ていてつ》を造っても、また一生杉箸《ばし》を削って暮らしても差し支えない。何によらずそのことが最善に到達したなら、その人も幸福であるし、また世にもいくばくかの貢献を残す。いたずらに第二第三級の性格であることをも顧《かえり》みずして、第一級の志望を懐こうよりも、各自の性格に適応するものの最高級を志望したならば、その人は必らずその人としての最高才能を発揮して、大なり小なり世の中に貢献し得るであろう。

接物宜従厚

物に接するよろしく厚きに従うべしというのは黄山谷《こうさんこく》*の詩の句である。人は心を存するすべからく温かなるべきである。

人の性情も多種である。人の境遇も多様である。その多種の性情が、多様の境遇に会うのであるから、人の一時の思想や言説や行為もまた実に千態万状であって、本人といえども予想し逆睹《ぎゃくと》する能《あた》わざるものがあるのは、聖賢にあらざるより以上は免れざるところである。それであるから人の一時の所思や所言や所為を捉《とら》えて、その人全体なるかのごとくに論議し評騭《ひょうしつ》*するのは、もとよりその当を得たことではない。しかし是《ぜ》を是とし非を非とすることを不当だとすべき理由は、またまたさらにこれなかるべきところのことに属する。ゆえに是を是とし非を非とするのもまた実は閑事で、物言えば唇寒し秋の風であるという一見解はしばらく擱《お》きて取らずとして、差し支えはないが、ここに当面の是を是とせずして非とし、非を非とせずして是とするがごときがあったならばどうであろう。その人の性情境遇がしからしめたることにせよ、これを可なりとすることは断じて出来ないのである。いわんやその性情拗戻辛辣《ようれいしんらつ》にして、おのずから轗軻《かんか》蹉躓《さち》*、百事不如意の境遇を招致し、而《そ》して不平鬱勃《うつぼつ》*、渇虎《かっこ》餓狼《がろう》のごとき状にあるものの、詭激側仄《きげきそくそく》の感情より生じたる論議評騭においてをやである。その歯牙《しが》にかくるに足らざるはもちろんである。したがってこれを酷排峻斥《しゅんせき》せざるべからざるもまたもちろんである。性癖は如何《いかん》ともなし難いにせよ、人はなるべく「やわらかみ」と「あたたかみ」とを有したいものである。仮にも助長の作用をなして、剋殺《こくさつ》の作用をなしたくないものである。

近く譬喩《たとえ》を設けてこれを説こうか。人は皆容易に予の意を領得するであろう。助長とは読んで字のごとしで助け長ずるのである。剋殺は剋し殺すのである。ここに一の牽牛花《あさがお》の苗が地を抽《ぬ》いたと仮定すると、これに適度の量の不寒不熱の水を与え、あるいは淤泥《おでい》、あるいは腐魚、あるいは糠秕《こうひ》、あるいは燐酸《りんさん》石灰等の肥料を与え、その蔓《つる》をしてよってもって纏繞《てんにょう》＊せしむべき竹条葭幹《かかん》等を与えてこれを扶殖して地に偃《ふ》すことなからしめ、叮嚀《ていねい》にその蠹蚜《とが》を去るがごときは、すなわち助長である。ゆえなくしてその芽を摘《つま》み去り、その葉を捋り取り、その幹茎を蹂躪《じゅうりん》して地に委せしめ、瓦礫《がれき》を投与して傷夷《しょうい》せしむるがごときは、剋殺である。牛馬犬豚のごときものに対しても、これを愛育し長成せしむるは助長である。これを酷待し虐使し、その生を遂ぐるを得ざらしむるは剋殺である。草木禽獣《きんじゅう》に対してのみならず、一机一碗《わん》一匣《こう》一剣に対しても、助長剋殺の作用はあるのであって、これを撫摩《ぶま》愛玩《あいがん》すれば、桑の机なら、その机はようやくにして桑の特質たる褐色の美沢を増進し来って、最初のただ淡黄色たりし時よりはその優麗を加うるものであり、楽焼の碗ならば、その碗はようやくにして粗鬆《そしよう》*のところも手に触れて不快の感を起こさしめざるを致し、黒漆《くろぬり》の匣《はこ》ならば、その匣はようやくにして漆の愛すべからざる異臭も亡《う》せ浮光も去り、賞すべき古色を帯ぶるに至り、剣はまたその払拭《ふっしょく》を懈《おこた》らざれば、その利を加えざるまでも、その鋭を保って、鏽《しゅう》花《か》の惨を受くるに至らざるものである。およそかくのごときは皆助長の作用である。これに反して机をば汚して拭《ぬぐ》わず、あるいは刀鑱《とうざん》し錐穿《すいせん》してこれを傷つけて顧みず、碗には垢膩《こうじ》滓渣《さいさ》を附して洗わず、あるいはこれを衝撃して、玉瑕《ぎょくか》*氷裂の醜を与え、匣をば毀《き》損《そん》し、剣をば銹花《しゅうか》満面ならしむるがごときは、剋殺の作用である。古人の妙墨《ぼく》蹟《せき》好画幅等に対してもまたしかりで、片紙断簡をまさに廃せんとするに拯《すく》いて、これを新装し再蘇《さいそ》せしむるがごときは助長であり、心なく塵埃堆裏《じんあいたいり》に抛置《ほうち》し、鼠牙《そが》蛀残《しゅざん》の禍《わざわい》を蒙《こうむ》らしめ、雨淋火爛《うりんからん》*の難を受けしむるがごときは剋殺である。

上挙の例に照らせば、不言の裏《うち》に予が意はおのずから明らかであるが、人はまさに一切の美なるもの用あるものに対しては助長の念を懐《いだ》くべく、決して剋殺の事をなすべからざるものである。助長を意とする人の周囲には、花は美しく笑うべく、鳥は高らかに歌うべく、羊は肥え馬は逞《たくま》しかるべく、器物什具《じゅうぐ》は優麗雅潔の観を呈すべき情勢があるが、これに反して剋殺を忌まざる人の周囲には、花も萎《しぼ》み枯れ、鳥も来り啼《な》かず、羊痩せ馬衰え、鼎《かなえ》は脚を折りて倒れ、弓は膠《にかわ》を脱して裂け、欠唇《けっしん》の罌《おう》*、没耳の鐺《とう》、雑然紛然として乱堆歪列《らんたいはいれつ》すべき情勢がある。

人の性情は多種であるからして、おのずから無意識的に剋殺の作用をあえてして憚《はば》からざるものあり、しかしてその人いまだ必らずしも狂妄放漫の人ならざるもあるのであるが、其《そ》はけだし幼時の庭訓《ていきん》これをしてしからしめたもので、その習慣その人を累するには足らざるにせよ、その習慣が決してその人を幸福にするとはいうべからざるものである。世にはまた一種拗戻偏僻《へんぺき》の性質よりして、好んで剋殺の作用をなし、朱を名画に加え、指を宝器に弾ずるがごときことをあえてして、しかも意気は昂々《こうこう》、眼角は稜々《りようりよう》、もって自ら傲《おご》るものもあるが、これ等は真に妄人痴物というべきものである。なん等の自ら益するところもなきのみならず、実に人を傷つけ世を害するものであって、かくのごとき人によって吾人《ごじん》はいかに多大の損害を被《こうむ》っているかしれぬのである。雪舟は唯《ただ》一人であり、乾山《けんざん》*はただ一人であるが、雪舟の画を破り棄つる人、乾山の皿を毀損する人は、何十人、何百人、何千人なりともあり得る数理であるから、剋殺を憚からぬ人ほど実に無価値なるものは世にないのである。哲学的に論じたならば、剋殺もまた造化の一作用であるから、剋殺をあえてして憚からざる人も、また造化の作用を助けているには相違ない。かくのごときの人あって、来者のために路《みち》を開くのであると論ずれば、論じ得られないのではないが、それは超人的の論議であって、実際の社会とは懸絶しているのである。美なるもの、用あるものを毀傷《きしよう》残害するよりほかに能力なき人ほど憫《あわれ》むべく哀れむべき人はまたないのである。人まさに助長を意とすべし、剋殺を憚からざるなかれである。

以上は動植器物に対しての言であるが、予の言わんとする本意は庶物に対してではない。実に人の悪しからざる思想や言語や行為に対して、妄《みだ》りに剋殺的の思想や言語や行為をなさずして、助長を意とせざるべからずと思うからである。

ここに人ありてある一事をなさんことを欲すと仮定せんに、その事にしてもしくは不良なり、もしくは兇悪なり、もしくは狂妄なりとすればすなわち已《や》む、いやしくもしからざる以上は、これを助長してその志を成しその功を遂げしむるもまた可ならずやである。たとい我これを助長するを好まざるまでも、なんで傍よりこれを剋殺して、その志の成らずその功を遂げざるを望むがごとき挙に出《い》ずるを要せんやである。しかるに世おのずから矯激詭異*の思想を懐き、言語を弄《ろう》し、行為をあえてする一種の人ありて、是を是とし非を非とする以上に、不是を是とし、不非を非とし、もって快を一時に縦《ほしいまま》にするがごとき挙に出ずるものがあるは悲しむべきことである。人あるいはかくのごときものは世に存するなしというであろうが、実際は動植器物に対しても助長を意とせず剋殺を憚からざる人の少なくないように、人の善や人の美に対しても、これを助けこれを済《な》そうとするものは比較的に少なく、これを毀損しこれを傷害しようとするものは決して少なくない。

過日の事であったが、予は山の手の名を知らざる一小坂路において、移居の荷物を運搬する一車の、積荷重くして人力足らず、加うるに、道路渋悪にして上るを難んずるを目撃した。時に坂下より相伴い来りし二人の学生の、その一人はこれを見るに忍びずして、進んで車後より力を仮してこれを推《お》したるがために、車は辛うじて上らんとして動いたのである。しかるに他の一人は声高くこれを冷罵《れいば》して、「止めい、陰徳家！」と叫んだので、車を推した学生は手を離して駈け抜けてしまって、すでに車より前に進んでいた冷罵者に追い及んで、前のごとく相並んで坂を上ったのである。車夫は忽然《こつぜん》として助力者を失ったために、急に後へ引き戻され、事態ははなはだ危険の観を呈したが、幸いに後より来りし二人があって、突差に力を仮したために事なきを得た。しかし予は阪上より差し掛かってこの状を見て、思わず胆を冷やし心を寒うしたのであった。

この事は真に一瑣事《さじ》で語るを値しないのであるが、これに類した事情は世にはなはだ少なくないのである。一青年が力を仮し車を推したのは、いわゆる惻隠《そくいん》の心*とでもいおうか、仁恕《じんじょ》の心*とでもいおうか、なんにせよある心の発動現象であって、儒家者流にこれを賞美するには値せずとするも、その行為たるや決して不良でもなく、兇悪《きょうあく》でもない。予をして言わしむれば、他の一青年がその心の発動に対して剋殺的の言語を出すには及ばぬことである。否《いな》、むしろ助長的の意義ある言語を出してその心の発動を遂げしめても可であり、またその学生も協力して労を分ちて不可なきことと思う。しかるに冷罵を加えて、儞《なんじ》なんぞ自ら欺くやと云わぬばかりに刺笑したるがために、一青年の心は牽牛花《あさがお》の苗のただ一足に蹂躪されたるがごとく、忽然としてその力を失い、突如として車を捨てて走るに至ったのである。これを目にしたる予は、後に至りてこれを思いこれを味わいて、一種愴然《そうぜん》*たる感を得た。吾人もまた時にかの冷罵を加えたる青年のごとき挙動を無意識の間になすことがないには限らぬ。そしてそのために、自他にとりてなん等の幸福をも来さずして、かえっていくばくかの不幸福を自他に貽《おく》りていることがないには限らぬと思わずにはおられなかった。

動植器物の愛すべく用うべきに対して、毀損剋殺をあえてしてはならぬことは自明の道理である。人の善を成し美を済《な》すことにおいても、また助長的態度に出でねばならぬことも自明の道理である。他人の宗教を奉ぜんとするに会えば、これを嘲笑《ちょうしょう》するは科学を悦《よろこ》ぶものの免れざるところであり、他人の科学を尊信するを見れば、これを罵詈《ばり》するは宗教を悦ぶものの免れざるところである。しかし人の性情は多種であり、人の境遇は多様である。自己の是とするところのみを是とせば、天下は是ならざるものの多きに堪えざらんとするのである。ゆえにいやしくも不良でなく、兇悪でなく、狂妄でない限りは、人の思想や言説や行為に対しては、いやしくも剋殺的でなく、助長的であってしかるべきである。いわんや多く剋殺的なるは、その人の性情の拗戻偏僻なると、境遇の不満なるとに基因する傾向の、実際世界においてははなはだ明白に認識せらるるあるをや、というもけだし大いなる誤謬《ごびゅう》ではないのである。

四季と一身と（その一）

人はその内よりしてこれをいうときは、天地をも籠蓋《ろうがい》*し、古今をも包括しているものである。天地は広大であるが、人の心の中《うち》のものにすぎぬ。古今は悠久であるが、やはり人の心の中に存ずるものである。人の心は一切を容《い》れて余りあるものである。人ほど大なるものはないのである。

しかしその外よりしてこれをいうときは、人の天地の間にあるのは、大海の一滴のごとく、大沙漠の一砂粒のごときものであり、また人の古今の間にあるのは、大空の一塵《じん》のごとく、大河の一浮漚《ふおう》*のごときものである。人は空間と時間との中の一の幺微《ようび》*なるものにすぎぬのである。

その内よりしていうことは今しばらく擱《お》くとして、その外よりしていう方について言をなそうならば、人すでに空間および時間中に包有せらるる一幺微の物たる以上は、我を包有するところの空間、および時間の、大なる威力、および勢力のために支配さるるを免るることは出来ないので、すなわちその測るべからざる大威力大勢力の左右するところとなっているのである。

日本に生まれたものは、おのずからにして日本語を用い、日本人の性情を有し、日本人の習慣に従っているのが事実である。魯西亜《ロシア》に生まれたものは、おのずからにして魯西亜語を用い、魯西亜人の性情を有し、魯西亜人の習慣に従っているのが事実である。これ等は明らかに人の空間の威勢に左右されていることを語っているのである。

空間の人に対することはしばらく擱いて談ぜぬとする。

時間の人に対してその威勢を加えていることもはなはだ大なるものである。鎌倉《かまくら》期の人は、おのずからにして鎌倉期の言語風俗習慣を有し、また同じ期の思想や感情を有しており、奈良《なら》朝時代の人は、おのずからにして奈良朝時代の言語風俗習慣を有し、また同じ期の思想や感情を有していたのである。人々個々の遺伝や特質によって、差異あるはもちろんであるが、時代の威力勢力が、あらゆる人々にある色を与えているということは、誰しも認め得る事実である。かくのごとくなる一時期一時代というや長い時間の勢力威力が人に及ぼすことは、これも今説かんとする点ではないゆえにしばらく擱くとして、ここに言わんとするところは、一年四季の人に及ぼす威力と勢力と、かつ人のその威力勢力に対していかに答応し、いかにこれを利用すべきかということである。

年の四季が人の一身に及ぼすところのあるのは、大なる空間や、長い時間がその威力勢力を人に加被すると同じ道理である。*一時代は一時代で、その勢威を有しており、十年二十年は十年二十年で、その勢威を有しておる。それと同様に一年は短い時間ではあるけれども、なおかつ一年だけの勢威を有して、そしてその勢力を人の上に加えるのである。なお一層詳言すれば、春は春の勢威を有して、これを人の上に加え、夏は夏の勢威を有して、これを人の上に加え、秋は秋、冬は冬の勢力威力を有して、これを人に加えているのである。

人間と季節との関係は、古来の感覚鋭敏なる詩人歌客等の十二分にこれを認めているところの事に属する。予がいちいち例証を挙ぐるまでもなく、いやしくも詩歌を解する能力を有しているものは、もし春の詩歌を読んだならば、明らかにその春の詩歌の中に、春の勢力威力が、いかに人間に加被したかということを現した辞句を、容易に見出《みいだ》し得るであろう。秋の詩歌を味わったならば、明らかにその詩歌の中に、秋の勢力威力が、人間に加被したことを現した辞句を、容易に見出し得るであろう。古来の四季の詩歌は、換言してみれば、ほとんど皆四季の勢力威力が人間に加被する状態を吟詠してあるのが、すなわち四季の詩歌である、といってもよろしいくらいである。

詩歌以外においても、遠い古《いにしえ》よりして、四季の人間に及ぼすところのものを道破しているものは決して少なくない。その断片零句を拾って、この事を証拠立てるとしたならば、人文あるより以来の多くの文字は、皆とってもってこの事の証左とすべきものであろう。もしそれ比較して、詳密にかつ適切に、かかる事を説いたものを求めたならば、経書をほかにしては『呂覧《りょらん》』などは最も詳しく説いているものとして認めることが出来るであろう。

古代の人の思想には、天時が人事に関係があるばかりでなく、人事が天時にも関係影響するものとして、考えていたのであることは、『呂覧』が極めて明白にあらわしている。いやそれどころではない。殷湯《いんとう》が自ら責めた語などを見ても、天と人とははなはだ緊密に相関しているものと、古人の認めていたことが窺《うかが》われる。これ等の事を考証するのが本意ではないから、今は論ぜぬが、かかる事例や証左は、いやしくも少しく古を知るもののこれを引挙するを難しとせぬところである。

古は古である。多くいうを値せぬとしてもよろしい。ただちに今の吾人《ごじん》の上について、吾人の実際に感じ、真個に知るところを基《もとい》として語ろう。吾人の目が睹《み》、心が知るところについて言をなしてみようか。吾人はやはり、四季の吾人に及ぼす影響の少なからぬことを認めぬわけにはならぬのである。

鉱物界には生理があるかないか知らぬが、まず常識の考え得るところでは、生理はないようで、そのあるところは物理のみのようである。植物界には心理はあるかないか不明であるが、その存するところは生理と物理とで、常識の判断によれば、心理はないようである。舎利《しゃり》が子を産むの、柘榴《ざくろ》石が生長するの、黄玉がようやく老いてその色を失うのということは、事実があるにしても、それは物理のしからしむるので、生理の所摂*の事ではないようである。阿迦佗樹《あかだじゅ》が感覚があるの、フライトラップが自ら食物を取るの、含羞草《おじぎそう》が感情的に動くの、ある植物はおいおいに自己の所在地を変更して、歩行するがごとき観をなすのといったところで、それは物理生理のしからしむるので、心理のしからしむるのではないようである。人と動物とに至っては、物理生理心理を具有しているのである。

で、鉱物界の物すら、四季の影響を受けている。すなわち鉱物体の罅隙《こげき》*にある水分は、冬の寒威に遇《あ》って氷となって膨脹し、春の暖気に会して融消して去るために、崩壊砕解の作用が行われるのである。あるいはまた夏の烈日や霖雨《りんう》が、酸化作用を促して、秋の暴風や厳霜が、力学的熱学的に働くために、断えず変化が起こされているのである。それからまた植物は、鉱物に比しては、いよいよ多く四季の影響を受けている。太陽の光線の量が異なり、熱が異なる、それ等の事情のために、物理の作用を受けるはもちろんの事、植物自身が生理作用を有しているだけに、物理作用が生理作用に影響して、生理状態が季節と共に変化遷移し、そしてその繁栄、もしくは衰枯の始終を遂げるのである。春に華さき、夏に茂り、秋に実り、冬に眠るのは、樹木の多数が現すところの四季の影響である。春生じ、夏長じ、秋おのずから後に伝わるの子を遺《のこ》し、冬おのずから生活の閉止を現すのが、穀蓏《こくら》*の多数が示すところの、四季の影響である。かかる自然の有り様は、一切の人の認め識《し》っているところで、そしてその自然の情勢を利用して、春は播種《ばんしゅ》してこれを生ぜしめ、夏は耕耘糞培《こううんふんばい》して、その長育を助け、秋は刈穫《がいかく》して、その功を収めるのである。これが穀蔬に対するの概しての道である。また春には華を求め、夏には葉を取り、秋には実を収め、幾春秋を経たる後には材を取るのである。これが樹木に対して無理のない処理の大概の道である。

人は植物と四季との関係を明白に知っている。そしてその智識により、巧みにその関係を利用する。それと同様に、家畜家禽《かきん》その他の動物等に対しても、四季が家畜その他動物等に及ぼす関係を明知して、そしてその関係を利用するに拙《つたな》くない。蜂より蜜を収め、蚕より繭を収め、鶏より卵を収め、家畜よりその仔《こ》を収むるにも、皆季節によりてこれを得ることを知っている。狂妄の人にあらざるよりは、季節が与えぬものを得ようとはせぬのである。

これ等の道理に照らして考えたならば、内省の力を有している人類は、自己が四季の作用をいかに被《こうむ》っているかを観察して、そしてその四季との関係を洞視し、その関係状態に順応して自ら処したがよろしい、ということに心づかねばならぬはずである。

ただ人類は他の動物よりは確かに卓絶した有力の心理を有している。その心理が有力であるだけそれだけ、四季の支配を受くることが、他の動物ほど著明でなくて、心理の力でのみ動作しているように見えるものである。動物は下等になれば下等になるだけそれだけ、心理の力が弱くて、そして心理の力が弱ければ弱いだけ著明に、四季の支配を受けていることを現している。狗《いぬ》や馬のごとき高等動物は随分心理で行動する。海鼠《なまこ》や蜒蚰《なめくじ》は、やはり心理で行動することもあるのではあろうが、ほとんど生理でのみ行動しているようで、心理で行動しているところは吾人の眼には上らぬといっても可なるくらいである。心理で行動することの多いものの行動は、その一点頭一投足も、また皆その動物自身の意志感情からして、点頭し投足するように見えて、自然がこれをしてしからしめたようには見えぬのである。特に人類は自意識が旺盛《おうせい》であるから、自己の行動はすべて自己がこれをなすように感じていて、自然がこれをなさしめているところがあるようには感ぜぬのが常である。

そこで人類は四季が人類に及ぼす影響を的確に知って、そして自らこれを利用するとか、これに順応するとかいうところまでには至っておらぬように見える。もし植物や家畜において、四季の作用することが、甚大甚深であり、かつその作用に順応し、またはこれを利用することが、有理でかつ有益であることを認めたならば、人類もまた天地のほかに立ち、日月の照らさざるところにいるものでない以上は、他の動物や植物と同じく、四季の作用を受けている道理であるから、詳しく四季の我に作用するゆえんを考えて、これに順応し、あるいはこれを利用するのが、有理の事であり、有益の事であろうではないか。自意識の旺盛なるために、一切我より出ずとなしているのは、自己の掌《てのひら》をもって自己の眼を掩《おお》うているがごとき状がありはせぬか。

人類の他物に比して優秀なるは、疑いもなくその自意識の旺盛なる点にもあるが、自意識の旺盛なるのみで一切の事が了しているのではない。太陽の熱は、自意識の旺盛なものにも、無意識のものにも、同様に加被しているのである。四季の循環は、一切の物の上に平等に行われているのである。自意識の旺盛なるままに、自然が我に加うるゆえんのものが存することを忘れているのは、観察の智が不円満であるとせねばならぬ。試《こころ》みに四季の循環が、吾人に及ぼすところのものを、観察するに力《つと》めてみようか。

春は草木の花を開かしめ芽を抽《ぬ》かしめ、禽獣虫魚をして、その蟄伏《ちっぷく》の状態よりして、活動の状態に移らしめる。草木の花が開き芽が出るということは、明らかに草木の体内において生活の働きが盛んになって、その営養分たる水気の類が、根鬚《こんしゅ》より吸収されて、幹を上り枝に伝わり、そして外に発するのだ、とも云い得ることを示している。換言すればまた太陽の温熱が加わったり、空気の湿度が異なってきたりするために、末端が刺激されて、そしてそのために水気等のものが、促進されて上昇する、ともいい得ることを示している。

禽獣虫魚等の春に遇ってようやく多く活動するようになるのは、そもそもなんによるのであろうか。専門学者にあらざれば、自説を詳述し、確信することは、困難であるが、要するに気温気湿の変化と、地皮状態の変化とに本《もと》づくのが第一で、次にその摂取する食物の性能の差異に本づくのが第二の原因であろう。夏秋冬の三季における植物動物の自然に受くるところのものも、またなお春におけるがごとくで、皆太陽熱より起こる気温気湿等の空気状態、およびこれによって起こる地皮の状態の差、食物の差等に本づくのであろう。

人類は四季のためにはどういう影響を受くるであろうか。

春来り風和らげば、人もまた冬とは同じでない。春になれば人の顔にも花は咲くのである。この事は古よりの人々も観察し得ていることである。黄ばみ黒ずんでいた人の顔は、紅色を帯びてきて、ようやく鮮やかに美《うるわ》しくなり、悴《かじ》け萎《しな》びて、硬《こわ》ばったり亀裂したりしていた人の皮膚は、軟らぎ潤いて生気を増し、瑞々《みずみず》しく若くなって、皸《ひび》凍傷《しもやけ》なども治り、筋肉は緊張し、血量は増加したるがごとく見える。したがって心理状態もまた冬期とは異なって、慥《たし》かに発揚すること多く、退嬰《たいえい》すること少なく、籠居《ろうきょ》を厭《いと》い、外出を喜ぶようになり、器械がするような労作には倦《う》みやすくなって、動物がするような、意志あり、感情ある仕事をなそうとする。着実な事よりは、華麗《はでやか》な事に従いたがる。温健な事よりは、矯激な事を悦ぶ。理性に殉《したが》うよりは、感情に随いたがる。泣くよりは笑いたがる。愁うるよりは怡《よろこ》びたがる。勤むるよりは遊びたがる。青年壮年の士女においては、いわゆる春気が発動する。かくのごときは春が人に及ぼす大概である。

四季と一身と（その二）

顔色悦沢、感情怡和《いわ》、人の春においてかくのごとくなるに至るのは、自意識に基づくのであろうか。そもそも自然がしからしむるのであろうか。疑いもなく意識には基づかぬのである。春において人の顔色の美しくなるのは、血液の充実に基づくのである。血液はなぜに冬は乏少し、春は充実するであろう。この事実は寒暖計の水銀がただちに示しておる。護謨毬《ゴムまり》の中の空気が明らかに教えている。水銀や空気が熱に遇《あ》えば、膨脹するがごとく、同一重量の血液にせよ、温熱にあえば、その容積は膨脹し増加して、同一容器内においては充実の観を生じてくる。春暖に際して、人の皮下体内に血液の充実して漲溢《ちょういつ》せんとするごとき観を生じてくる理由は、決して唯一の理由ではなく、複雑なる理由から成り立っているには相違ないが、温熱に著しく感ずるものは、気体および液体であるから、血液が暖暄《だんけん》の影響を受けて、人の体内において膨脹することは確かに有力の一原因に疑いない。そして血液容量の増加は、血圧力すなわち血管内壁を圧する力の増加を致すに疑いない。脳の中《うち》における血量もしくは血圧の乏少と増加とは明らかに心理作用に影響する。肢体における血量もしくは血圧の増加と乏少とも、心理に影響する。飲酒、入浴、按摩《あんま》等の心理に及ぼす影響は、何人《なにびと》もこれを認むるところである。血液鬱滞《うったい》はしばらく論ぜず、すべて適度の血量増加、すなわち血圧増加は、心理における陽性作用を致し、感情においては愉快怡和亢奮《こうふん》を現し、理性においても同じくその影響を被《こうむ》るに相違ないが、感情亢昇《こうしょう》のために掩《おお》われて、かえっていささかその働きが鈍らされるがごとき観を呈するに至る。春の人に及ぼす影響は、その温暖という点のみより説いてもかくのごときものがある。

食物の変化が人に及ぼす影響もまた大なるもので、古の人すら養は体を移すとして認めておるくらいである。春に当たって人の新鮮なる蔬菜海草《そさい》、野生草木の嫩葉《どんよう》＊新芽《しんが》、および軟幹《なんかん》等を取って食とすること多きは、争うべからざる事実であるが、これ等の食物中のある物は疑いもなくその特性の作用を人に及ぼすに相違ない。禽《きん》類獣類等が、春において著しく冬季におけるとその動作を異にする原因の中の有力なる一件が、食物の変化に存するは、家禽家畜等に徴して明らかに知ることの出来ることである。緑色素を有する菜類、すなわち菘《すずな》の類を与えざれば、家鶏は多く不活潑《かっぱつ》に陥る。これに反してこれを与うれば、その肉冠は著しく鮮紅または殷紅《いんこう》となり、その挙動は活潑となるのである。人類も緑色素を有する蔬菜類を長く絶つ時は、憂悶《ゆうもん》に陥り、血液病に罹《かか》るを致すが、多く蔬菜を取るに至れば、血液は浄《きよ》められ、憂悶は快活となり、顔色は蒼黄《そうこう》より淡紅となる。これ等普通食物なおかくのごとしである。いわんや、特異の性を有する植物においてをやである。薬用草木として用いらるるのみの草木以外、すなわち普通食物として用いらるる草木でも、その花を開き芽を抽《ぬ》く時、すなわち多くは春の時に当たっては、その性能は、花または嫩芽に存しがちのもので、例を挙ぐれば山椒《さんしょう》や茶のごとく、その花や芽はその物の性能を全存しておるものである。芳香ある花柚《はなゆ》や、猛毒ある烏頭《うず》は、春季には開花せぬものであるけれども、同じく花時においてその芳香をも猛毒をもその花に存しておるがごとく、草木はその開花抽芽の時に当たっては、自体の性能精気を花や芽に存しておるものである。そこで春の時に当たって吾人《ごじん》が取る植物性の食餌《しょくじ》は、たとい平凡のものでも、その性能精気をもって、吾人になん等かの影響を与えることが少なくない。芥子《からし》菜であるとか、蕗《ふき》の薹《とう》およびその茎であるとか、茗荷《みょうが》であるとか、蕨《わらび》であるとか、紫蕨《ぜんまい》であるとか、独活《うど》、土筆《つくし》、よめ菜、浜防風《はまぼうふう》であるとか、楤《たら》の芽、山椒の芽であるとか、菜の蕾《つぼみ》であるとか、竹の子であるとか、野蜀葵《みつば》であるとか、菠薐草《ほうれんそう》であるとか、花でも芽でもないが春子香蕈《はるこじいたけ》であるとか、これ等のものは、その性質に、和平甘淡のものもあり、辛辣峻急《しんらつしゅんきゅう》のものもあるが、いずれも多少の影響を生理上に及ぼし、延《ひ》いては心理上に及ぼすことであろう。茶の精気は、老葉には少ない、その嫩葉にある。嫩葉でも葉軸よりは葉尖《ようせん》にある。烏頭は花ある時は、その毒が根には乏しいくらいで、蝦夷《えぞ》人は花なく葉枯れた後に至って、その毒の根に帰するを待って利用する。蕓薹菜《あぶらな》は平淡のものであるが、その蕾を多く食らえば人を興奮せしめる。虎杖《いたどり》の生長したのは食うべくもないものだが、その嫩茎を貪《むさぼ》り齧《か》めば、爽快を感ぜしめる。蕗の薹はその苦味《にがみ》をもってのゆえか知らぬが、慥《たし》かに多少の薬餌的効能を有する。これ等の零砕な事実を綜合《そうごう》して考うる時は、草木の発花抽芽の季たる春における植物性食餌の、吾人の生理上心理上に、比較的やや強い影響を与えることは看過し難いことである。

香気が吾人を衝動することも、決して些細《ささい》なことではない。沈《じん》、白檀《びやくだん》、松脂等が吾人にある感を起こさしむるのも、決して因襲習慣より来る聯想《れんそう》によるのみではあるまい。仏教の儀式には、沈白檀等が用いられ、耶蘇《やそ》旧教の儀式には、その香炉より松脂の香が振り散らされる。これ等の香気は、明らかに動物の生殖慾《よく》の亢昂時に成り立つところの麝香《じやこう》や麞香《しようこう》や、植物の交精時に発する薔薇《しようび》花香、百合《ゆり》花香、菫々菜花香《すみれかこう》、ヘリオトロープ花香、茉莉《ジヤスミン》花香等とは異なったものである。物性異なれば反応もまた異なる。吾人の感の、彼に対する時とこれに対する時との異なるのも、勢いおのずからしからざるを得ざるものがあるのであろう。春の世界は冬に比して、大いに香のある世界だ。花が香を発する。若芽や嫩葉《わかば》が薫る、小溝の水垢《あか》も春は浮き立って流れて、したがってその異な香がする、防風の生えておる砂地や、土筆蒲公英《たんぽぽ》の岡の辺《ほとり》や、街道《い》の馬糞《まぐそ》や、路傍《みちばた》の切れ草鞋《わらじ》から、陽炎《かげろう》の立つ柔らかな日の光の下で種々の香が蒸し出される。女はいよいよ女くさく、男はいよいよ男臭くなる、狐臭《わきが》のある女や男やは、いよいよその奇臭を発揮して空気の純潔を淆《みだ》す。食物に供せらるるものの中でも、植物性のものの多くはあるいは愛賞すべく、あるいは嗜好《しこう》すべき個々の香気を発するものが、冬季におけるよりは比較して多い。

およそこれ等の数件、すなわち温暖が与える物理的の働きや、食物が与える生理的、または薬物学的の働きや、香気が与える心理的の働きや、これ等の事は皆春が吾人に及ぼす明らかな事象である。なおこの他にも、研究すれば研究するに従って、春が大いなる季節の流行という力を背後《うしろ》にして吾人に薄《せま》るところのものは、決して少なくないことを見出《みいだ》し得るであろう。かくのごときの諸種の力の衝動するところとなって、そして吾人は春においては春らしい心になるのであることは争われない。ただ単に吾人自身の心理的で、ある気持ちを有するに至るのではないのである。

春のみではない。夏も秋も冬もまた同じである。吾人は明らかに四季の影響を受けておる事、たとえばなお草木のごとく禽獣のごとくなのである。

はたしてしからば吾人は四季の吾人に対して与うるところのものに順応して、吾人自身を処理するのが至当であり、かつまた至妙であるに相違ない。

かくのごとき道理で、吾人は春が吾人にどういうことをなさしむるべくあるか、また夏や秋冬がどういうことをなさしむるべくあるかという事を考察して、そしてこれに順応して、自身を処理するにある調摂をとっていきたいと考える。

さて春夏は吾人の肉体を発達長成せしむることが、秋冬におけるよりも比較的に多く行わるるようである。秋冬は心霊を発達長成せしむることが、春夏よりは多く行わるるようである。春夏は四肢を多く働かす時は、目に見えて四肢が発達する。秋冬は脳を多く働かす時は、目に見えて脳が発達するようである。そして春夏において体育を勤めた人は、秋冬において容易に脳を発達せしめ得るようである。予はごとしであるといっておる。なりとは云っておらぬ。しかしどうも予の観察の範囲では、前に言ったごとくに思える。で、春夏に当たって、自然に逆らって、あまり肢体を働かさずに、あまり多く脳を働かすと、その人は脳の機能器質に疾患を起こすに至るようである。これは自然に逆行するがために生ずるのではあるまいか。春分以後夏至以前には、ややもすれば漫《みだ》りに脳を使った人が、あたかもその時期に精神的疾患を発したり得たりするようである。あるいははなはだしい発作をなすようである。それは季節の力の最も猛なる時に当たって、その季節に逆らったことをあえてした結果が現れるのではあるまいか。

これ等の事は少ない範囲の経験で確論する事ははなはだ無思慮の事に属するが、各人は各人で内省的能力を有しているものであるから、深く自ら考察したらよかろうと思う。予は各人が、人と天との関係を考察して、しかして適応して戻《もと》らざるように、自己を処せんことを勧めるのを道理ある親切と思考するのである。

疾病の説（その一）

疾病《しっぺい》は生物のなき能《あた》わざるところのものである。はなはだ稀有《けう》の事としては、生に始まるより死に終わるまで、疾病の現象を呈することなくて、世に来り世を去るものもあろうけれど、そはその事について思量考慮を費やすことを要せぬほどに稀有である。植物と最下等動物とはしばらく措《お》いて論ぜず、高等動物と目されおるもの、特に人類にあっては、男女を問わず疾病なしに終始するものは、はなはだ少ないといおうよりはむしろ絶無といっても差し支えないくらいである。されば疾病のために、大なり小なり、長い間なり短い間なり、人類がある影響を受くるのが、通常ありがちの事である以上は、疾病という事について多少の考量思慮を費やすのは、疑心より生じたる暗鬼について、思慮考量を費やすがごときことではない。いずれかといえば至当の思慮考量の費やし方である。物ずきでもなかろう。不必要でもなかろう。

疾病ということは学者めかしてその定義を論ずる段になれば、随分面倒なことであろう。いずくよりいずくまでが平常状態で、いずくよりいずくまでが疾病状態であるか、専門の知識が相応にあっても、異論者の起こるべきことを予想して立論する時は、容易に言を立つることは出来まい。しかし生理学、病理学、健全学*、解剖学等の精細な論議に立ち入ることを避けて、普通知識より立言して、疾病を論じた方が、医療家、衛生学家、解剖学家、生理学家等が支配している精細な知識圏に立ち入っておらぬ一般民人にとってはむしろ実際に近くてかえって利益もあろうし、正しき解釈にも近づこうというものである。

普通に疾病というのは人の器質の異常を呈するに至り、器能の不全を呈するに至り、また換言すれば生理状態の欠陥を生じ、もしくは示しつつある場合を指すのである。いずれにもせよ疾病ほど人世にとって不幸を致すものはあるまい。自己の疾病、自己の近親朋友《ほうゆう》の疾病、ないし一面の知なき人の疾病も、皆直接間接に不幸を致すのである。自己が健康を失ったのはもちろん不幸である。愛子が病むのももちろん不幸である。同じ町内に赤痢患者が出で《い》、同じ市内に黒死病《ペスト》患者が出でるのも、我が不幸なるは明白である。この道理を推して観ずれば、北極圏内の蠢《しゅん》たる民や、亜弗利加《アフリカ》内地や南洋の蛮民が、一人病を発しても、厚薄深浅の差こそあれ、吾人《ごじん》にとって悲しむべき不幸たることは争うべくもない。小さな心の利己主義より言っても、優しい心の博愛主義より言っても、世の中に疾病というものをなくしたいと思わぬ人はなかろう。

しかるに矛盾に満ちている人の世は、いかなる時においても、人の望に副《かな》った無疾病の世というものが現在した例を見せていない。歴史は常に疾病によって幸福が毀損《きそん》され、不幸が惹《ひ》き起こされたことを記して、その全紙を埋めている、といってもよろしいほどである。疫癘《えきれい》*流行の事実のごときは擱《お》いても、智勇善良の人士の損耗は、断えず疾病のために促されて、そして常に社会は大不幸を受けているのである。その一点より論じても、なにほど疾病が人間に災いしているか分からぬくらいで、たとい医術が進歩したの、衛生設備が完全に近づいてきたのというても、今日なお吾人は、常に疾病のために直接間接に悩まされぬいているのである。

疾病の絶滅は不可能であるかもしれぬ。しかし吾人はこれを可能なりと仮定し、吾人の理想の充実さるる時はすなわち疾病絶無なるに至るものとして、疾病の駆除に力《つと》めねばならぬ。これは能《よ》くすべからざるの事にせよ、欺くべからざるの願いであるではないか。

疾病絶滅の道は、決して一端ではない。多端である。

試みにこれを説けば、一は社会的であり、一は個人的である。個人的の方は多く言うを須《もち》いない。社会的方法が具備しなければ、ある一個人はよしや無病なるを得るとも、社会の不幸は継続するのであり、そして一個人の幸福もまた破壊さるべき数理を有している。社会的の駆病法も多端である。最も簡単でしかも有効な方法は、病者隔離法で、野蛮人さえ古《いにしえ》より実行しているが、それより進んで、強制種痘のごとき、検疫黴《けんばい》のごとき、消毒方法のごとき、下水排泄《はいせつ》の完全を期するごとき、飲料水の善良ならんを図るごとき、都市村落の自然および人為を健康的に建設配置するがごとき、空気の浄化作用を助け、温度温度の調節を図るがごとき、光線および気流に対して不健康的なるを善巧に処理するがごとき、およそ疾病の既発および未発に対して取るべき万般の手段を尽くす等、いちいち枚挙するには堪えぬことである。これ等の事の中《うち》、直接に疾病に関することはけだし低級衛生法で、疾病絶滅には効が少ない。直接に疾病に関せぬ部分の事、すなわち水、空気、光線、地物等に関する研究および設備はけだし高級衛生で、これ等の事が十二分に至らないでは、疾病絶滅は実現さるるにははだ遠いのである。

疾病は個人の所有のごとくでもある。しかし確かに社会の共有である。ゆえに疾病絶滅を希図する上においては、社会が単に社会的、個人が単に個人的では成就せぬ。社会は個人を視ること全社会のごとくにし、個人は社会を視ること自己のごとくするに至らずば、病根は那方《なほう》かに存して、輪番芽をなして永久に絶滅すまい。社会が一賤《せん》人《じん》一兇人《きょうじん》をその一賤人一兇人なるのゆえをもって冷視したならば、疾病は必らずそこより発芽して、そして蒲公英《たんぽぽ》の種子《たね》のごとく風に乗じて飛散伝播《でんぱ》するであろう。個人が自己の体軀《たいく》以外には痛痒《つうよう》を感ずることなきのゆえをもって社会を冷視したならば、社会はその人のために恐るべき害を被《こうむ》ろう。病者は消毒薬を盛りたる壺中に咯痰《かくたん》するも、路傍に咯痰するも、その自体に関してはなん等の差を生ぜずといえども、社会のこれがために受くる差は決して少なくはない。ゆえに意識および感情において、個人と社会との円融せる一致を得るという事は、疾病絶滅の道においてははなはだ大切の事であって、この事が成り立たぬ限りは、疾病というものは決して絶滅せぬ。個人は社会に対し、社会は個人に対し、相互に明確厳正な意識と、温良仁愛の感情とを有して、必らずそのなすべきことをなし、必らずそのなすべからざることをなさざるに至らなければ、疾病は絶滅せぬ。南京虫《なんきん》は物の罅隙《すき》にその生を保つ。疾病が個人と社会とのピッタリと相合しておらぬ罅隙において、その生存と繁殖との地を占めておることは、蔽《おお》うべからざることである。

一個人の疾病に対する場合は、医療を怠らぬ事と、健全学の指示に反《そむ》かぬ事とで足りているようである。しかし疾病絶滅の道の個人的の部分を論ずれば、なおその上に種《しゅ》の善良なるものを伝うる事を当然の義務として希望するの念を持続することを要する。劣悪な種を世に存せしめざるようにすることを思うのを、社会に対する個人の正しい感情として持続するの念あるを要する。

以上に説いたごとく、第一に社会的、第二に個人的、および社会対個人的、第三に個人的、この三方面において疾病絶滅を希望するの念慮および施設が十二分であったら、長い歳月の後に至り、十二分の学術および経験の効力によって、あるいは人間に疾病を絶滅し得るかもしれぬ。がしかしそれは理想郷の事で、けだし実現は難中の難でもあろう。

疾病の絶滅は実に希望するところであるけれども、そは洪大永遠の問題で、一朝夕にしてこれを論ずるも、一掬水《きくすい》をもって劫火《ごうか》に対するがごときものであるからしばらく擱こう。ただ吾人はこの疾病常有の世界に処していかに疾病を観すべきであろうか、またいかに疾病に処すべきであろうか。それを試みに考えてみよう。

誰しも疾病を好むものはない。しかし冷静に観察すると、疾病にもおのずから二途の来路がある。一は招かずして得た疾病、一は招いて得た疾病である。不行跡よりして淋《りん》疾を得、暴飲よりして心臓異常を来し、無法の挙動よりして筋骨を挫《ざ》折《せつ》するを致せるがごときは、招いて得た疾病である。知らざる間に空気より結核菌を得、水または菜蔬《さいそ》より十二指腸虫卵を得、アノフェレスより瘧《ぎゃく》を得るがごときは招かずして得た疾病である。しかし誰しも自ら意識して疾病を招致するものはないから、厳正に論じたら、一切の疾病は招かずして得たものでもあろう。また反対に論じたらば、避け得べきはずの病気をば、これを避くることをなさざりしがゆえに受け取ったのは、縦《たと》いこれを好まざりしまでも自ら招いて得た疾病だといってもよかろう。けれどもそれ等の論はいずれも中心を失している。みずから病因をつくったものを自ら招いた疾といい、おのずからにして病を得たものを招かずして得た病というに不思議はあるまい。ただここに注意すべきは世人の多くが招かずして得た疾病であると思っているのにもその実は招いて得たも同様な事情がはなはだ多く伏在していることである。不学者の解釈には偶然という語が多いのと同じく、疾病に関する知識の少ない者には、なんの理由ということを解知せずとも、知識ある者の眼より観る時は、明らかに招き致したも同様の事情で疾病を得ているものの多いことは、争うべからざることであるから、自ら招いた病であると認むる病者は少なくても、みずから招き致している病気は比較的に世に多い、と認めて可なるものである。瘴癘《しょうれい》*の気の多い卑湿地に入って病を得、沮洳《しょじょ》*の地に遊んで瘧を得たり、水辺に長座してレウマチスを得たりするがごときは、公務ででもあらば是非もないが、さもなければ自ら招いたと云われても是非がない。摂《せっ》州の住吉《すみよし》だの、茨城、埼玉の某地だののごときは、十二指腸虫の巣窟《そうくつ》で、そこの蔬菜井水を飲食すれば、危険至極で、その附近には同患者の多いのは争うべからざることである。しかし知識がなければこれを飲食してその病を得よう。もし病を得たらそれは全く自ら招いたではなかろうが自ら招いたに近かろう。独逸《ドイツ》の医コッホは京都にあった時、そのホテルの下を通る多くの車が何を積めるかと問うて、そしてその物の用途を知った後は、日本の蔬菜を食わなかったということである。避くべきを思うてこれを避け、自ら病を招くことをなさなかったのである。かくのごとき点より考察すると、吾人が知識の乏少なるより自ら招いて病を得ていることは、決して少なくはないのである。吾人が知識の乏少なるより自ら招いて病を得ていることは、決して少なくはないのである。飲食被服の不注意、これらからのみでも吾人はなにほど多く病を得ている事であろう。労作、休息、睡眠、空気、光線、これ等の事に関して無知なるためにのみでも、吾人はなにほど多く疾病を招き致しているであろう。未丁年者*、被保護者、官公務に服するもの、これ等の人々以外の者の疾病は、自ら招致せるもまた多いことであろうと思われる。

　真に自ら招かざる疾病を得ているものの大部分は、不幸にして強健ならざる体質を享《う》けて生まれ来った者である。提督ネルソン*が兵学校の身体試験に落第して孱弱《せんじゃく》者*であったことと、その後強健なる好提督となったこととは、ややもすれば先天の欠陥を後天の工夫で補い得る事の例に引かるる談であるけれども、千百年に一人の人を例にとり来って、百千万人を論じようとするのは失当でかつ酷である。もし世に悲しむべき人ありとすれば、不幸にしてよからぬ体質を享けて生まれ来って、そしてそのために疾病の囚俘《しゅうふ》となっている人である。これは全く自ら招かずして病を得ている人である。

疾病の説（その二）

自ら招くと、自ら招かざるとに約して論ずれば、自ら招いて病を得た者は、自ら省察を加えて同一事を繰り返さぬようにせねばならぬ。自ら病を招くは自己に対しては愚なり、自己の父母長上に対しては不幸なり不徳なり、子女や目下に対しては不慈なり、その事情によりて軽重の差ははなはだ大なるものがあるが、要するに社会に対して債務を負える者のごとき位地に立っているので、極言すれば一ツの罪である。酷論には相違ないが、一ツの罪である。

さて自ら招かずして疾病に悩むに至れる者は、もとより罪はない。しかし実に不幸の頂点にあるものだ。父母はこれに対して悲しみ、目下はこれに対して憂い、社会はこれに対して債務を負える者のごとき位地に立っている。宿命説*のごときものが真理なるかの観を呈するのも、実にかくのごとき人あって世に存する以上は、またやむをえぬことである。自己がなん等の原因を作為したのでなくて、ただ単に父母の悪血を遺伝し、ないしは薄弱の体質を遺伝して、そして一年中薬餌《やくじ》に親しむというがごとき現果を受けているのは、実に同情に余りあることである。本来の道理からいえば、社会は悪事をなしたものを監獄に収容するよりも前に、かかる不幸の人をしかるべき園《えん》囿《ゆう》＊に安んじて、そしてこれに十二分の療養を加えしめてよいわけである。しかるに悪人は直接に吾人《ごじん》に危険を及ぼすという道理からして、これを監獄裏に置き、衣食を給しているのであって、そして不幸なる病者にはなお租税を課して、その膏血《こうけつ》を絞り取り、それをもって兇悪《きょうあく》の人を養っているのである。奇といおうか惨といおうか、実は間違いきっていることである。先天的に悲しむべき体質を受け来っている人は、社会からこのごとき待遇を受けていても、今日までのところでは誰も熱心にその誤謬《ごびゅう》を指摘するもののなかったため、社会の重い重い圧力の下に圧《お》し潰《つぶ》されて、あたかも丈の低い草が丈の高い草のために、太陽の光線や熱や、空気の清さや、何もかも奪われて、残念ながら萎縮《いしゅく》し枯死して腐ってしまうように、悲惨な情状の下に廃滅してしまっているのである。

悪人を処刑するということが復讎《ふくしゅう》の意味でない以上、すなわち社会の安静を保っためという文明の精神から出《い》でて、そしてそのために多大の智慮と施設と費用とを消耗して完全なる監獄を立てている道理から推《お》せば、先天的に病軀《びょうく》を有している人に対しては、同じく社会の安静を保つためにその病者を社会が扶持《ふち》して、十分の智慮と施設とが尽くされて、十分の費用の投ぜられた完全なる仁慈院の内に、その健康が回復さるるまでは収容しておいてしかるべき理である。それが出来ぬまでも、少なくとも租税を免じて、社会的負担を軽くし、国家的社会的の重圧を、羸弱《るいじゃく》の身の上に加えないようにするが、しかるべき理である。しかるに今日の社会組織では、盗賊にはお膳《ぜん》立てをして飯を与えて、裁縫をして衣服を与えて、一坪何十円という立派な居宅に住まわせて、髪も刈ってやれば入浴もさせ、堂々たる役人の多数をその看護者として附随させ、医師をしてその健康を保たせ、宗教家をしてその談敵たらしめ、その人自個の生産力によって自個を支うるの労苦を免れしめて、国家の供養、換言すれば良民の膏血をもって、これを供養しておるのである。しかして先天的に不幸の体質を受けて、病魔の手裏に囚《とら》われている病人に対しては、その病人たるのゆえをもって与うるところの斟酌《しんしゃく》というものは一毫《ごう》もなく、収税者はその怠納の場合には鉄の定矩《ていく》の決して枉《ま》ぐべからざるがごとくに租税を厳取するのはそもそもなんという事であろう。医を業とするもの、看護を業とするもの、神仏の霊験を説くもの等は、その人のために必らず報酬的に働き、飲食衣服その他の材料もしくは便宜を供給するものは、さらぬだに疲弊せる病者の膏血と交換的に各般の事を了するのが、現社会の実相である。これ等は是非もない事ではあるが、無資力の不幸な人にとっては実に情けない事ではないか。社会が覚醒《かくせい》せぬ間は是非ない事であるが、先天的病弱者は慥《たし》かに社会から誤った待遇を受けている。過去世《かこぜ》の因果であるとか、宿命というものがあるとかいう思想の勢力がなくなったらば、先天的病弱者はかくのごとき冷酷なる社会に対して怨嗟《えんさ》呪咀《じゅそ》の声を放つに至っても無理とのみは決して思われぬではないか。

自ら招くと、自ら招かざるとに論なく、病は明らかに現在においてその人の好運でないのみならず、また将来におけるその人の好運を戕害《しょうがい》する。人の希望を破り、陽性には自暴自棄の兇悪なる思想および挙動を発せしめ、陰性には怠惰、萎靡《いび》、悲観、絶望観、欲死観等を生ぜしめ、一切の不幸を連続的に招致する。特に青年期における疾病は、はなはだしくその人をして蹉躓《さてつ》懊悩《おうのう》悲哀を惹《ひ》き起こさしむる傾きがある。病者がかくのごとくなるに至るは、一毫も無理とすべきところはない。希望の大なる者、功名心の強い者、聡明《そうめい》の者は、青年期に病を得る時は、いよいよますます苦悩する。かかる人々が病のために身を苦しめらるるのみならず、また病のためにおのずから心を苦しめて、二重の苦痛を負うは、実に気の毒のことであり、かつその心を苦しむることが病のためにしばしば不利益を来すの因となり、治療すべき病も不治に陥り、軽かるべきも重きに陥るの基《もとい》となる。しかし病者に対して「君よ心を苦しむるなかれ」と制止したところがそれは無効に終わるにすぎぬ。ただ病者に対して深厚なる同情を与うるのが、病者の周囲にあるものの最善である。病者に対する同情は挫骨《ざこつ》者に対するギフス繃帯《ほうたい》のごときもので、薬剤や手術のごとき働きはせぬけれども、しかもほかにあって不知不識《しらずしらず》の間に病者を利益する。病者に対して他人のなすべきところは実にこれのみで、干渉がましき事などはむしろ避けねばならぬ。しかし病者自身にありては、病のために悲観に陥り、意気の消枕に陥るは、万々やむをえぬことではあるけれども、あまり多く自意識を使って想像的に主観的に苦悩するよりも、寛《ゆる》やかな心を有し、のびのびとした考えを懐《いだ》き、天もしくは神、仏、もしくは運命というがごときものを信じて委順してゆくのが最もよろしいので、最勝者の存在を認めずとも安心を得る人はそれでもよいのである。

疾病は人の免れぬものである以上、たまたま疾病を得たとて、さのみ急に驚くべくも愁うべくもないわけである。生命ある以上はむしろ疾病を予想すべきであって、そしてその予想に本づいて第一には病に罹《かか》らざるを力《つと》め、第二には病に罹った時、いかにすべきか、を考えておくべきことである。病に罹らざるを力むるには、第一に自己の健全ならんを力め、次いで自己の近親者、および他人の病まざらんことを力むべきであるが、自己一個の力をもっては、自己をすら完全に保護することの出来ぬのが人間の真相であり実際であるから、病に罹らざることを力むるにも、単独的にするよりは相互的にせねばその目的は達せられぬ。すなわち夫婦間でいえば、夫も自己の病まざるように注意し努力するはもちろんであるが、妻もまたその夫の健康を保たしむるために十二分の注意と努力とをとらねばならぬ。妻も自ら病まざるようにするはもちろんであるが、夫もまた妻の健康に関して十二分の注意を払い、努力をあえてせねばならぬ。いかなる明眼の人も、吾《わ》が眉《まゆ》を視ることは難い。拙技の碁客も傍観者たるにおいては、時に好着手を見出《みいだ》すものである。正しき意味においての仲よき夫婦の互いに健康なるものが多いことは、世上に多いところの例である。そして不幸にしてその一方が欠ける時は、遺《のこ》された他の一方が健康を損じやすい例も世に多いことである。これは悲哀が人を弱くすることも実際ではあろうが、真の愛情より成り立っている保護者が亡くなり、真の親切よりの助言者監督者を亡くせることが、病魔の侵入すべき隙を多く与うることもその一因である。世間に体質の良好なるがために健康を保ち得て幸福に生活している人もはなはだ多かろうが、よい妻、よい夫、ありがたい父母、優しい兄弟、孝行な子女のために健康の幸福を得ている人もなにほどあるかしれない。長寿の人を観るに孝子順孫を有している人が多い。その反対に立派な体質を有しながら不健康な人を観るに、多くは不良な妻や夫を有し、または幸いに善良な夫や妻を有しながら、これに聴かずしてかえって不良の朋友《ほうゆう》などに親しむところのものである。このゆえに疾病は相互的に予防せねばならぬ。一家は一家で申し合わせて、互いに注意し合って病魔の進入を防がねばならぬ。一兵卒の怠りもしばしば強敵の襲来を致す道理であるから、全軍が注意せねば堅守の功は収め難い。主人の勉学も、過ぎさせては睡眠不足より脱力を生じさせ、脱力より感冒を致させるから、細君はこれを優しく制さねばならぬ。細君の自から奉ずることの薄いのは美徳だが、これも度に過ぎさせてはならぬ。暑熱や、寒冷や、雨雪や、飲酒や、日光直射や、異常の食物や、はなはだしき飢《き》や飽《ほう》や、浴後の薄衣《うすぎ》や、皮膚の不潔や、すべて病因たることは、ことごとく自己の判断と、他の批判と、すなわち一個的および相互的の注意によって、これを避けねばならぬ。ただこれは平生において健全学と衛生学との智識によるべきことで、いかに相互的であっても、もしすでに病んで医療を要する場合になっては、素人が医師の領分を犯して治療上の指摘や干渉などをするのはかえって危険で不可である。平常状態を維持せんとするも、病を退くるの大道であるが、守れば足らず攻むれば余りある道理であるから、病むまいとするよりは平常状態以上の健康を得んと力むるもはなはだ有効の事である。体軀の能力《ポッシビリティ》を普通人より卓越させようという希望を燃え立たせて生活することは慥《たし》かに有益である。普通ならんことを願っていては、時には普通なることをすら能《よ》くし得ぬかもしれぬが、普通に卓越せんことを願ったならあるいは普通くらいにはあり得るであろう。毎朝一回歯を清め口を清むるは普通の人のなすところであるが、毎食後に歯を清め口を清めたなら、その人は必らず普通人よりも、齲歯《むしば》その他の口内の病患との距離を多くし得るに疑いない。胃の弱きことを悲しめる人は多くあれども、普通人より強き胃を有するに至らんことを望む人は少ない。が、それは慥かに不智であろう。普通人よりも強い胃を得ようとして努力してしかるべきではあるまいか。一寸願って五分を得、一尺を得んとして五寸を得るのが、人事の常である。運動することを力め、規則正しくすることを力め、力め力めて已《や》まなければ、胃は必らず強くなろう。

普通人の自己の身体に対する注意がはなはだ疎《おろそ》かであるのは実に愚なことである。胃弱を患《うれ》うる人がタカジアスターゼを服し、苦味丁幾《くみチンキ》を服し、ペプシンを服し、粥《かゆ》を煮て吸い、フランス麵麭《パン》を購《あがな》いて喫《くら》い、圧《お》し麦を喫うのを見ることは多いが、咀嚼《そしやく》時間を長くして、叮嚀《ていねい》に咀嚼することをあえてするのを見ることの少ないなどはその一例である。ただ単に薬剤に依頼し、軟脆食物《なんぜいしよくもつ》に依《よ》り縋《すが》るようなことのみをなさないで、合理的に胃弱を普通の胃に、普通の胃を強健な胃に、一歩は一歩より進むようにと心掛けたならば、その効は決して少なくあるまい。薬物と医療とのみを尊んで、健全法と持心の道とを尊まぬのは今の人の弊である。物を尊んで心を尊ばず、外を重んじて内を重んぜぬのは、慥《たっ》かに今の人の弊である。

儞《なんじ》の鍋《なべ》で粥を造るのみよりは、儞の口腔《こうこう》で粥を造れ。儞の薬舗《やくほ》よりのみ消化剤のジアスターゼを得んよりは、儞の体内よりジアスターゼを得よ。逃げ腰になっていて城の守れた例《ためし》は聞かない。造化の我に与えたるゆえんのものを考察してすべてのそれを空しくせざるようにしたならば、すなわち自然に順応して、そして自然を遂ぐるわけである。飲食について例をとったちなみになお一度飲食について言おうか。儞飲食する前に儞の眼を閉ずるなかれ。儞の眼は忌むべき飲食物を視ば、儞にこれを取るなかれと教えるであろう。また儞の鼻を塞《ふさ》ぐなかれ。儞の鼻は忌むべき飲食物を嗅《か》がば、儞にこれを取るなかれと教えるであろう。また儞の舌を欺罔《ぎもう》*するなかれ。儞の舌は忌むべき飲食物に会わば、儞にこれを取るなかれと教えるであろう。儞の歯牙《しが》を用いざるなかれ。儞の歯牙は物を咬《か》み齧《か》み、これを破砕して、物の分子の間に、儞の唾液《だえき》を混入せしめ浸潤せしめて、嚥下《えんか》と消化とを容易ならしめるであろう。儞の口腔を無意味のものとするなかれ。しばらく食物をここに停めて、胃腸における融消吸収の作用の準備をなさしむるの要あればこそ、喉頭《こうとう》以外に存するの空処なれである。儞の智識を閑却するなかれ。儞の智識は、飲食について、他の諸機関が預かる能《あた》わざる最高有益の判断をなすであろう。腸胃は儞の随意にのみは動かざるものであるが、なお分泌は感情に影響せらるるものであるから、胃にとって不適なる感情を有して胃を苦しむるなかれ。しかる時は胃は十二分にその胃液を分泌して、その作用をもって円満に消毒と消化とをなすであろう。胃病患者が食物について恐怖する時は、胃液不供給となりて、いよいよ消化不良を起こすのである。いまだ病まざる人にして、造化が我に与えたる、すべてのものを適当に用いなば、胃を病むに至るまいではあるまいか。他はこれに准じて知るべしである。我に筋肉あり、筋肉も用うべしである。筋肉の運動を閑却すれば、筋肉は日に衰えて体軀は薄弱になる。我に呼吸器あり、呼吸器も虐使せずして、適当に用うべきである。呼吸の不整調は恐るべき病と関聯《かんれん》する。かくのごとく身体諸機関を偏頗《へんぱ》なく用いたらば、身体の調子が整ってけだし健康なるを得るであろう。

疾病は実に忌むべきである。しかし疾病の人に存するも、あるいは意義あるように見える。疢疾《ちんしつ》の身にあるものはかえってその志すところが成るという理は古《いにしえ》の人も道破している。また病というものが全くなかったら、人は道を思い理を観ずることもあるいは少ないかもしれぬ。病が吾人を啓発することは決して少なくない。かくのごとく観ずれば自ら招かざるの病に苦しむものも必らずしも不幸のみとはいえぬ。しかしこれは道理はそうであるにしても、病者に対しては言うに忍びざることである。たとい世の文明が呼吸器病者神経系病者に負うところは、はなはだ少なからざるにせよ、願わくば一切の人が無病息災長寿幸福ならんことを祈らねばならぬ。

静光動光（その一）

光に静かな光と、動く光とがある。静かな光とは密室の中の燈《ともしび》の光のごとくなるものである。動く光とは風吹く野辺の焚火《たきび》の光のごとくなるものである。光は同じ力であると仮定する。しかし静かなる光と動く光とは、その力は同じでも、その働き工合は同じではない。

室中の燈の光は、細字の書をも読ませてくれる。風の裏の火の光は、かなりの大きな字の書をも読み難からしむるではないか。アーク燈の光は強いけれど、それで新聞は読みづらい。室内電燈の光は弱くてもかえって読みよい。静かな光と動く光とはその働き工合に大きな差がある。

同じ心の力だと仮定する。しかし静かに定まった心の働きと、動いた乱れた心の働きとは、大分に違うのが事実である。ちょうど同じ力の光でも、静かなのと動いているのとでは、その働きにおいて大分に違うように。

散る心、すなわち散乱心は、その働きの面白くない心である。動き乱れた心は、喩《たと》えば風中の燈のようなもので、これをして明らかならしむるとも、物を照らす働きの面白くないことは、『大論』にも説いてある通りだ。

散乱心とはどういう心だ。曰《いわ》く、散乱心とは定まらぬ心で、詳しく論ずれば二種ある。その一は有時性で、その二は無時性のである。有時性の散乱心とは、今日法律を学ぶかと思えば、明日は医学を学ぶ、今月文学を修めておるかとおもえば、明月は兵学を修めておるというようなのだ。無時性の散乱心とは、一時に二念も三念もあって散乱するのだ。しかしなお一層確論すると、本来一時は一念なものであるから、長期的散乱心と短期的散乱心と、ただいささか時間の長短の差のあるのみで、有時無時という事もないのである。いずれにしてもちょうど風中の燈火のチラチラするように、心が凝然《じつ》と静かに定まっておられぬのをいうのだ。

たとえば今数学の問題を考えていて、aだのbだの、mだの、nだの、xだのyだのというものを捏《こ》ね返しておるかと思うと、眼の方向はなおそのabmnなどの文字を書いた紙上に対していながら、また手にはそれ等の文字を書くための鉛筆を把《と》っていながら、心はいつか昨日見た活動写真の映画の様を思うようになってしまって、そしてその映じ出された美人の舞態の婆娑娜娜《ばしゃあだ》たる状《さま》＊などを思うと同時に、それからそれへとその一段の画の変化してゆく筋道を辿って、ついにその美人に尾行して付けつ廻《まわ》しつする一痴漢が、小川の橋を渡り損じて水に落つる滑稽《こっけい》の結局に至った時分、オヤ、自分は今そんな事を想っておるはずではなかった。数学を学んでいたのだった。と心づいて、そして急に復《ふたた》び、aプラスb括弧の三乗は、などと当面の問題に心を向ける。で、少しまたxだのyだのを捏ねている。どうも工合よく解決が出来ぬ。その中《うち》に戸外で狗《いぬ》の吠える声を聞くと、アアあの狗は非常に上手に鴫《しぎ》狩りをする。彼犬《あれ》を連れて伯父《おじ》の鳥銃《てっぽう》を持ち出して、今度の日曜は柏《かしわ》から手賀沼《てがぬま》附近を渉猟してみたい。猟銃はどうもグリーナーが使い心地からしてよい、などと紳士然たる事を門前の小僧の身分でありながらも思う。狗が尾を振って此方《こなた》を一顧する、曳金《ひきがね》に指をかける、狗は一躍する、鴫はパッと立ツ、ドーンと撃ち放す、濛々《もうもう》たる白煙の消える時には、ハヤ狗がその手柄の獲物を銜《くわ》えて駈けてくる、という調子にいったら実に愉快だナア、などと考える。イヤ、こんな事を思っていてはならなかった。ルートのPマイナスのQは、などと復び数学をやり出す。すべてこういう風に、心が向かうべきところにのみ向かうことが出来なくて、チラチラチラチラと余事に走ってゆくのを、気が散ると俗にいうが、この気が散って心の静定の出来ぬのを、散乱心というのである。

誰でもある事である。で、どうも気が散って思うように仕事が出来ない、という事は、ややもすれば人のいう事である。ひっきょう多くの人の実験に乏しくないところの事例なので、そういうような言葉もあれば、また古くから、それではならぬなどという教えもあるのである。実に大論に言ってある通り、このチラチラチラチラする心は、あたかも風の中の燈のごとくで、たとえ聡明《そうめい》な資質を抱いておる人にしてからが、そういう心では、なんに対《むか》っても十二分にうまく仕事は出来ぬ、物を照らして明らかなる能《あた》わずである。慶すべからざる心の状態である。イヤむしろ願ってもそうありたくない心の状態なのである。

今もし剣を執って人と相闘っておるとすれば、一念の逸《そ》れると同時に、斬り殺されてしまうべきなのであるではないか。今もしこのチラチラチラチラする心で碁を囲むとする時は、必らず深謀遠慮のある手段は案じ出し得ぬであろうではあるまいか。イヤ、思わず識《し》らずウッケ千万な、ヌカリ切った拙《へた》な石を下しそうな事ではあるまいか。数学の問題が解決出来ぬどころではない。算術の最もやすい寄せ算をするにしても、散る気でもって運算していたら、桁《けた》違いをしたり、余計な珠《たま》を弾《はじ》き込んだりしそうな事である。とても難解難悟の高遠な理を説いた書物などを読んでも、散乱心では解るはずはない。三十一音の和歌、二十八字の詩でも、散る気で作って佳《い》いものが出来よう理はない。まして偉大な事業や、錯綜《さくそう》した智計や、幽玄な芸術やが、気の散るような浅薄な人の手で成し遂げられようか。どうであろう。おのずからにして明らかな事である。

気の散るのは実に好ましからぬ事である。多くの学生の学業の成績よろしからぬものを観れば、その人多くは聡明ならざるがゆえにはあらずして、その人多くは散り乱るる気の習癖があるゆえである。世間の凡庸者失敗者というものを観察すると、他の原因のゆえに凡庸者失敗者と成りおわっておるものももとより少なくないが、心気散乱の悪癖あるがゆえに、一事成るなく、寸功挙がるなくして年を経ておるものが決して少なくない。気の散る癖などは実に好ましからぬ事である。

気の散る反対に気の凝るという事がある。気の凝るというのもまたよろしくないことである。しかし場合により事態によっては、気の凝る方はまだしも気の散るに比してよろしい事がある。玉突という遊技に耽《ふけ》って、気の凝りを致した人などは、往来をあるいていながらも、やはり玉突きの事を思って、道路《みち》の上を盤と見做《みな》し、道行く人の頭顱《あたま》を玉と思い做して、この男の頭顱の左の端《はた》を撞《つ》いて、かの男の頭顱の右の端に触れさせると向こう側の髪結床《かみゆいどこ》の障子に当たってグルッと一転してきて、そして彼処《あすこ》を行く廂髪《ひさしがみ》の頭顱と角帽の頭顱とへ一時に衝突《ぶっか》って、慥《たし》かに五点はきっと取れる、などと考える。その考えが高じて、しまいには洋杖《ステツキ》で前の男の耳の後ろを撞突《つつ》くがごとき奇な事を演じ出す人も折節は世にある。それ等は皆気の凝りを致した結果で、これも随分困ったものである。しかし凝った方は、悪いといっても散る方より仕末がよくて、そして芸術などのごとき不善不悪のものに凝ったのは、決して最上乗とはゆかぬのであるが、それでも何がしかの結果を遺《のこ》すから、散る気に比してはまだしもいい方である。その代わり賭博《とばく》だのなんだのという悪いものに気の凝るという段になると、散乱心でおる人よりも悪い。いずれにしても気の凝るというのも、やはり気の散る同様に、好ましくない事なのである。

さてこの散ると凝るとは正反対であるが、あたかも昼と夜とは正反対であって、そして相呼応し、黒と白とは正反対であって、そして白は日に黒に之《ゆ》き、黒は日に白に之くように、また乾《けん》と坤《こん》とは正反対であって、そして乾は坤の分子たる陰を招かざる能わず、坤は乾の当体たる陽を招き来さざるを得ざるがごとくに、散る気は凝る気を致し、凝る気は散る気を致すものである。

凝る気もよろしくない、散る気もよろしくない。しかし気が凝ったり、気が散ったりして、そしてろくに何事も得出来《えでか》さずに五十年を終わってしまうのが、いわゆる凡人である、恨むべき事である。

少年の時は誰しも純気である。赤子の時はなおさら純気である。歳月を経て嗜欲《しよく》の生ずるにつれて、これも自然の数というものだから是非はないが、純気はその正反対の駁気《はくき》を来して、自然自然に駁雑な気になってくる。少年の時は、鞠《まり》があれば鞠投げ、羽子《はね》があれば羽子突き、駈けっ競《くら》や、飛びっ競のような単純な事をしても、心がその事イッパイ、その事が心イッパイで、そして嬉々《きき》洋々として、遊技もすれば、学問もしたのが、誰しもの実際である。しかるにようやく長ずるにつれて、誰しも何かに凝り出す。で、嗜欲中《うち》に生ずれば真気日に衰えて、気はまた純なる能わざるに至るのである。内慾《よく》日に熾《さか》んにして、外物外境を追随するに至るのである。物が目の前を去っても、心がそれを逐《お》っている。境が背後《うしろ》になってしまっても、心がそれに付き随《したが》っておるようになる。

譬《たと》えば目の前に鞠がなくって、手の中には羽子板を持っていても、鞠が好きだと心が鞠を追っており、鞠の影が心の中に消えずに残っておるので、羽子板を持ちながら鞠を思っておる。これを外物を追随するというのだ。またたとえば学校の一室におりながら、昨日面白く遊んだ公園を思っておる。これを外境を追随するというのだ。鏡でいえば対うところの物の影は善く映っていないで、何かの汚れが鏡面に粘りついておるような状になる。すなわちこの鏡上に物のコビリ付いておるところが気の凝りなのである。また鏡の全部明らかでないところが駁気なのである。かくのごとくにしていよいよ歳月を経ていよいよ純気の徳を失い、明処もあれば暗処もある駁雑不純のものとなってゆくのが凡庸の人の常なのである。その有り様は、あたかも鏡の上に墨をもって種々の落書をしたようになっておるのが普通人の心の状態で、その落書は皆得意や失意や憤怒や迷いや悶《もだ》えや悔恨や妄想や執着やの紀念なのである。そして齢のようやく老いんとするにつれて、鏡の上は隙間もなく落書をもって満たされ、その物に応じ象《かたち》を宿す。本来の虚霊の働きをなすところの明処はようやく少なくなり、すなわちまた新たに学問識見を吸収長育するの作用をなす能わざるようになるのが凡庸者の常なのである。この鏡面が暗くなってしまって、対うところのもの一切を鏡中に収めることが出来なくなり、すなわち鏡イッパイに当面のものを映し取ることが出来なくなるところがすなわち散乱心の有り様なのである。当面の物の影のほかに、何かがチラチラ映っているところが、すなわち散乱心の有り様なのである。実に愍《あわ》れな事なのである。

人もし事をなし、もしくは思いを運《めぐ》らす時に当たって、おのれが胸裏の消息に注意してみて、いやしくも気が散ると知ったならば修治せねばならぬ。散る気の習いがついていては、何事をなしても善く出来ぬはずであるからである。よしんばその人が天《てん》祐《ゆう》*を受くることが多くて、高才多力であるために善く事をなし得たにしても、散る気の習いがついておれば、けだしその人も少なからず苦しみ困《くる》しみて、そして後わずかにその事を成し得るに疑いない。もし気が散りさえせねば、その人はなおその事以上の事をなし得るに相違ないのである。くれぐれも散る気はよろしからぬ気である。

静光動光（その二）

散る気の習いのついている人は、どのような象《かたち》を現すかというに、まず第一に瞳《ひとみ》がその舎《いえ》を守らない。眼の功徳は三百六十や三千六百ならば円満の数であるが、眼の功徳は百二十か千二百かである。二百四十もしくは二千四百だけは欠けていて、三分の二は見えぬ者である。この数の喩《たとえ》は仏経に見えている。そこで眼には動くという事があって、どうやら四方八方が見えるのである。ところでこの動きはすなわち心の指《ゆびさ》す方に動くわけになる。で、心の指向かう方がチラチラチラチラとして定《き》まらねば、おのずからにして瞳はその舎すなわちおり処を守ることが出来なくて、やはりチラチラチラチラと動きたくなるわけである。そこで散る気の習いのある人は眼がチラチラと動く。さもなければ沈んで動きが鈍くなり、眼は気に置き去りにされて、気のみ忙《せわ》しく動いている。

次に散る気の習いのある人は、耳がその円を保たぬのである。耳の功徳は円満なものので、四方八方どちらから話しかけられても、必らずこれを聴くことの出来るものである。しかるに散る気の習いのある人になると、人と対話していても、時々人の談話を聴き逸《はず》す事があって、その円満な功徳のある耳が、その円満な功徳を保ちきらぬようになるものである。これは暫時耳聾《つんぼ》になるわけでもなんでもない。耳にあって声を聴くゆえんのものがちょっと不在《るす》になっているからなのである。眼にあって物を見るゆえんのものも、耳にあって声を聞くゆえんのものも、意にあって情理を思うゆえんのものも、元来種子《たね》はただ一つなのである。その一ツしかない種子が、例の散る気の習いによってちょっとどこやら異な処に入り込んでいるので、聴くゆえんの者がいないのだから聞えようわけはない。サアそこで耳その円満を保たざるようになるのである。人が談話を仕終わった時分に、へ、何でございます、と聞き返すようになるのである。で、その談話を聞き逸していた間は、何をしていたかと篤と糺《ただ》してみると、あるいは自分の商売の駈け引きを考えたり、あるいは明日の米代の才覚をしていたり、あるいは昨日の酒宴に侍した芸妓が振り撒《ま》いた空世辞を愚にもつかず悦《よろこ》んだりなんぞしていたのであるという事を調べ出し得るであろう。心ここにあらざれば、聞いて聞えず、なのであるから、いつか人の談話を聞く気になっていられないで気が外へ散る、そのために耳の働きが不在になってしまうのである。で、聞いている話も、蟲《むし》が物を蝕《く》ったように、ところどころウロ抜けがしたものになるのであるから、首尾貫通前後相応したものとなって、明瞭《めいりよう》に我が心頭に受け取り終わる事が出来ぬのである。かくのごとくであれば、釈迦《しやか》に面晤《めんご》してその教えを聞き、孔子に手を取ってもらって道を学んだところで、何が満足に会得されるであろう。真に歎《なげ》くべく憾《うら》むべきのことである。

次に陰性の人は蝉殻蛇蛻《せんかくだぜい》*の相を現じ、陽性の人は飄葉驚魚《ひょうようきょうぎょ》*の態をなし、中性の人は前の二相を共に交え現す。

陰性の人とは俗に内気の人であるが、その人もし散る気の習いがつく時は、身体四肢を少しも動かさなくなって、あたかも蝉の抜け殻か、蛇の脱ぎ衣《ぎぬ》のように、机なら机の前に坐《すわ》ったきり、火鉢なら火鉢に取りついたきりになって、手もあまり動かさず、足もあまり動かさず、活動がほとんど絶えたような状《さま》をなして、そして心中には取り止めなくチラチラと種々に物を思っているようになる。

陽性の人とは俗にいうマメ人、または活潑《かっぱつ》な人であるが、これ等の人に気を散る習いがつくと、あたかも空中に飄《ひるがえ》る木の葉かなぞのように、ふらふらと右へ行ったり左へ行ったり、書籍《しょじゃく》を開いたり閉じたり、急に筆を取ったり鉛筆を取ったり、手の爪を剔《と》りかけるかと思うと、半途で戸外《そと》へ出たりなんどする。そうかと思うとまた物に驚いた魚のようにちょっとした物音に甚《ひど》く驚いて度を失ったり、あるいはさまでおかしくもないことに甚《はなは》だしく笑い出したり、ちょっとした人の雑言に勃然《ぼつぜん》として怒ったり、挨拶《あいさつ》なしに人の家を辞したりなんどする。これ等は陽性の人のややもすれば演ずることで、一トロにいえば落ちつきのないソワソワした態度になるのである。

中性の人は前に挙げた二性の中間の人で、あるいははなはだしく尻《しり》くさらせになったり、あるいはまたソワソワするようになったり、時によって定まりはないが、要するに陰性陽性の人の現すところの象《かたち》を錯《まじ》え現すのである。もちろん陰性陽性中性の人に論なく、容儀挙動にまで気の散る習いのついている事が発露するに至っては、病すでに膏肓《こうこう》に入っている傾きがあって、その人にとっては悦ぶべからざる事であるが、さりとてそれではその悪い習いが脱し得られぬかというに、決してそうは定まっていぬのである。

容《かたち》その正を得ざるの次に現るる象は、血その行く事を周《あまね》くせぬのである。血の運行というものは、気と相附随しているものである。血は気を率いもすれば、血は気に随《したが》いもする。気と血と相離れぬ中《うち》が生で、気と血と相別るるが死なのであるくらいだから、気と血とは実に相近接密着しているのである。気力の旺盛《おうせい》という事は、すなわち血行の雄健ということで、血行の萎靡《いび》は、すなわち気力の消衰ということである。試《こころ》みに察してみれば解る事である。汝《なんじ》の気力を盛んにせんとならば、汝の血行を盛んにしてみよ。汝はただちに自己の気力の盛んになったことを自覚し得るであろう。手近い例を挙げようならば、人試みに直立して胸を張り拳《こぶし》を固め頭《かしら》を擡《もた》げ視を正しくして、横綱が土俵入りをして雄視するような姿勢をとり、そして両手を動かすこと数分時、あるいは上下し、あるいは屈伸し、あるいは撃つがごとくし、あるいは攫《かく》するがごとくして、任意に力を用いれば、たちまちにして身暖く筋張るを覚ゆるであろう。その時はすなわち血行盛んなる時であって、その運動をとらざる以前に比すれば、血液が血管の内壁を圧する力、すなわち血圧力が増加し、血液が血管末梢《まっしょう》に駛走《しそう》する力、すなわち血行力も強まり、むろん同一時間に同一脈管内を流るる血の分量、すなわち血量も増加する事を認め得るであろう。してその時自己の気力はどうであるかと、運動をとらなかった前に比較してみたらば、必らずや人の言を待たずして悟るところがあるであろう。

なお一つ例を示そうならば、温浴または冷浴などもそうである。浴後の精神の爽快《そうかい》なるを致す原因は種々あるが、その主なる原因は血行の増進するために気の暢和《ちょうわ》を致すのである。血が動けば気が動く、気が動けば血が動く、血と気とは生ある間に相離れぬものである。イヤ、一歩を進めていえば、血が動いている間がすなわち気があって、気の尽きぬ間がすなわち生きているのである。で、血が動けば気が動くから、血行が常時より疾《と》くなれば、血が上り、亢《たかぶ》り、長《たけ》り、強まるし血行が遅くなれば、気が下り、沈み、萎《かじ》け、弱る。気が動けば血が動くから、怒れば血行は疾《はや》くなる。憂うれば血圧は低くなる。楽しめば血行は水の地上をゆくがごとくに整う。驚き怖るれば血行は流水に土塊を投じたごとくに乱れる。

かくのごとき道理で、気の散る習いのついている人は、血行がよろしくない。どういうようによろしくないというに、多くは血の下降する癖がありがちで、頭部の血が不足し、腹部などに澱《よど》もる。したがって顔面はもしくは蒼白《そうはく》、もしくは黝黄《ようおう》、もしくは枯赭《こしや》で、間々あるいは肺病徴候のように両頬の美淡紅色を呈しているのもあるが、まずたいていは眼の結膜などの紅色も薄くて、脳の血量の乏しいことを現している。時にはこれに全然反対して、結膜も殷紅《いんこう》色を呈し、脳も充血して、血液の亢上《こうじよう》性習慣を有することを示しているのもあるが、これは散る気の正反対の凝る気の働きの現れているので、前にも云った通りに反対は相引くものであるから、散る気の習いの強い人はまた凝る気の働きを有する人であるから、たまたま人によってその凝る気の働きの方の象《かたち》が現れているのである。

元来心は気を率い、気は血を率い、血は身を率いるものである。たとえば今自分は脚力が弱くてならぬから、健脚の人とならんと希望する時は、一念心が脚に向かう。脚と自分と一気相連なっていないのではダメだが、まず普通の状態、すなわち病態でない以上は、心が脚を動かさんとすると同時に、気が心に率いられて動く、そこで脚はおのずから動く。いうまでもなく脚と自分と一気流通しているからである。ところで健脚法の練習という段になると、ただぶらぶらと歩いたのではいけぬ。一歩一歩に足に心を入れるのである。すると心に従って気がそこに注ぎ入るのである。したがって血が腓《ふくらはぎ》の筋肉に充《み》ちるのである。そこで血管末端が膨脹して、神経末端を圧迫するようになるから、腓や腿肚《うちもも》や踝《くるぶし》あたりが痛んできて、手指でこれを押せば大いに疼《とう》痛《つう》を感ずるに至る。遠足した人が経験する足の痛みも同じことである。それに辟易《へきえき》せずに毎日毎日健脚を欲するところの猛勇なる心をもって気を率い、気をもって功を積むと、毎日毎日血の働きのために足は痛むのであるが、漸々《ようよう》にその痛みが減じて、ついに全く痛みを覚えざるに至れば、血がすでに身を率いてしまって、いつの間にか常人には卓絶したところの強い脚になっているのである。すなわち血がその局部に余分に供給されつ供給されつした結果、筋肉組織が緊密になって、俗にいわゆる筋が鍛えられて、常人のような脆弱《ぜいじゃく》でないものになったのである。それから今度は一貫目もしくは二、三貫目の重量*を身につけて、そして旧に従って一心一気を用いて歩法を演習するのだ。するとまた脚が痛む。痛むのはすなわち血の所為である。さて月日を経れば疼痛はなくなって、脚はいよいよ強くなる。また重量を増す、また脚が疼《いた》む。ついに疼まなくなる。脚はいよいよ強くなる。という順序を繰り返し繰り返して、その人の限度に至って初めて止む。その間に種々の形式の歩法を学び尽くせば、健脚法の成就という事であるのだ。で、その人の脚は、常人の脚とは、実際に物質の緊密の度が大いに異なったものとなってしまうので、したがって常人と大いに懸隔した力を有するに何も不思議のないことになるのである。いわゆる血が身を率いてそういう結果に至るのである。

　力士が常人に卓絶した体力を得るに至るのも、決して先天的の約束ばかりでしかるを得るのではない。能《よ》く心をもって気を率い、気をもって血を率い、血をもって身を率いる男が、すなわち卓絶した力士になるのである。むろん先天的のもの、すなわち稟賦《りんぷ》*というものがある事は争えぬ事実である。しかし後天的のもの、すなわち修行というもので、どのくらいに変化が起こるかは、範疇《はんちゅう》の定まっておらぬ事である。祐天《ゆうてん》顕誉《けんよ》上人*の資質は愚鈍であった。しかし心をもって気を率い、気をもって血を率い、ついに碩徳《せきとく》となったのは人の知っておる事である。清の閻百詩《えんぴゃくし》は一代の大儒である。しかし幼時は愚鈍で、書を読むこと千百遍、字々に意《こころ》を著《つ》けても、それでも善く出来なかったくらいの人であった。しかも吃《どもり》で、多病で、まことに劣等な資質を抱いて生まれていたのである。で、母がその憐《あわ》れむべき児の読書の声を聞くたびに、言うべからざる悲哀の情に胸が逼《せま》って、もう止《よ》してくれ、止してくれ、と云っては勉学を止《や》めさせたというくらいである。しかるに百詩が年十五の時のある寒夜の事であった。例のごとく百詩が精苦して書を読んでもなお通ぜぬので、発憤して寝《い》ぬるを肯《がえ》んぜず、夜は更け寒気ははなはだしく、筆硯《けん》皆凍ったのであるが、燈下に堅坐《けんざ》して、凝然として沈思してあえて動かなかった。その時忽然《こつぜん》として心が俄《にわか》に開け朗かになって、門牖《もんよう》を開き屏障《びょうしょう》を撤するがごとくになり、それから穎悟《えいご》異常になったというではないか。自分の書斎の柱に題して、「一物も知らざれば、もって深き耻となす。人に遭うて問う、寧《やす》き日ある少《な》し」と署したというくらいの、学問については勇猛精進の人であったことに照らし考えても、その少年の時の精苦の有り様は思いやられて涙の出るほどである。健脚法を学ぶものがようやくにして健脚になり、相撲の技を修むるものがようやくにして立派な身体になるのも、勉学するものがようやくにして透明敏慧《びんえい》な頭脳になってゆくのも、毫も怪しみ疑うべきところはない。心が気を率い、気が血を率いれば、血はついに身を率いるのであるから、脳その物も、脚その物も身体その物も、皆変化し得るのであって、そしてどのくらいの程度まで変化するものであるという事は、小さな人間の智でもって測度する事は出来ない、ただ神がこれを知っているばかりなのである。ネルソンは英国海軍兵学校の入学試験においてその体格が悪いとて落第した人であるではないか。例外の事は例にはならぬが、これ等の事を思うと、無形と有形との関係に霊妙なる連鎖のある事を心づいて、そしてその連鎖を捕捉したい意《こころ》は誰しもの胸にも湧かずにはおるまい。

気と血との結ばりはかくのごとくである。ソコデ散る気の習いのついておる人の血の運行は、おのずからその習いに相応した運行の習癖を有するであろうし、また血の運行のある傾向は散る気の習いを生ずるであろう。気が凝れば脳に充血し、気が散れば脳は貧血する傾きがある。もしまた凝ってそして鬱血《うつけつ》すれば、鬱血したため気ははなはだしく散るが、その散り方はむしろ散るというよりは乱るというべきで、煩悶衝動すること、山猿が檻《かん》中にあるがごとき状を做《な》すに至るのである。普通はまず気の散る習いのある人は、血の下降性習慣を有する人で、すなわち脳が貧血状態になっていがちなのである。ところで、気の習いとしてその反対の気の習いを引くことは前に言った通りであるから、散る気の習いを有している人は、ある時にはとかく脳充血をしたり、すなわち逆上したり、ある時は軽い脳鬱血をしたり、すなわち頭痛を感じ迷蒙《めいもう》を覚えたりする傾きのあるもので、その交替推移する状は、あたかも負債家はすなわち濫費家であって、ある時は寒酸凄寥《せいりょう》、ある時は金衣玉食、定まりなきがごとくである。

童子の美質のもののごときはそうではない。純気いまだ毀《やぶ》れざるものは、昼間は極少々ばかり極めて適度に血が上昇している。すなわち脳の方へ少々余計に血が上っている。暮れてから血が少し下降して、すなわち脳は極微《ごくすこ》しく貧血する。試みに夜間すやすやと美睡せる健康の童子の額に手を触れてみよ、必らず清涼である。そして身体は温烘《あたたか》である。昼間嬉戯《きぎ》せる童子の額に手を触れてみよ、夜間とはいささか相違しているのを認むるであろう。天地和煕《わき》の時、昼は地気の上昇し、夜は天気の下降すると同じに、健全純気の童子は、昼は血が上り、夜は気が下り、昼は陽動し、夜は陰静し、そして平穏に霊妙に、脳力も発達し、体力も生長するのである。童子でなくても、教えを受け道を得て、年ようやく老いるとも、駁気《はくき》にならぬ人は、やはり童子と同じく昼は少しく血が上へ上り、夜は少しく気が踵《くびす》へ還《かえ》ってそして身体の調子が整い、そして日夜に発達するのである。

しかし、幼にしては長じ、長じては老い、老いては死するのが天数*というものであるから、誰も彼も生長するだけ生長してしまえば、純気はようやく駁気になってしまう。駁気になってしまえば、気があるいは凝り、あるいは散る習いがつくし、またはその他の種々の悪習がつく。そこで気の上り過ぎる習いがつけば、聡明は少しく長ずるが、頭がちになってしまって、激しやすく感じやすく、あるいは功名にあてられ、あるいは恋慕に堕《お》ち入りて、夜も安らかには眠らぬようになる。気の下る習いがつけば、心に定まりがなくチラチラとして、物事取り留まらず、ウカリヒョン*となって、昼もまた睡《ねむ》ったりなんどするようになる。借金をしては荒く金を使うというような状態で、あるいは凝り、あるいは散って、そして気の全体が衰えてゆく。人のみではない。死に至るまで発達するという鱷魚《がくぎょ》*を除いては、獅子《しし》でも豹虎《ひょうこ》でも一切の動物が皆ある程度より以上は毫も発達せずして衰退する。それが自然である、天数である。それが常態である、普通である、平凡である。

ここにおいて順人逆仙の語が霊光を放つのである。順なれば人なのだ。公等ろくろくたるその通りにしてゆけば、いわゆる雲は秦嶺《しんれい》に横たわり、雪は藍関《らんかん》を擁する時*に至って、一長歎《たん》して万事休するのみなのである。汝生きおれりという乎《か》、憐れむべし汝の有するものは死のみなりである。造物の傀儡《かいらい》となり、芻狗《すうく》*となって、倦《あ》きられた時投げ出されて死するのが凡人なのである。純気が駁気になり、血行が霊妙の作用をなさなくなり、血行が昼も下降的になったり、あるいはまた上昇すれば上昇し過ぎたり、夜も上昇したり、あるいはまた下降すれば下降し過ぎたりして、極々適度に昼夜醒睡をもってその穏健な上下の霊妙作用をするような事がなくなり、そしてついに発達が止み、やがて白髪痩顔の人となってゆくのが凡人の常態であるから、中年からは気が凝り過ぎる習いがついたり、散り過ぎる習いがついたりするのも、むしろ当然であって、当人が自ら仕出来《しでか》した事といおうよりは、自然の数に支配されて、そして気が散ったり凝ったりするのだ、といった方が至当なくらいである。当人の心的状態よりして、散る気の習いを致すといおうよりは、自然の支配によって、散る気の習いをつけられているといった方が適切であるくらいである。換言してみれば、人の成長するのも、衰死するのも、その人自身の意より成ることではなくて、自然の手がなすことであるのだから、散る気の習いのつくのも何も皆自然の手がすることである。

しかしここに逆なれば仙なりという道家の密語がある。人はただに自然に頤使《いし》＊されるばかりでなく、中《うち》に自然に逆らうことを許されている。禽獣《きんじゆう》虫魚は造化の意志に参する権能を有していないが、人は大古の赤裸々的状態を永続しなくてもよいので、烏が必らず黒衣し鷺《さぎ》が必らず白衣するのとは違っている。ただ単に自然の命に服従しているならば、凡人すなわち禽獣と相距《あいさ》る遠からざるものとなって酔生夢死＊するのみであるが、聖賢仙仏の教えは、皆凡人の常態、すなわち人と禽獣と相距ることいくばくもあらざるゆえんのものを超越してしまって、そして禽獣ならず虫魚ならず赤裸々の裸虫ならざるものになることを指示しているのである。そして造化の意志に参する大権能を有するものであることを示しているのである。純粋に自然に順えば、人はただ野猿である、山羊である、人の尊《とうと》きゆえんはどこにもない。高野の大師が羝羊心《ていようしん》といわれたのはすなわちその心である。羝羊は淫欲《いんよく》食欲のほかに何が多くあろうぞやだ。*しかるに人は決して羝羊となって満足するものでない。淫欲にも克ち、食欲にも克ち、人の禽獣と同じきゆえんのものを超越して、そして人の禽獣と異なるゆえんのものを発輝しようと努めているのが、人類の血をもって描いた五、六千年の歴史である。基督《キリスト》もこのために死し、瞿曇《くどん》*もこのために苦しみ、孔子もこのために痩せ、老耼《ろうたん》*もこのために饒舌《じょうぜつ》をあえてしているのである。人はただ単に黒鴉白鷺《こくあはくろ》のごとく、生まれてそして死ぬことを肯《がえ》んずるものでない。一切動物に超越し、前代文明に超越し、かつ自己に超越し行くことを欲しているものである。そして人々のその希望が幾分かずつ容《い》れられるのである。すなわち造化が自己の意志に参することを、人間に限りて許しているのである。で、人間は小造化となり得るのである。

喩えて説けば造化は立法者である。宇宙はその法律に支配されているのである。禽獣はただわけもなくその法律に順《したが》って、画一的に生死しているのである。人類もそのある者、否《いな》その多数、すなわち凡愚は、ただこれに順って酔生夢死しているのである。しかるにただ単にその法律には盲従せずして、造化のその法律の精神を体得し、その法律のいかなるものであるかを知りてこれを運用し、被治者の地位たる野猿山羊の群れより超越してしまって、ようやくにして治者、すなわち造化の分身たる地位に到達せんと欲しているのが人類の情状で、古来の賢哲は皆幾分かその望みを達し得ているのである。そして造化は造化が人類に与えた野猿山羊的の形骸《けいがい》および機能等、すなわち一般動物の有すると同一なる低級約束に対しては、これを辞しこれを脱するを得ることを許容しているし、一方にはまた野猿山羊等の与《あず》かる能わざる高級権利、すなわち造化の分身たり得る権利を人類に与えているのである。そこで、ある人は動物と同一なる低級約束たる淫欲を辞し、ある人は食味の嗜欲《しよく》を辞し、ある人は耳目の娯楽を辞し、ある人は瞋恚《しんい》争闘を辞し、ある人は愚痴愛執を辞し、ある人は身命を愛するの大慾をも辞している。これ等の事実は古今賢哲の事実において発見するに難くない事である。皆いずれも普通には違《たが》っている。しかしこれ等の人は多く野猿山羊および凡人が与かる能わざる高級希望を、幾分か遂げ得ているので、すなわち逆なれば仙なりなのである。

仙というは露を喫し葉を衣《き》るものをいうのではない。道の至れるものを指していうので、儒において聖賢といい、仏において仏菩薩《ぼさつ》というと同じく、道《どう》において仙というのである。で、この逆なれば仙なる所よりいうと、普通の人は、なるほど年老いればおのずからにして気が駁雑《はくざつ》になり、散乱する習いがついて、復《ふたた》び童児の時のごとくはなり得ざるはずなのであるが、必らずしもそうばかりにならずとも、気を錬り神《しん》を全くして、その悪習を除く事が出来るのである。造化が野猿山羊にはかくのごとき事をなし得るを許していないが、人間にはかくのごとき事をなし得るを許しているのである。そもそもいかにして散乱の気の習いを除くことを得ようか。

静光動光（その三）

さてそれならば気の散る習いのついているのをどうして改めようか癒《なお》そうかというに、一旦の負傷でもその癒《い》ゆるまでに二日三日はかかる、一旬の病も二旬三旬たたでは癒えぬ道理であるから、気の散る習いも昨日今日ついたのならば僅々《きんきん》の日数で癒えもしようが、かような事はどうも人が打ち捨てて構わずに知らず識《し》らず歳月を経ているものであるから、さてこれを改めよう癒そうといっても、どうも一朝一夕にはゆかぬ。相当の歳月を要すると思わねばならぬ。それでも年の若い人はなんというても容易に癒るが、四十から後の人ではまずむつかしい。よほど当人が発憤せねばならぬのである。植物にしても若い木は随分はなはだしい傷を負うてもすぐに癒るが、老木が少し傷を負うと、ややもすれば枯れたがる。それは全体においていわゆる生気というものが若いものには強い。それに反して老いたものは生気が衰え、いわゆる余気になって、死気がすでに萌《きざ》しているからである。動物は殊に植物と違って、自己の気を自己で調節し使用する権利を与えられているその権利を濫用して、常に気を洩《も》らす事を悦《よろこ》び楽しみ、日々夜々に生気を漏洩《ろうえい》してしまって、そしてそれを竭《つく》すので、余計に早く生気の枯渇しているものが多い。欲界の諸天は気を泄《も》らして楽しみとなすという語が仏書にあるが、天部にも及ばぬ人間だの畜生だのは、気と血とを併せ泄《も》らして楽しみとするからたまらない、命はなお耗《つ》きずして気はすでに竭《つ》きているのが少なくない。で、そういう人だと随分難儀である。なぜというに散る気の習いを改めようにもなんにも、すでにその気が竭きかけているのでは、たとえば散財の習慣のついているのを改めてやろうと思っても、改めるにも改めぬにも、まずすでにその財が竭きかけているのでは仕方がないようなものである。

年が若くてもあまり頼みにもならぬ。三十歳にもならないで懐炉を借りたがるほどに、生気の乏しくなっている人なども随分今日は多い。天賦の体質にもよるが、これ等は気を漏洩する方が多くて、醞醸《うんじょう》*するのが間に合わぬからで、煩渇連飲*、辛くも支えているのなぞは随分困ったものだ。それでもまだ若い人の方は、少しく自ら顧みればすぐに立ち直ってくるのであるからよいが、中年以上の者は、なかなか容易には癒《なお》りかぬるのである。しかし中年以上の者でも失望してはならない。失望は非常に気を傷つけるからである。

散る気の習いを癒すばかりではない、すべて気の病癖を癒さんとする時は、たとえば偏気の習いを改めんとするのでも、弛《ゆる》む気の習い、逸《はや》る気の習い、萎《すく》む気の習等を癒さんとする等の時にも、年の老若によらず、もし気を過泄《かせつ》する癖があったらば、まずそれを改めねばならぬ。牢《ろう》蔵玄関といって、厳しく気を惜嗇《せきしょく》*することは凡人には能《あた》わぬまでも、過泄しては本来種子《たね》なしになってしまうのであるからはなはだよろしくない。気を泄らさざるに過ぎると、怒りやすくなる傾きがあるが、まずまず気を嗇《おし》みて嗇み得る人はいくばくもないものであるから、能う限りは嗇んだがよいのである。

元来人が二十歳前後までは日に発達する。それは生気のする事である。さて発達して、ほとんど成熟すると、生気がようやくにして中《うち》に屯鬱《ちゅんうつ》*して、ついに外に洩るるに至って、また新たに生気の一寓処《ぐうしょ》を成すのである。かくのごとくにして天地の生気は生々循環して已《や》まぬのである。そこで一箇にとって言えば、自分の一身は、天地の生気の容器《いれもの》であって、この容器たる自分の身より生気を漏洩するのは、すなわちこの容器を不用に帰せしむるゆえんで、いよいよ多く漏洩するのは、いよいよ早くこの容器を無用の物にするわけなのである。もちろんおのずからにして大なる容器に生まれてきて、十二分に多く生気を容《い》れ得る約束をもっておるものもあり、また小弱な容器に生まれ来て、元来あまり多くの生気を容るる事もないように定《き》まっているものもある。それはすなわち稟賦《りんぷ》とも天分ともいうものであるから、漏洩の多少がただちに夭寿《ようじゅ》*の分るるゆえんとはいえぬが、要するに生気を耗損するのはよろしくないこと言を待たぬ。であるから、人もし自己を損耗する悪習が強いと思ったらば、まず漸々にその習いを矯《た》めねばならぬ。しかし急遽《きゅうきょ》にこれを矯めるに過ぎると気が鬱屈《うっくつ》旋転して、焦躁《しょうそう》悶乱《もんらん》し、ややもすれば爆裂的状態をなして、怒りやすく狂いやすくなるから、漸をもって矯めねばならぬ。放肆《ほうし》*淫蕩《いんとう》の青年や壮者が、忽然《こつぜん》として自ら新たにして、厳正に身を持すると、その挙げ句が妙な調子の人になることは世に多い例で、はなはだしきに至っては、急弦忽断《こつだん》*して、死亡してしまうのもある。しかし玄関牢蔵などということは、なさんとしても出来ぬがちの事であるから、まずはむしろ思い切って厳正に己に克ち、気を洩らすまいとした方がよろしい。

出来ないまでもとにかくに気を過泄する癖を除かんと企つるその次には、事理の相応という事を心掛けるので、散る気の習いを改めんとする第一着手の処は、これを措《お》いて他にはないのである。

一体散る気の習いのつくゆえんの根源を考えると、天数からいえば、人のようやく発達し切って、そして純気より駁気《はくき》に移るそこから生じてくるのではあるが、その当人の心象からいうと、気が散らねばならぬ道理があるに関わらず、強いて眼前の事に従うところから起こってくるのであって、約言すれば気の散るべき事をたびたびあえてするより気の散る習いがつくのである。極々浅近な例をとって語ろうならば、ここに一商人があって碁を非常に好む人とする。その人が碁を客と囲んでいる最中に、商業上の電報が来たとする。電報は元来至急を要するによって発信者が発したものに定まっているのは知れ切っているが、碁を打ち掛けているので、すぐにそれを開封もせずに、左の手に握ったまま、二手三手と碁を打つ。その中に先方が考えている間などに、ちょっと開封してみる。早速返辞の電報を打たねばならぬとは思いながらも、打ち掛けたこの碁も今少時にて勝負のつくことだから、一局済んでから返事を出そうなどとやはり続いて碁を打っている。こういう場合はその例の少なくない事であるが、これがそもそも散る気の習いのつく原因の最大有力な一箇条である。

かような場合に当たって、その人の気合いは、純一に碁なら碁に打ち対《むか》うことが出来るかというに、元来商業上の電報の価値のどんなものであるか、またこれを取り扱う態度はどういうようにすべきものであるか等を知らぬはずのない人であってみれば、いかに囲碁の興に心が魅せられているにしても、今や吾《わ》が手にしている電報に気の注《つ》かぬという事はない。さすれば一方には碁の方へ心を入れているが、一方には電報の方へも気を注いでいる。さあそこで気というものが散らずにはおられない。人というものは、一時に二念は懐《いだ》き得られないものであるから、この一刹那《せつな》は碁を思う、かの一刹那は電報を思う、というように刹那刹那に気があちらへ行ったりこちらへ来たりする、気は静かに一処へ注定するわけにはゆかぬのである。で、かかる時は碁の方にも意外の見落としや、積もり損ないが出来て、そして結局は負けになってしまったり、商業の方は寸時の怠慢よりとんでもない損耗をしたりするもので、いずれにしても、あまりいい結果を齎《もた》らさぬがちのものである。

むろんそれは散る気というようなよくない気でする事であってみれば、面白からぬ結果に至るのはむしろ当然の数であるから、それはしばらくおいて論ぜざる事として、ただここに観察すべき事は、散る気の起こる前後の状態である。前に言った通り、気が散らねばならぬ道理があるに関わらず、強いて眼前の事に従うから、気が散るというのはここの事で、電報を受け取ったならば、すぐにこれを開封し、読了し、しかしてその処置を做《な》しおわらねばならぬ、と思いながらも、それをあえてしないで碁を打っておれば、どうしても気が電報に惹《ひ》かれる、そこで気が散らねばならぬ道理であるのである。されば強いて囲碁をしておれば、勢い気が散らざるを得ぬのに、それに関せず碁の囲みたきままに囲みつづけているというような事を、一度ならず二度ならず幾度となくする時は、ついに一つの癖になってしまって、電報を碁の中途で落手したというがごとき事情がなくても、碁を囲みながら商業上の駈け引きや事件の処理やなんぞを考えるようになる。一転しては、商業上の事務にたずさわっていながらも、碁の方の事を思う折もあるようになる。再転し三転しては、甲の事をしながら乙丙の事を思い丁の事に当たりながら戊己庚辛壬癸《ぼきこうじんき》の事を思うようになり、ついに全く散る気の習いのつくようになるのである。ここを能《よ》く合点すれば散る気の習いを除く道も、おのずから分明なのである。

それならどうして気の散る習いを除くかというに、元来散る気は、なすべきことをなさず、思うべき事を思わずして、なすべからざることをなし、思うべからざる事を思うところから生じて散乱するのであるから、まず能く心を治め意を固くして、思うべきところを思い、なすべきところをなさんと決定し、決行するのが、第一着手のところである。前に挙げた例でいえば、碁を囲みかけているところへ電報が来たなら、その電報についての処置をなすのが、すなわちなすべきところなので、そういう大切な用事があるに関わらず碁を囲んでいるのは、すなわちなすべからざる事をなしているのであるから、電報を落手する当下に、ズイと立って碁盤の前を離れてしまって、そして帳場格子の内なり、事務室の内なりへ入って、その電報を読み、これをいかにせんと商量し、それからその返電なりなんなり、しかるべき処置をなし終わって、それから復び碁を打ちたくば碁盤の前に坐《ざ》し、全幅の精神をもって碁を囲むがよろしいのである。

散る気の習いのすでについている人にはちょっとこういうように万般の事をしてゆく事は出来難いものであるが、まず些細《ささい》の事からでもよい、第一着手のところはなんでも、なすべきをなし、なすべからざるをなさぬ、思うべきを思い、思うべからざるを思わぬ、と決意決行するのにある。食事をなしながら書を読み、新聞を読むなどいう事などは、誰もする事であるが、実はよろしくないことで、それだからろくな書も読めず、かつまた一生芋の煮えたか煮えずも知らずに終わってしまうのである。食事の時は心静かに食事をして、飯が硬いか軟らかいか、汁が鹹《から》いか淡《うす》いかそのよろしきを得ているか、煮肴《にざかな》は何の魚であるか、新しいか陳《ふる》いか腐りかかっているか、それ等の事がすべて瞭然《りょうぜん》と心に映るように、全幅の心でもって、食事するのがよろしいので、明智光秀《あけちみつひで》が粽《ちまき》の茅《ち》を去らずに啖《くら》った*のなんぞは、まさに光秀が長く天下を有するに堪えぬ事を語っていると評されても仕方のない事である。俳諧《はいかい》連歌の催しをしている商人が、俳諧連歌の最中に商用の生じたのに会った時、古《いにしえ》の宗匠は、商売の御用を済ませられて後また連歌をさるるがよろしい、と云ったのは実に面白い。さすがに一夜庵の主人*である。一短句一長句でも散る気では出来ぬものであるから、用事を済まさせて後に、句案に耽《ふけ》らせようとしたのは、まさに人を教うるゆえんの道を得、かつ佳吟を得べきゆえんの道を示しているのである。粽はその皮を取って食べるがよろしいくらいの事を知らぬものはないのであるが、粽を食べながら、気が散って心が他所《よそ》へ走っていたので、たとえ三日にせよ天下を取ったほどの者が愚人に等しい事をするに至る。光秀もえらいには相違ないが、定めし平生も、この事に対いながらかの事を思い、甲の事をなしながら乙の事を心に懐《いだ》いているというような、散る気の習いのついていた事らしい。本能寺《ほんのうじ》の溝の深さを突然に傍《かたえ》の人に問うたというのも、連歌をしながら気が連歌にイッパイにはなっていなかった証である。かくのごとき調子だったから光秀は敗れたというのではないが、かくのごとき心の状態はけだし光秀にとって決して良好の状態ではなかったのである。その胸中の悶々《もんもん》推し測るべきである。不健全であったのである。光秀のために悲しむべきであったのである。しかし前にも云った通り、これもまた気が散らねばならぬ理があって散ったので、光秀も信長《のぶなが》のために忍び難き凌辱《りょうじょく》を加えられたそのために、心がその事を秒時も離れる事が出来なくなっている。それだのに粽を食べたり、連歌を試みたりしたとて、どうして心が粽を食べることに一杯になったり、連歌を試みる事に一杯になったりなし得るであろう。うっかりして粽の皮を剥《む》かずに食べたり、連歌をしながらヒョンな事を尋ね出すのも無理ではないのである。そこで是《これ》等の道理に本づいて考えれば、散る気の習いを治するゆえんは、おのずから分明だ。

まず第一に、なすべき事があらば、なしてしまうのである。思うべき事があらば、思ってしまうのである。なすべくも思うべくもない事であるならば放下《ほうげ》してしまうのである。そして明鏡の上に落書だの塵埃《ほこり》だのの痕《あと》を止めないようにしたその上で、いでなそうという事、いで思おうという事に打ち対うのである。しかすれば鏡浄《きよ》ければ影おのずから鮮やかなるの道理で、対うところのものがおのずから明らかに映るのである。気は散り乱れずに、全気で事物に対する事が出来るわけである。そういうように心掛けて、何事によらず一事一物をハキハキと片付けてしまうのである。最初は非常に煩わしく思うものであるが、馴《な》れればさほどでもないもので、たとえば朝起きる、手水《ちょうず》衣服を更《か》える、夜具を畳む、雨戸を繰り明ける、燈火を消す、室内を掃除する、を使う、というように、着々と一事一事を拙な事のないように取り行ってゆく、わけも造作《ぞうさ》もない事である。

だが、それがチャンと出来るようになるまでは少し修行が入る事で口で云えばなんでもない事であり、行《や》ってみても容易な事ではあるが、さてそれならば皆出来るかというと、誰もあんまり能くは出来ぬ事であって、夜具を畳むにしても丸めるように畳んだり、室内を掃除するにしても、塵《ちり》の遺《のこ》るように掃除したり、手水を使いながら、もう他の事を考えたりしているものである。する事がいちいち徹底するように出来ぬがちのものである。そこで一生四十歳五十歳になっても、箒《ほうき》の使いよう一ッ知らずに過ごしてしまうのが誰しもの実際で、一室の掃除などは出来なくても、それならそれで、陳蕃《ちんぱん》*のように天下の掃除をするほどの偉物《えらぶつ》ならばまたよろしいが、天下の事はさておき、ヤッと腰弁くらいで終わるのが、我々凡人の紋切り形なのである。是皆何事をするにもいちいち徹底するように、と心掛けぬからの事で、全気全念で事をなさぬからなのであるが、もし全気全念で事をなせば、いくら凡愚庸劣の我々でも、部屋の掃除ぐらいは四十五十の年になる頃を待たずとも、二週間か三週間もする内には上手になるはずで、せめて塵戻りのするような箒の使い方はせぬ勘定である。

太閤《たいこう》が微賤《びせん》であった時、信長に仕えて卑役を執ったのは、人の知っている事であるが、その太閤がいかに卑賤《ひせん》の事務を取り行ったかという事は考察せぬ人が多い。どんなつまらぬ事でも全気全念で太閤はこれを取り行ったに相違ない。で、その点を信長が見てとって段々に採用したに相違ない。我々が夜具を丸めて畳むようなやり口をしたならば、信長は決して秀吉を抜擢《ばってき》しなかったろうと思われる。けだし当時秀吉と共に賤役を執っていた多くの平凡者流は、すなわち今日我々が日々夜々に行っているような、いわゆる「よい加減にやりつける」やり方をしていたに違いない。それらの人は、何事もいちいち徹底するようにと心掛けるがごとき心掛けも持たずに、すなわち四十五十の齢《よわい》になっても箒の使い様一ツ卒業せずにいるような日の送り方をしていたために、一生その卑賤の地位を経過してしまう事もなく終わったものであろうと想像してもあまりはなはだしい間違いはなさそうである。

さあれば瑣事《さじ》をするにも、瑣事だと思って軽んずるのは、我が心を尊《たっと》まぬゆえんである。つまらないものは歪《ゆが》み曲って映っても構わないというのは、鏡に対して懐くべき正当の考えではないではないか。つまらないものでも、明鏡ならば善く映るのである。孔子さまは何をなさっても能《よ》く御出来だったという事実がある。太宰が「夫子《ふうし》は聖者か、なんぞその多能なるや」と云ったのは、全く孔子が何をなすにもこれを能くするところを認めて感じて言ったのか、ひそかに軽蔑《けいべつ》して言ったか知らぬが、孔子がそれに答えて、「イヤ吾少《わか》きときや賤《いや》しかりき、ゆえに多く鄙事《ひじ》を能くするのみ、君子は多ならんや、多ならざるなり」と謙遜《けんそん》して言われているが、鄙事すなわちつまらん事を能くせられた事に徴してみて、孔子のごとき聖人が、何事にも全気全念全力をもって打ち対われたことも明らかに察せらるるではないか。

つまらんことなどはどんなでもよいと、つまらぬ事も出来ない癖に威張っているのは凡愚の常で、つまらぬ事まで能く出来て、しかして謙遜しておらるるのは聖賢の態である。翻《ひるがえ》って思うと、そのつまらぬことの能く出来るのは、全気全念で打ち対わるるからで、我々の分際でさえ、つまらぬ事なら少し全気全念で打ち対えば、たいてい出来るものなのであるから、聖賢の英資をもってこれに臨むとすれば、わけも造作もなく出来るはずなのである。そしてそのつまらぬ事にさえ全気全念をもって打ち対わるる健全純善の気の習いは、やがて赫々《かくかく》たる功業徳沢*を成さるるゆえんなのである。一方に凡愚の輩が、つまらぬ事さえ能く出来ぬのは、すなわち何も出来ずに卒《おわ》るゆえんなのである。全気全念をもって事に従うのは、儒教においては「敬」というのがすなわちそれで、全気全念を保たんとするのが道家の「錬気《れんき》」の第一着なのである。であるから、わけも造作もない日常の瑣事がチャンと出来るまでには、少し修行がいるというのである。しかし一度手に入れば忘れようとしても忘れられぬことは、ちょうど一度水に浮かぶ事を覚えると、水にさえ入ればおのずから浮くようなもので、掃除なら掃除に一度徹底してしまうところまでゆけば、もう煩わしい事もなくおのずから善く出来るのであるから、案外面倒な事ではないのである。朝起きるから夜半に寝るまで、すべて踏み外しなく全気で仕事が出来れば、それこそ実に大した事であるが、そうはゆかぬまでも、机の前に坐《すわ》ったり、六ツかしい問題を考える時ばかりを修行と思わずに、一挙手一投足煙草一ッ吸うところにも修行場はあると思ってみると、嘘でもなんでもない、何人といえども六、七日ないし、八、九日にして必らず一進境を見得るであろう、イヤ少なくとも瑣事の三ッや四ッは徹底することが出来よう。

手近い例を挙ぐれば、黒闇《くらやみ》に脱いだ吾が下駄は、黒闇で穿《は》けるのが当然だが、全気で脱がなかった下駄ならば、急に智炬《ちきょ》*を燃やしても巧《うま》く穿けぬのである。しかし下駄を脱ぐ事に徹底すれば、何時《なんどき》でも黒闇で穿ける、智炬を燃すには及ばないのである。坐り方に徹底すれば、衣服の褄《つま》や襟先を手で揃えずとも、チャンと坐れるのである。机上の整理に徹底すれば、文房具の置き合わせの位置などは、どう変化しても、おのずから整頓《せいとん》するのである。室内の清楚《せいそ》であり得るかあり得ぬかも僅々の日数で徹底し得るのである。芸術となれば碁や将棋のような微技でも、深奥測るべからざるものであるから、二週間や三週間では玄関だけも覗《うかが》えぬけれども、日常の瑣事などは、誰しもじきに徹底する事が出来る。そこで一ッでも二ッでも、何か突き貫《ぬ》いて徹底し得たと思ったらば、全気で事に当たるとどのような光景でどのような結果に至るということを観得《みえ》て、そして刹那刹那秒々分々時々刻々に当面の事を全気でやりつけてゆく習いをつけると、いつの間にか散る気の習いは脱けてしまうようになるのである。

電報を握りながら碁を囲んだり、新聞を読みながら飯を食べたり、小説を読みながら人と応対したりするような事は、聡明《そうめい》の人の、ややもすればする事であるが、どうもよろしくない、悪い習いを気につける傾きがある。聖徳太子《しょうとくたいし》が数人の訴訟を一時に聴かれたなどという事は希有《けう》*例外の談《はなし》で、決して常規では出来ぬ。学んではならぬ。学べば必らず鵜《う》の真似の烏となるのである。なさねばならぬ事、思わねばならぬ事があったらば、すぐにそれに取り掛かるがよい。それは気を順当《すなお》にするの道であるから、そうすればおのずから気が順当に流れて派散することがなくなる。なしてはならぬこと、思ってはならぬ事があったらば、すぐにそれを放下《ほうげ》するがよい。それは気を確固にするの道であるから、そうすれば気が確《かた》くなって散渙《さんかん》することがなくなる。しかしこの放下という方は難い傾きがあるから、まずなさねばならぬ事の方に取り掛かって気を順当にするがよろしいのである。そして一着一着に全気で事をなす習いをつけるのが肝要である。二ツも三ツもなさねばならぬ事があったらば、その中の最も早くなし終わり得べき、かつ最も早くなさねばならぬ事を撰《えら》みて、自分はこの事をなしながら死すべきなのである、と構え込んで悠々乎《ゆっくり》と従事するがよいので、そして実際寿命が尽きたらその事の半途で倒れても結構なのである。全気で死ねば、すなわち尸解《しかい》の仙*なのである。ところが全気では、病気などはなかなか出てこぬ。人二気あればすなわち病むとは、隋《ずい》の王子の名言であって、二気になると病むけれども、一気では病まぬ。戦争に出て、かえって丈夫になったものが、なにほど多くあるかしれぬし、得力の処のある禅僧などは、風邪にもあまり犯されぬという面白い現象がある。およそ人という散る気の習いを除く第二の着手の処は、趣味に随順するのである。およそ人というものはおのおのその因、縁、性、相、体、力があって、そして後にその作用を発するものであるから、いわば先天的の約束のようなものがあるといってもよい。一飲一啄《たく》*もまた前定であるという語《ことば》があるが、さほどに運命を信じ過ぎても困るけれど、まずまずどうしても好き、どうしても嫌いなどという事もないのではない。画を描くのは、親が禁じても好きなものもある。病人いじりをする医者になるのは、親兄弟が勧めても、どうしても嫌いだというものもある。僧侶《そうりょ》になりたがるものもないのではなし、軍人を穢多《えた》より嫌うものもないのではない。それは各自の因縁性相体力なのであるから、傍よりこれを強いる能わざるのみならず、当人自身にもこれを強いる能わざるところがある。年齢の若いものの一時の好悪などこそあまり深く信ずるにも足らないけれども、趣味の相違ということの存在する事は争われぬ事実である。

されば今ここに画を描くのを非常に好むものがあって、その者が親兄弟の勧誘に従い、自ら励みて、自分の好まぬ僧侶たらんと志して、厭々《いやいや》ながら三蔵*に眼を曝《さら》すとすると、どうしてもその気が全幅を挙げて宗教の事には対わないで、おのずから絵画の方へ赴きたがる傾きがあるものである。かようなものを強いて仏学なら仏学をさせると、表面はよいようでも、やはり至極のよい処には至らぬものである。なんとなればそれは絵を好むべき遺伝などがあり、絵に強烈な趣味を有するに至った幼時の特殊の出来事などがあり、物品景色の象《かたち》を写し取るに巧みな慧性《けいせい》*を有し、他の職業者たるには適せぬけれども、画伯たるには適する体質や筋肉の組織を有し、手裏に整匀妙巧《せいきんみょうこう》な線を描く力や、微幺《びよう》な色彩を鑑別弁識し得る眼の力などを具備し、物象の灸所《きゅうしょ》を捉《とら》える作用を会得しおるものとすれば、その人はおのずからにして画伯たるべき運命を有するようなもので、換言すれば僧侶たるべからざる運命を有しておるようなものであるからである。そのような人が、強いて宗教を修めるとすると、どうしても気は散るのであるが、そういうのは散る気の習いがついている人にははなはだ酷《よ》く肖《に》ているけれども、実は気の散る習いがついているというよりも、他の事に気が凝っているのであるといった方が適切なのである。で、そういう人を強いて、宗教なら宗教の方へ心を向けるように修行させれば、修行をするだけの功の顕《あら》われぬという事はないが、しかしそれはむしろ愚な事で、もしそういう場合で気が散り乱れるならば、それはむしろ趣味に随順して、思いきって宗教の事を捨て、そして好むところの画技ならば画技に心を委《ゆだ》ねてしまう方がよいのである。散る気の習いはおのずから除けるのである。

前に述べたような場合でなくても、義理の上からどちらをとってもよい事ならば、すべて趣味に随順して、不興不快の事を棄てるという事は、気を順当にし、かつこれを養う上において非常な有力な事であり、間接に気の散る習いなどを除く事になにほどの功があるかしれぬ事である。芝居の好きなものは芝居を観、角力《すもう》の好きなものは角力を観、盆栽いじりの好きなものは盆栽をいじるがよいのである。趣味は気を涵養《かんよう》して生気を与え、かつ順当に発動せしむるにおいて大有力なものである。これを喩《たと》うれば、硫黄《いおう》の気を好む茄子《なす》のごとき植物に、硫黄の少しばかりを与え、清冽《せいれつ》の水を好む山葵《わさび》のごとき植物に、清冽の水を与えるのは、すなわち茄子や山葵を壮美なしめて、その本性を遂げしむるゆえんなのであって、茄子は茄子の美味の気、山葵は山葵の辛味の気を、その硫黄や清水から得来《えきた》るのであるから、人の趣味に随順する事は、気の上からは非常に有力の事なのである。もしそれを趣味に随順せずして、茄子に清冽の水を与え、山葵に硫黄を与えるような事をすれば、二者の気はおのおの萎靡《いび》して、共に不妙の結果を現さずには終わらない。本来趣味なるものは本具の約束から生じてくるものなのであるから、これに随順するのは非常に緊要なのである。山水に放浪するを好むもの、美術を鑑賞して悦ぶもの、銃猟馳駆《ちく》を快とするもの、皆おのおの異なった事で、おのおの異なった作用をなすが、本具の約束に応ずる事なら何も随順したがよい。ただし気を耗《へら》し気を乱るものはよろしくない。淫事、賭博《とばく》等は、人の性質によりて殊にこれを好むものもあるが、いかに本具の約束だといって、これを放縦にすれば気は耗り気は乱れるから、節制禁遏《きんあつ》せなければならぬのはもちろんである。

気血の関係は前に略説したが、その点からして生ずる道理で、散る気の習いを除く第三の道には、血行を整理する、という一箇条があるが、これは今ここに説破する事をしばらく擱《お》くとしよう。如何《いかん》となれば生中《なまなか》血行の事などを文字言語によりて知って、これをいじり廻《まわ》しては悪果を来さぬとも限らぬからである。ただここに挙げ置くは、酒類はこれを用いる事よろしきを得ざる時は血行を乱すものであるからなるべく用いぬがよろしい事、呼吸機能を完全に遂行する事、唱歌吟詠によって、血行を催進する霊妙の作用の大有力なる事等の数点に止《とど》める。

要するに血をもって気を率いるなかれ、気をもって血を率いよ、気をもって心を率いるなかれ、心をもって気を率いよ、心をもって神《しん》を率いるなかれ、神をもって心を率いよである。血を整えて気に資し、気を煉りて心に資し、心を澄まして神に資せよである。血すなわち気、気すなわち心、心すなわち神で不二不三である。気の悪習の中、散る気の習いは、まず目前の刹那についてその因を除けというのである。瑣事に実参体得*して自ら気の消息を知れというのである。如法に修行せば二、三週にしてただちに真着手の処を知らんというのである。

進潮退潮

同一の江海《こうかい》*である。しかもその朝は朝の光景を現し、その暮は暮の光景を現す。暁の水煙が薄青く流れて、東の天《そら》がようやくに明るくなると、やがて半空の雲が焼け初めて、また紅《くれない》に、また紫に、美しく輝く。その時一道の金光が漫々と涯《かぎり》なき浪路の尽頭から、閃《ひらめ》くがごとく、迸《ほとばし》るがごとく、火箭《かせん》の天を射るがごとくに発する。たちまちにしてその金光の一道は二道となり、三道となり、四道五道となり、奕々灼々《えきえきしやくしやく》*として、火龍舞い、朱蛇驚き、万斛《ばんこく》の黄金の烘炉*を溢《あふ》れて光焔熾盛《こうえんしせい》、烈々煜々《れつれついくいく》*たる炎を揚ぐるがごとくになると、紅玉熔《と》け爛《ただ》れんとする大日輪が滄波《そうは》の間から輾《めぐ》り出す。混《こん》沌《とん》たちまち柝《ひら》けて、天地にわかに開け、魑魅《ちみ》遁竄《とんざん》*して、翔走《しようそう》皆欣《よろこ》ぶの勢が現れるところの、いわゆる「水門開《みなとあけ》」の有り様を示す。そうすると岸打つ波の音も、浜に寄った貝の色も、黙している磯の巌の顔も、死せるがごとき藻塩木の香も、皆ことごとく歓喜の美酒に酔い、吉慶の頌歌《しようか》を唱えて、愉々快々の空気に嘯《うそぶ》くような相を現すのである。朝の江海の状《さま》は実にかくのごとくである。

その同じ江海でも、もし日のすでに虞淵《ぐえん》*に没して後、西天の紅霞《こうか》ようやく色を失いて、四辺蒼茫《そうぼう》、まさに夜に入らんとする時になると、刻一刻に加わりまさる黯淡《あんたん》たる雲の幕の幾重に、大空の嘉光《かこう》は蘊《つつ》み蔽《おお》われて、陰鬱《いんうつ》の気は瀾《らん》一瀾に乗りて流れ来り*、霧愁い、風悲しんで、水と天とは憂苦に疲れ萎《な》えたる体の自ら支うる能《あた》わざるごとくに、互いに力なき身を寄せ合ひ靠《もた》らせ合いて、ついに死の闇の中に消えてしまうがごとき観を呈する。その時の有り様は実に哀れなものである。

江や海や、本来は無心である。その朝におけるも、その暮におけるも、全く異ならぬのである。しかも同一江海といえども、その朝におけるやかのごとく、その暮におけるやこのごとくである。同一の物といえども常に同一ではあり得ぬのである。

詳《つまび》らかに精《くわ》しく論ずる時は、世に「時間」というものの存在する以上は、同一の物というものは実は存在せぬのである。ここに一本の松の樹が存すると仮定する。その松樹の種子《たね》よりして苗となり、苗よりして稚松《わかまつ》となり、稚松よりして今存するところの壮樹となりたるまでは、時々刻々に生長しおるのであって、昨日の該松樹が昨年一昨年、ないし一昨々年の松樹と異なるがごとく、昨日の該松樹と今日の該松樹とは、必らず異なっているのである。もしまたその松樹にしてようやく老い、ようやく衰え、一半身は枯れ、ついに全く枯るるに至るとすれば、明日の松樹もまた今日の松樹と異なり、明年の松樹もまた今年の松樹と異なるのである。一切の物は皆一松樹のごときのみである。いやしくも「時間」なくして存在するものが世になき以上は、一切の物は時間の支配を受けているのである。しかる時はある時のある物は、「ある時間をもって除したるある物」である。その物の始めより終わりまでは、「ある時間を乗じたるある物」である。

黄玉は黄色を有する宝石である。しかしはなはだ長き時間を経る時は、漸々《ぜんぜん》にその黄色を失う。鶏血石は鶏血のごとき殷紅《いんこう》の斑理《はんり》を有する貴い石である。しかし十余年を経る時は、その表面に存する斑理の紅色は、ようやくにして黒暗色を帯びるに至るのである。これ等の物は時間の影響を被《こうむ》ること、植物動物等のごとく明白ならざるものであるが、しかもなお長時間の後には、明らかに時間の影響の加被せざるにあらざることを示すのである。ゆえに諦観《ていかん》する時は、百年前の黄玉や鶏血石と百年後のその黄玉や鶏血石とが、その色彩の濃度において異なるのみならず、昨日の黄玉や鶏血石と、今日のその黄玉や鶏血石とも、またまた相異なった色彩の濃度を有しているのである。

この理によって同一松樹も、実は同一松樹ではない、日々夜々に異なったものになっているのである。同一江海といえども、江海その物は日々夜々時々刻々に異なりつつあるのである。

一切の物自体が時々刻々に異なりつつあるのである。ましてその自体以外の、日の炙《あぶ》り風の曝《さら》すことがこれに加わるにおけるをやである。同一江海の朝と夕と相異なるがごときは、怪しみ訝《いぶか》るを要せぬことである。いわんやまた大観すれば、日もまた光を失い、海もまた底を見《あら》わすの時の来るべきをやである。ひっきょうするに世間一切の相は、無定をその本相とし、有変をその本相としている。

しかし無定の中に一定の常規があり、有変の裏《うち》に不変の通則が存するのも、またこれ世間一切の相の真帰である。

黄玉はある程度の率をもってようやくにその黄色を失うのである。鶏血石はある程度の率をもってようやくに黝変《ゆうへん》＊するのである。松樹はある時に花を飛ばし、ある時に葉を換え、しかしてようやく長じ、ようやく老い、ようやく枯るるのである。江海は朝々にその陽発快活の光景を示し、暮々にその陰鬱凄涼の光景を示しているのである。一切の物皆しかる以上は、人々豈《あに》独り能《よ》く理範数疇《すうちゅう》を脱せんやである。人もまた黄玉のごとく、鶏血石のごとく、松樹のごとく、江海のごとくである。特《こと》に人は黄玉鶏血石に比しては生命あり、松樹に比しては、感情あり意志あり、江海に比しては、万象に応酬し、三世に交錯するの関係あり、その自体より他体に及ぼし、他体より自体に及ぼし、自心より他心に及ぼし、他心より自心に及ぼし、自体より他心に及ぼし、他心より自体に及ぼし、自心より自体に及ぼし、自体より自心に及ぼし、自心より他体に及ぼし、他体より自心に及ぼし、自体より自体に及ぼし、自心より自心に及ぼす、その影響の紛糾錯落して多様多状なる、ほとんど百千万億張の密羅《みつら》繁網《はんもう》を縦横に交錯し、上下に舗陳《ほちん》＊したるがごとくなれば、その日に変じ、月に変じ、年に変じてしかして生より死に之《ゆ》くの間、同一人といえどもその変化もまた急に、また劇《はげ》しく、また大に、また多きわけである。

さて変ずるありて定まるなきは、人のもとより免れぬことである。無機物有機物皆しかるのである。しかし変の中にも不変あり、無定の中にも定がある。江海の朝は朝の光景を呈し、暮は暮の光景を呈するがごとく、人もまた生より死に之くまでの間にある規道を廻《まわ》りて、そしてようやく長じ、ようやく老い、ようやく衰うるのである。

個人の事情はしばらく擱《お》いて論ぜず、また人間の心理や生理の全部にわたる談《はなし》はしばらく措《お》いて語らないで、今は人の「気の張弛《ちょうし》」について語ろうとおもう。

誰しもが経験して記憶していることであろう、人には気の張るということと、気の弛《ゆる》むということとがある。気の張った時の光景、気の弛んだ時の光景、その両者の間には著しい差がある。

張る気とはどういうものであろう。弛む気とはそもそもどういうものであろう。何かは知らず、人の気分が張ってのみもおらず、弛んでのみもおらず、一張一弛して、そして張った後は弛み、弛みたる後は張りて、循環すること譬《たと》えばなお昼夜のごとく、朝夕のごとく、相互に終始していくことは誰しも知っていることである。

試みに人の気の張った場合を観よう。張るとは内にある者の外に向かって拡がり発し伸び長ぜんとする場合を指していうが、普通の語釈である通りに、その人の内にあるある者が、外に向かって伸長拡張せんとする状《さま》を呈したる時に、これを気が張りたりというのである。努力して事に従うという場合には、なお一分の苦を忍び痛みに堪えるの光景を帯びている。譬えば女子の夜に入りて人少なき路《みち》を行くに、その心恐怖を抱きながらも強いて歩を進むるような場合をば、努力して事に従っておるというのである。また人あって流れに逆《さかのぼ》って船を行《や》るに水勢の我に利あらずして、腕力すでに萎えんとしたるごとき時、なお強いて擄《ろ》を操《あやつ》り篙《さお》を張るを廃せず、流汗淋漓《りゅうかんりんり》*として労に服する場合などをも、努力して事に従うというのである。努力して事に従うのはもとより立派な事ではあるが、なおその中に一縷《る》の厭悪《えんお》の情や苦痛の感の存するのを認め得べきである。しかるに同じ女子の同じ寂寥《せきりょう》の路を行くにも、もしその女子が病母の危急に際して医を聘《へい》せんがために、孝思はなはだ深きあまり、ただ速かに母の苦を救わんとするの念慮熾《さか》んにして走り、路次の寂寥をも意とするなくしてゆくとすれば、そのごとき場合を指して「気が張った」と人は言うのである。また同じ流れに溯《さかのぼ》りて同じ人の船を行るにも、某々の処に多大の魚群を認めたりという の報に接して、漁利を思うこと切なるあまり、一刻を争って溯り、また流れの強きと腕の疲れとを問う暇なくして労に服すとすれば、そのごとき場合を指して「気が張った」というのである。もちろん努力にも気の張りは含まれている。気の張ったにも努力は含まれている。しかし努力というのには些少《さしょう》にせよ苦痛を忍ぶところが含まれている気味があるが、気の張って事を做《な》す場合には苦痛を忍ぶということは含まれていないで、苦痛を忘れるとか、ないしはこれを物の数ともしないというような光景が含まれているのである。微細に観察すると、相似ている中に相異なったところがある。深夜に書を読み学に従う場合のごとき、更闌《こうた》け時移って、ようやく睡《ねむ》りを催してくるに際して、意を奮い志を励ましてあえて睡らぬのは努力である。学を好んでおのずからに睡りを思わざるのは、気の張りである。努力は「力《つと》めて気を張る」のであり、気の張りは「おのずからに努力を生ずる」のである。二者の間に相通ずるところの存するのはもちろんであるが、不自然と自然との差があり、結果を求めるのと原因となるのとの差がある。努力もよい事には相違ないが、気の張りは努力にも増して好ましいことである。

この気の張りということが存する以上は、願わくは張る気を保って日を送り事に従いたいものである。しかし人は一切の物と同じく常に同一ではあり得ぬのである。で、ある時はおのずから張る気になり、ある時はおのずから弛む気になっているのである。一張一弛して、そして次第にあるいは生長しあるいは老衰するのである。張る気を保っていることはなかなか困難である。

同一人でも、その気の張った時は、平常に比して優越した人ででもあるような観を呈し、かつまた実際において平常の時のその人よりは卓越した人になるのである。前に挙げた女子の村路を行くの例、漁夫の流れに溯るの例、学生の燈下研学の例のごときもそうであるが、孱弱《せんじゃく》な婦人が近隣の火を失するに会いて、意外に重量の家財を運搬したりなんぞするのも、また気の張った時には人が平時の自己を超越するの証例として数うべきことで、その例と同じような例は世上多数の人の実にしばしば遭遇している事である。しからば学問をするにも、事務を執るにも、労働に服するにも、張る気をもってこれに当たったならば、いわゆるその人の最高能力を出したわけで、非常にその結果はよろしかるべきである。たとえ張る気をして常に存せしむることははなはだ難いにもせよ、少なくとも事に当たり務めを執る時は、張る気をもってこれに臨みたいものだ。一気大いに張る時は、女子にしてもなおかつ怯《きょう》ならざるを得るのである、重量あるものを搬出し得るのである。いわんや堂々たる男子が、張る気をもって事に当たり務めを執るにおいては、天下また難事あるを見ざらんとするのである。琴絃《きんげん》はその張らるるにおいてただ音を発するのである。弓弦《ゆづる》はその張らるるにおいて箭《や》を飛ばすのである。弛めばすなわち音卑《ひく》く、いよいよ弛めばすなわち音なきに至るのである。弛めばすなわち箭の飛ぶや力なく、いよいよ弛めばすなわち弓箭《きゅうせん》の功《こう》倶《とも》に廃するのである。人もまたしかりで、その気の張るはすなわちその人をして功を立てて事を成さしむるゆえんで、その気の弛むや、功廃し事敗るるのである。気の張弛の人におけるは、関係実に重大なりというべしである。

張る気の景象は、夜ようやく明けて、一寸一寸ずつ明るくなると共に一刻一刻に陽気の増しゆく時のごとくである。草木の種子の土膏《こう》水潤を得て、ようやくに膨らみ充《み》ち、まさに芽を抽《ぬ》かんとするがごとくである。男児の十五、六歳になりてようやく雄威を生じ、おのずと大望をも起こしかける気象や、押し太鼓の初めは緩く、中は緩からず、終わりに急になりて、打ち逼《せま》り打ち逼り撃ち込む調子も、皆張る気のすがたである。最も善く張る気のすがたを示すものは進潮である。朔望《さくぼう》の潮*のむくむくと押し進み来り、汪々《おうおう》とさし進み来り、言わず語らずの間に、洲《す》を呑《の》み渚《なぎさ》を犯し、見渡す沖の方は中高に張り膨らみて、禦《ふせ》ぎ止むべからざるの勢いをもって寄せ来る状《さま》のごときは、実に張る気のすがたである。種子のごとく、弓弦のごとく、暁天のごとく、少男のごとく、進潮の勢いのごとく、進軍の鼓声のごとく、およそ内より外に対《むか》いて発舒《はつじょ》展開せんとするの象《かたち》は、皆張る気の相にして、人についてこれを言えば、吾《わ》が打ち対うところに吾が心の一ぱいになる気合いである。空気の充ちた護謨《ゴム》球《だま》のように、その内なるものが乏少の気味なくして、能く一ぱいになり得て、そして外に対ってそこに存しているのが張る気の象である。書を読めばその書と我が全幅の精神とが過不及なく相応じ相対しており、算盤《そろばん》を取れば算盤の上に我が全幅の精神が打ち向かっているのが張る気の気合いである。

書を読みながらその書の上を我が心がちょっと離れて、昨夜聴きたる音楽の調節を思い浮かめるなどというのは、気の張っておらぬので、散る気である。書を読みながら、他の事を思うというのでもなくて、ただ浅々《あさあさ》と書を読み、弱々《よわよわ》と書を味わい、精彩なく、気力なく、ただ一巧妙なる木偶《でく》の書巻に対しおるがごとくなるは、これまた気の張っておらぬので、すなわち気の弛んでいるのである。気の散るのは譬えば燈火の動き瞬《またた》いて物を照らして明らかなる能わざるがごとく、気の弛んだのは譬えば護謨球の中の空気の稀薄《きはく》乏少で弾撥《だんぱつ》跳躍の作用の衰えているようなものである。算盤に対して加減乗除を事とするとしても、気が散れば必らずや過失を生じがちである。また気が弛めば必らずや算を做す敏明なる能わぬがちである。もしそれ気が張っておれば、また確かに、また敏に、少なくともその人の技倆《ぎりょう》の最高最頂だけの事は做し得るのである。

同じ蠟燭《ろうそく》が燃えているのでも、その一本の蠟燭の火に気の張弛があって、したがって光の明暗があり、功の多少がある。蠟燭の火に気の張弛があるといえばおかしく聞えるが、久しくその心《しん》を剔《き》らずに、燼余《じんよ》をそのままにしておけば蠟燭の火の気は弛んで、その光は暗くなり、その功は少なくなる。もしその心を剪《き》れば、火の気は張ってくる、そしてその光は明らかになり、その功は多くなる。一本の蠟燭にも一盞《さん》の燈火にも、諦観すればその気の張弛はある。同じ護謨球でも、その護謨球の冷えた場合には、その中の気は萎縮《いしゅく》して弛む。これを暖むればその中の気は膨脹して張る。気が張れば弾撥反跳の力は加わり、気が弛めばその力は衰える。蠟燭の俄《にわか》に太くもなり細くもなるではなく、護謨球の中の空気の俄にあるいは増しあるいは減ずるのではないが、一張一弛は慥《たし》かにそこに存在し、一張一弛そこに存在すれば、その結果は明らかに差異を生ずる。その二つの譬喩《たとえ》の示すがごとく、人もまた張る気で事を做し務めを執るのと、弛んだ気で事を做し務めを執るのとでは、大なる差異をその結果に生ずる。同じくば張る気をもって事を做し務めを執りたいものである。

我が全幅の精神をもって事に当たり務めを執るということは、正直にさえあったならば、何人《なんぴと》にも容易に出来そうなことであるが、しかしそう容易に出来るものではない。ある人には散る気の習癖が附いており、ある人には弛む気の生ずる習癖が附いている。その他逸《はや》る気の癖であるとか、戻《もと》る気の癖であるとか、暴《あら》ぶ気の癖であるとか、空《うつ》ける気の習いであるとか、亢《たか》ぶる気の習いであるとか、種々の悪い気の習いがあるものであるから、なかなかもって張る気をのみ保っておることは難いのである。蠟燭の心を剪ってより暫時はようやく明らかになる、それは張る気であるが、またやがて暗くなるのは火の気が燼《じん》に妨げられて弛み弱るからである。護謨球のやや古びたのはすでに気が足らなくなっているから、一時は温暖の作用によって張っても、またやがて弛んで弾撥反跳の力は衰えるのである。

張る気の反対の気は弛む気である。気というものは元来「二気を合わせて一元となり、一元が剖《わか》れて二気となる」ものであるから、必らずその反対の気を引きあい生じ合い招き合い随《したが》え合うものである。そこでたまたま張る気をもって事に当たり務めを執っておること少時であれば、ただちにまた反対の弛む気が引き出されてきて、ようやくにして張る気は衰え、弛む気は長じてくること、譬えば進潮の長く進潮たり得ずして、やがて退潮を生ずるがごとくである。で、せっかく張る気をもって事に処し物に接していても、反対の弛む気がやがて生じてくる。これが一難である。

それからまた「母気は子気を生ずる」のが常である。張る気を母気とすれば、逸る気は子気である。逸る気は直上して功を急ぐ気で、枯草乾柴《こそうけんさい》の火の続かず、飈風《ひようふう》の朝《あした》を卒《お》えざるがごときものである。「駒の朝勇み」という俗諺《ぞくげん》があるが、駒のいまだ馬と成らざるものは、はなはだしく逸り勇むもので、朝は好んで馳奔鶩躍《ちほんぶやく》するけれども、夕《ゆうべ》に及んでは萎頓《いとん》してまたその勇なきが常である。逸る気で事を做す者は、書を読めば流るるがごとく、字を作せば飛ぶがごとく、一日にして数十巻の書を読み、千万字を筆にせんとするがごとき勢いを做し、路を行けばたちまちにして山河丘陵をも飛び過ぎんとするがごとき意気を示す。しかし逸る気をもって事を做すものの常として必らず疲労と蹶蹶《けってつ》*とを得て、勇気一頓、萎靡また振るわざるに至るのである。張る気ははなはだ善い不悪の気であるが、張る気が一転して逸る気となると、善悪は別として、多凶少吉の気となる。書を読めば速解して武断してしまう気味がある。字を写せば落字錯画の失をなす気味がある。算を做せば桁《けた》違いや撥《はじ》き込みなどをする気味がある。路を行けばあるいは旁径《ぼうけい》に入り、あるいは転折の処を誤る気味がある。そういう過失や蹉躓《さてつ》に幸いにして陥らぬとしても、一気疾《はや》く尽きて、余気死せんと欲するようになってしまうから、書を読んでいたのなら書を読んでいることも出来ず、字を写していたのなら、遂げても字を写してはおり得ず、算数の事を做していたのなら、算数の事をも遂げては做し得ず、路を行きつつあったのなら、半途にして退屈するようになってしまうものである。せっかく張る気であっても、流れて逸る気となってしまう。これも一難である。

亢《たかぶ》る気もまた張る気の子気として生ずる。幸いにして張る気よりして逸る気を生ぜずに、しばらく張る気を保ちていくばく時を経ると、張る気の結果としていくばくかの功徳を生ずる。その時その人の器が小さいとか気質の偏があるとかすると、おのずからにして亢る気を生ずる。亢る気の象は、人の上、天の下に横流して暴溢《ぼういつ》し、自を張って他を圧するのである。一巻の書を読むこととすれば、その三、四分を読みて、一巻の説くところ知るべきのみとするがごときは亢る気の所為である。人の言を聴くに、その言を尽くさしめずして、すでにこれを是非するは、亢る気の習いのある人の常である。十万二十万の富を致し得て百千万の富致すべきのみと謂《い》うは亢る気の習いのある人の常である。世上多少の半英雄、市井幾多の半聡明《そうめい》の徒は、皆この亢る気の習いを有していて、そのために功遂げず、業敗れて、ついに邪曲欹側《じゃきょくきそく》*の気の習いを抱くに至るものである。この亢る気一たび生ずれば、張る気の働きは張る気の正を得ないで、よい張る気の働きをなすことは日に日にないようになり行くのである。たまたまその人が張る気になっても、早くも亢る気の乗ずるところとなって、後にはほとんど、純正の張る気の働きはないようになるものである。譬えば南海の潮のさす時に、南風がこれに乗ずれば、「潮《しお》ぐるい」になっていわゆる「潮信」*というものを失ってしまうに至るがごとしである。真の潮の進む時に潮の進むということは、その場合にはなくなってしまうがごとく、真に妙作用ある張る気というものは、かえって見えなくなってしまうのである。張る気の後に亢る気の生じやすき、これも一難である。

凝る気は張る気の「隣気」である。その象《かたち》は張る気に似て、はなはだ近いものである。しかし張る気とは大いに差がある。張る気は吾が向かう所に対して、吾が心が一ぱいに充ちているのであるが、凝る気は向かうところに吾が気が注潜埋没してしまうのである。吾が心すでに吾が心にあらざるがごとくなって、ただ一向になるのが凝る気である。譬えば路を行く旅客の、この路は行きかけたる路なればといって、右も左も見ずに一向に進むがごときものである。その取りたる路にして過《あやま》らざる時はよけれども、もし正路を失しておる時は、非常の悔恨を招く。碁を囲むに当たりて、敵と相争える一局部の処においてのみ勝ちを制せんとして、他の処をば打ち忘るるがごときはすなわち凝りである。全盤を見渡して、よき手よき手をと心掛けて勇みを含みおるのは張る気の働きである。今相争える一局処のほりには、争うべき処も、石を下すべき処もなきように思いて、いかにもして敵を屈せんと思うとは、すなわち凝るというものである。凝るのは死定である。高山の湖水の凝然として澄めるがごときは凝る気の象である。大不自在、大不自由の象で、さてまた恐ろしい厳しいところのあるものである。張る気は善悪を論ずれば善である。大小を論ずれば大である。吉凶を言えば不凶不吉である。凝る気は善悪を言えば不善不悪である。大小を言えば小である。吉凶を言えば多凶少吉である。英雄にも俊傑にも凝る気の習いの多い人はある。信玄《しんげん》、謙信《けんしん》も晩年までは凝る気の脱せずして、川中島《かわなかじま》四郡*に半生の心血を費やしたのである。秀忠《ひでただ》も凝る気の働きに任せて関ヶ原の戦いの間に合わなかった。東照公と戦って負けた豊太閤《たいこう》は、口惜しくも思ったろうが、小牧《こまき》山の追目《おいめ》*にかかって戦争沙汰《ざた》をせずに、自分の母をさえ質にして家康を上洛《じょうらく》させ、そして天下の整理を早めたところは、さすがに凝る気の弊を受けずに、張る気の功を用いた秀吉の大人物たるところである。勇士、学者、軍師、芸術の士などというものは、剛勇でも聡明でも、多く凝る気の弊を受けがちのものである。武田《たけだ》勝頼《かつより》の長篠の無理戦いのごときは、いかに凝りたる気合いの恐ろしきものであるかを見るべきである。出もせず入りもせず、その一塊物のそこにいるのみで、後《あと》へも前《さき》へも右へも左へも行かず、ぜひに凱歌《がいか》を奏せずんば退かじと、吾が向えるところに一念凝り詰めて、悪戦苦闘して辞さなかったのは勝頼である。もし勝頼をして一部将たらしめて、秀吉ごとき人をしてこれを用いしめたならば実に勝頼は偉勲大功をも立つべき猛勇の将であるが、凝る気をもって恐ろしい敗を招いたのである。勇者というのはすべて張る気の強い人をいうので、勝頼のごときも勇者には相違ない。が、惜しむべしその恐ろしい強い張る気が、隣気の凝る気になってしまったので、事を敗り功を失ったのである。秀吉は小牧の一戦に敗れたとて、気は屈しはしない、勇気は十二分に張っていたのである。しかしその張る気をのみ用いて、凝る気には落ちなかったので、機略縦横、ついに家康をして沓《くつ》を取らしめて、徳川殿に沓を取らせたる事よと、謙遜《けんそん》の中に豪快の趣《おもむき》を寓《ぐう》したる語をすら放つを得たのである。死生より論ずれば、凝る気は死気である。張る気は生気である。凝る気は一処不動の気である。張る気は融通無碍《むげ》の気である。凝る気は悪気ではない、しかし凝る気にはならずに張る気を保ちたい。気の張ること旺《さか》んに強きものは、ややもすれば凝る気になる。これもまた実に一難である。

上に挙げた以外に、なお多く子気もあれば、隣気もあるから、張る気を張る気として保って、そして事に当たり物に接するということは、なかなか容易ではないのである。さてそれではいかにして張る気を保たそうということについて語りたいが、これに先だって張る気の生滅起伏の終始について語ろう。

人事は悟り難いようであるが、実は暁《さと》りやすいところもある。天数は知りやすいようであるが、詳らかには解し難い。ただし人の事はひっきょう天の数の中に含まれている。天の数をもって、人の事を推《お》して知ることは出来るけれども、人の事をもって天の数を蓋《おお》い尽くすわけにはゆかぬ。人は天地の間の一塵《じん》であるから、その大処より論ずれば、天地の則に従うほかはない。しかし人事は我に親しく、天数は情に遠いから、その密接切実の処より論ずれば、人事を観ずるに越した事はない。

張る気の起こってくるところを、人事から考えると、おのずから種々ある。第一には「我と我が信との一致の自覚」より起こる。これは最も正大崇高のものである。たといそのいわゆる我が信なるものが誤っていても、なおその立派なることを失わぬと云いたい。仏教であれ、儒教であれ、基督教であれ、回教であれ、道教であれ、ないしは自己が発見し、もしくは証悟し、もしくは認識肯定したる信条にせよ、およそ真実なり公明なり中正なりと信ずるところのものと、自己との間に相反なくして、一致ありと自覚したならば、人はこのくらい勇気の渾身《こんしん》に満ち張ることはあるまい。

古《いにしえ》の伝道者や殉教者や立教者や奉道者が、世俗より云えば堪うべからざる困難や凌《りょう》辱《じょく》や痛楚《つうそ》や悲哀やに堪えて、そして屈せず撓《たゆ》まず、一気緊張して、鋼鉄の軌条のごとき立派な生涯を遂げたゆえんのものは、多く実に我と我が信との一致の自覚によるのである。人間の道ここにあり、天神の教えここにあり、枉《ま》ぐべからざる真理ここにあり、最勝妙諦《みょうたい》ここにあり、信ぜざるを得ざるものここにあり、と確信しているその至大至神至真至聖のものと我と一致していると自覚するにおいては、おのずからにして我が気は張らざるを得ない道理である。道義宗教の上のみではない、数学天文学地文学、ないし理学化学その他の学科について、我が信ずるところと我との一致の自覚は、明らかにその人をして十二分にその気を張らしむるに疑いない。そして気が張ればいよいよその道やその教えやその学やに、精進奮励せしむるから、ますますその自覚の核心を鞏固《きょうこ》にし、長養する。自覚の核心がいよいよ鞏固になりて長養するに至れば、いよいよ気が張り得るに至るから、ついに一気徹定して至偉至大の事を做し得るに及ぶのである。

孟子《もうし》のいわゆる浩然《こうぜん》の気の説*のごときは、この間の消息を語っておるものと解し得る。至大至正至公至明の道と我とを一致せしむるのが、すなわち浩然の気を養うゆえんである。古今偉大の人、賢聖の流、誰か浩然の気を養わざるもの有らん、皆善く浩然の気を養い得ている人である。日蓮《にちれん》でも、法然《ほうねん》でも、保羅《ポーロ》でも、彼得《ペトロ》でも、気の萎えた人などは、一人もないのである。もしそれ徳いよいよ進み道いよいよ高ければ、その気はいわゆる凡常の徒のいわゆる気というものとはおのずから異なってくるには相違ないから、聖賢の分際の事は今しばらく避けて言わずとするが、要するに「我と我が信との一致の自覚」は、最もよい意味においての張る気のよって起こるところとなる。

信は意と情と智との融和の上に立つの信を上品《じょうぼん》とする。しかし多数人の上について言えば、そういう上乗の信のみはあり得ない。智不足の信もある、情不足の信もある、意不足の信もある、情智不足の信もある、智意不足の信もある、意情不足の信もある。三因具備の信はむしろ稀少《きしょう》である。しかし因不足の信でもなんでも、信は信である。智が返逆を企てている信もある、意が反している信もある、情が反している信もある。これ等は不可思議に感ぜらるる矛盾であるが、しかも実際においては存在しているものである、智情が反している信もある、情意が反している信もある、智意が反している信もある。これ等も奇な事ではあるが世に存在している。およそ信の力は、因の不足、および反因の存在によってははなはだしく高低大小を生ずるが、それでも信は信である。それ等の各等級の力の信と自己との一致は、信力の差違によって、差違の状を現し、したがってまた張る気の状を異にするはもちろんであるが、それでも我と我が信との一致の自覚は、あるいは多、あるいは少であるにせよ、張る気に影響することもももちろんである。

第二には「意の料簡《りょうけん》」によって張る気を生ずる。譬えば幼き児を有せる婦の、忽《こつ》として夫を亡《うしな》いたる場合のごとくである。悲哀泣涕《きゅうてい》のほかはなき折なれども、ここは大切の時である。いたずらに泣き崩折れおる場合にはあらず、どうにかして亡夫の遺子を育て上げ、夫の跡目も見苦しからぬようになさでは叶《かな》わず、と女ながらも店肆《てんし》をも閉じずして、出来ぬまでもと甲斐甲斐《かいがい》しく働くがごときは、意の料簡より張る気の生じたのである。

人は境界《きょうがい》の変転によって、意の一大転回をなすことがあり、一大発作をなすことがあるものである。そういう場合にははなはだしい気の変化が起こる。逸る気になるのもある、散る気になるのもある、弛む気の生ずるのもある、亢《たかぶ》る気の生ずるのもある、凝る気の生ずるのもある、縮《すく》む気の生ずるのもあり、舒《の》びる気の生ずるのもある。上に挙げた寡婦の場合のごときに当たっては、まず普通の婦人であれば、縮み萎える気が生じて、身体も衰え、才能も鈍り、祥星頭上を照らさざる限りは、次第に悲境に陥るのである。またあるいは凝る気を生じて、神とか仏とか基督とか、あるいはそれより下って牛鬼蛇神の類のごときもの、巫覡卜筮方鑑《ふげきぼくぜいほうかん》の道、そのようなことに心を委《ゆだ》ぬるようになるのもある。しかしまた張る気を生じて、今までは夫の存在によって我知らず弛みきっていた気を張り、衣服装飾より飲食の末までを改《あらた》め更め、必死になって家を保ち、児を養わんとするものもあるのである。そういう場合には一婦人の身をもってしても、なかなか侮り難い事を做し出すもので、いわゆる「気の張り」は才智をも発展させ、挙手投足をも敏活にさせるものであるから、「その人の天より稟《う》けただけのものを十分に使用し尽くす」情状になる。気が張って事を做したからとて、必らずしも功を成し果《か》を収むるとは限らぬが、人の天より稟けただけのものを十分に使用し尽くすにおいては、天豈《あに》無禄の人を生ぜんやであるから、その人の分限相応だけには労作の報を受けて、案外に張る気という善気の結果を現出し得て、さまで吉祥というでもない代わりには然《さ》まで大凶というにも至らぬがちのものである。背水の陣卒、必らずしも勇士のみではあるまいが、これをして意の料簡より、張る気を生ぜしめたのは、韓《かん》将軍の兵機を観得《みえ》て卓絶なるところである。こういう場合のみならず、種々の場合において、人は意の料簡よりして張る気を生ずるものである。

第三には「情の感激」よりして張る気を生ずる。前に挙げた孝女の医を聘《へい》せんとして寂寥の路を夜行くがごときはすなわちこれである。嫉妬《しっと》の念、感恩の情、憤怨《ふんえん》、恨怒、憎疾、喜悦、誠忠、その他諸種の情の感激は、時にややもすれば人をして張る気を生ぜしむる。しかし醜悪の情感は張る気のごとき善気を発せしむるよりは、あるいは戻る気、あるいは暴《あら》ぶ気、あるいは逸る気のごとき悪気を生ぜしむる場合が多く、歓喜の情のごときは醜悪というにはあらざれど、張る気を生ぜしむるよりは弛む気を生ぜしむる場合が多い。美にして正しき情の感激は、張る気を生ぜしむる場合が多い。女王イサベラの幇助《ほうじょ》は、けだしコロンブスをして十分に張る気を生ぜしめたであろう。巣林子《そうりんし》*はその戯曲において、美人の温情が、南与兵衛《なんよへえ》をして奮って気を張らしめたことを描いて、一場の佳景を作りなしている。実際においては情の感激より張る気のごとき善気を生ずる場合は、むしろ少なき方に属するが、歴史や伝記や戯曲や小説における佳話は、多く情の感激より善にして正しき気の緊張の終わりに良果を結ぶことに傾いておるといってもよいくらいである。

第四に智の光輝よりして張る気を生ずる場合を挙げたい。しかしこれもまたむしろ稀少の事実に属する。ただし多くの発見者発明者等の伝記を繙《ひもと》けば、智の燭光《しょくこう》よりしてある事象の一端一隅を知り得て、しかして忽地《こっち》に張る気を生じ、少なからざる時日の困厄苦痛を意とせずしてついに功を成したるの例を見出《みいだ》すことは難くはない。張る気は人の学才能智慮を拡大すること、なお膂力《りょりょく》意気を拡大するがごとくであるから、智光いよいよ輝やけば、気はいよいよ張り、気いよいよ張れば智慮学才はいよいよ拡大されて、その人は自ら意識せずに、自己の最高能力を発揮する。その光景はけだし経験なき者の窺知《きち》し難きところではあるが、たとえば勇士の敵を望んでいよいよ意気の軒昂《けんこう》たるを致すごときものがあるのを疑わない。

元来智識の威力はあたかも燭火のごときものである。燭火は外界の暗黒なるに従ってその威力を増し、闇黒の度の減じて明らかなるに従ってその威力を減じ、光明清白なる昼間においてはほとんど全くその威力を失う。それと同じく智識は社会の智識を欠いている度の強いのに従って、はなはだ微少の智識にもせよ、一歩進んだ智識のそこに生ずる時は、その智識は燦然《さんぜん》たる光輝を放って無智識の黒闇世界に美しい威力を振るうものである。一点の星火もなお漆黒の闇裏《あんり》には大威力をなすがごとく、微弱稀少の智識でも、そこに一点の光明ありて社会の黒闇を破れるを覚ゆる時は、これを見出したる人をして、なにほどの勇気を生ぜしむるであろうか。ニープスやダゲールが、光線の他物に及ぼす力の差等あることを知って、捕影の術*のついに成るべきを思った最初の時の智識は、今日の吾人《ごじん》が有する写真術の智識に比してはいかにも微弱稀少のものであったに相違ない。しかし出来難きものの譬喩《たとい》に、影を捉《とら》えるということをもってしたほどの当時の無智識の闇の裏《うち》にあって、一歩進んだ智識を有した二人が、その自己の手の裏に有する智識の一枝燭《ししょく》の燦然たる光輝が黒闇世界を照破しつつある景色を認めた時は、いかにその大威力を讃歎《さんたん》し、感賞して、そのためにいうべからざるの霊光神威を授けられた思いがしたことであろう。そしてまたその霊光神威に励まされたことは、御伽談《ごとぎばなし》の魔力ある宝物を掌裏にした人が、一切の困苦や厄難を物の数ともせざるがごとく、いかに二人に無限の希望と怡悦《いえつ》と勇気とを与えて、四囲の惨苦の光景に堪え、一身の気分を緊張せしめた事であろう。およそ智能が世に先だちて群を抜くの人は、けだし多く如是《にょぜ》の光景に遭遇して、箇中の滋味を知れるより、他人の視てもって難しとなすところをもあえてし得たのである。

第五に美術および音楽等に寓存《ぐうそん》された他人の強大なる張る気より張る気は生ずる。

これは特に張る気のみしかるのではない、人はすべて共鳴作用のごとき心理を有するものであるから、甲人の萎えた気は乙人の萎えた気を誘起し、丙人の散る気は丁人の散る気を誘起する。その他すべて多少によらずある人のある気は他のある人にある気を起こさしむるものである。狂気は散る気、凝る気、戻る気、暴ぶ気、沈む気、浮く気等あらゆる悪気の錯雑、醞醸《うんじょう》して、時、境の二圏の輪郭の破砕を致すに及びて発するものであるが、その気は一切悪気の最たるものであるから、はなはだ稀少の事実ではあるが、やや伝染感染の作用をなす場合がある。狂気までには至らずとも、悪気はすべて善気よりも、共鳴作用を起こすに有力である。それは世おのずからにして平生善良の資質を抱けるものよりも、駁雑《はくざつ》不純の資質を有せるものが多いからの事で、愚劣なる事が賢良なる事よりもかえって俗衆に歓迎されると同じ理である。

多人数の集会ということは、換言すれば優良なる資質を有せる人よりも、優良ならざる資質を有せる人の多数なることであるから、ややもすればはなはだしき気の偏りを有している二、三人がその中にあって突飛な狂妄《きょうもう》な言動を演ずると、その気の偏りの威力に動かされて、共鳴作用に類したる心海の波動を起こし、そして各人が有している同じ気が発現し浮動しはじめる、やがてその同気の発現浮動が五人より十人、十人より二十人というように、漸々多数の人々の上に及ぶと、これを音響にたとうれば、漸々に洪大な音響を発してきたようなわけに当たるから、その大音響に衝動されて、またまた他の人々が気の絃《いと》の共鳴作用を起こし、ついには比較的健全平正な人々、すなわち少量しか同じその気を有せぬ人々までも、強いて共鳴を余儀なくせられて騒ぎ立つに至り、一悪気一凶気が場を蓋うて、他の善気吉気が潜没してしまうの極は、随分狂妄愚陋《ぐろう》を極めた事をも演出するものである。

これ皆気の共鳴作用ともいうべきもので、特に暴ぶ気のごときは他の種々の悪気の之《ゆ》いて帰するところのものであるから、容易に共鳴作用を各種の気に対して発しやすい。凝る気も一変すれば暴ぶ気になる。猛勇の将士の悪鬼羅刹《らせつ》のごとくになる事実を考えると了解し得ることである。凝る気の反対の気の散る気も暴ぶ気になる。街頭で些《さ》細《さい》の事より殴打格闘などをして、警吏の手を煩わすに至る人には、散る気の習いのあるものが多い。逸る気もまた暴ぶ気になる。軽挙妄動して事を敗るものは、多く逸る気の一転である。戻る気はもとより暴ぶ気の陰性に念入りなので、あたかも鉤《はり》の鑯《もどり》のごとく、薔薇《ばら》の刺《とげ》のごとく、人をして右せんとすれば右する能《あた》わざらしめ、左せんとすれば左する能わざらしむるものであるが、これが一回転して暴ぶ気になれば、狠《こん》毒苛辣《どくからつ》を極めて、人を殺してはその肉を啖《くら》い、邦《くに》を夷《たいら》げてはその陵《はか》を発《あば》くに至るのである。亢る気も一屈再屈三屈すれば、ついに転じて暴ぶ気になる。百千万人を殺して笑って下酒の料とせんとするのはそれである。その他暴ぶ気と脈絡相通じ、調諧《ちょうかい》相応ずるものは、はなはだ多いから、凡庸の多人数の集会のごときは、ややもすれば愚挙を生ずる。いわんやある意味の存し、ある一気の流行の見ゆる時においてをやである。このゆえに古《いにしえ》より奸雄《かんゆう》のごときは毎々この気の共鳴作用を利して事を做すくらいである。かくのごとくに気の共鳴作用の存するが中に、善気の共鳴作用は多くあり得ない。しかも耶蘇教徒のリバイバル*のごとくに「気の伸び」を欲して、ただちに一切の利害を擺脱《はいだつ》して、正しきに合《がっ》せんとすることも起こる。

美術音楽は天地の自然が做し出した者ではない、人の自然が做し出したものである。人はなん等かの気なき能わざるものである。で、人の做し出した美術音楽には、粉本の綴《つづ》り合い、古譜の剪裁《せんさい》でない限りは、その作者の気の寓在せぬことはない。さればある作者のある気の寓在した美術音楽は、その中に存しておる気の作用によって、観者や聴者の気に共鳴作用を起こさしめる。前に挙げた多人数集会の場合における共鳴的作用は、普通の人の気の働きが他の人に及ぼして起こるのであるが、それですらなお偉大なる伝播《でんぱ》を生ずるのである。いわんや美術や音楽は、特異な才能を有せる人の、特異な興奮状態より結晶して成り立った者であるから、その作用は普通の人の気の作用よりなにほど強いかしれぬ。そこでもしその美術や音楽の作者が、ある気より生じたある製作品ある楽曲を社会に提供するに際してはその製作品または楽曲に接するところの人は、おのずからにして、その中に寓存するところの気の作用をば、意識的にもしくは無意識的に感受して、そしてその気によって衝動刺激さるる結果、共鳴的作用を起こして、自己もまたその気を誘発されるのを免れぬ。すなわち頽廃《たいはい》の意趣感情を含めるものを目睹《もくと》耳聞する場合には、同じく頽廃的になり、奮激緊張の意趣感情を含めるものを睹聞《とぶん》する場合には、同じく奮激緊張せんとするのであり、幽玄の作品や楽曲に接しては、また同じく幽玄の心緒を動かされ、軽佻淫靡《けいちょういんび》の作品や楽曲に接しては、また同じく軽佻淫靡の心を唆《そそ》り立てられるのである。換言すれば授者と受者との間に共鳴的作用の成立した時が、すなわち芸術の功の成り力の行われたのであるといってよいくらいなのである。吾人が卓絶した美術家作曲家等の作品音楽等に接して、あるいは美しく、あるいは悦《よろこ》ばしく、あるいは悲壮、あるいは清怨《せいえん》等の感を生ずるのは、ひっきょうずるに作者の芸術に臨める時の心象の反映にすぎぬのである。

この理によって芸術家の撰《えら》んだ題目、もしくは手法、もしくは内容が、たまたま吾人の張る気を誘発するに足る者であった時には、吾人の気はこれがために共鳴的作用を起こして、そして張らしめらるるのであるし、弛む気を誘発するに足る者である時は、必らず弛ましめらるるのである。特に張る気に限って美術音楽によって起こさるるというのではない、何の気でも起こさるる。しかしその中でも、薬は効が薄いが、毒は能く利く道理で、弛む気であるとか、殺《そ》げる気であるとか、浮く気であるとかの悪い気は容易に誘発されて共鳴的作用をなすものである。褻画《せつが》淫曲は、拙なるもなお人を動かすが、これに反して高尚な画や雍雅《ようが》の曲は、巧みなるもなお俗眼俚耳《ぞくがんりじ》の賞するところとはならぬ。これには種々の理があるが、多数の凡下の人には善い気を有しておる者が少なくて、したがって共鳴的作用を起こさぬがちであることも大なる原因である。

一幅の画、一闋《き》の曲、意に懸くるに足らずということなかれで、冶容嬌態《やようきょうたい》を做せる美人の、倩眄《せんめん》の媚《び》趣《しゅ》滴らんと欲するばかりな画を観る時は、確かに人の気は強猛には存し得ぬのであり、繾綣《けんけん》*の情、纏綿《てんめん》*の意、憐香惜玉《れんこうせきぎょく》*の念、偎紅倚翠《わいこういすい》*の趣《おもむき》を伝うる靡々《ひび》曼々《まんまん》の曲を聴いては、確かに人の気は氷冽石貞《ひょうれつせきてい》ではあり得ぬのである。同じ美人を描いた画にせよ、聖母や仙女を描いたのに対しては、もしその画家が画題に適応した精神とその表顕法とをもって描いたものならば、吾人は冶容をなした美人の図を観るとは大いに異なった気を誘発されるであろうし、同じ人情を伝えた曲にせよ、あるいは貞女征夫を思い、あるいは勇士家園を辞するがごとき場合の情を示した曲を聴いたならば、吾人は靡々の曲を聴くとは大いに異なった気を誘発されるであろう。されば張る気のごとき善気を保たんとするには弛む気を生ぜしむる傾きある美術音楽等は力《つと》めてこれを遠ざくるを要する。彫像は運慶《うんけい》以上、書は魯公《ろこう》以上、李杜《りと》の詩、韓蘇《かんそ》の文、画にしても音楽にしても、謹厳にして法度あるもの、豪宕《ごうとう》にして力量あるもの、雍雅《ようが》にして卑俗ならざるもの、醇正《じゅんせい》にして邪侈《じゃし》ならざるものは、その中に存するところの者の堂々凛々《りんりん》として汪溢《おういつ》し儼在《げんざい》するある以上は、皆もって吾が張る気を誘発して共鳴のである。

新境の現前もまた張る気を起こさしむるものである。昨日まで陋《ろう》室内の処士たりし人が、今朝官署の一椅子に座するとか、昨月まで官吏となって長官の頤使《いし》するところとなり居し人が、今月より自ら店舗を開きて、自己の身心を自己の情意に任せて使うとか、あるいは僻遠《へきえん》の地方におりし人の、出幽遷喬《しゅつゆうせんきょう》*の希望を遂げて都門に寓するを得るに至ったとか、あるいはまた虚栄空華の都会の粉塵《ふんじん》裏を脱して山高水長の清境に嘯《しょう》傲《ごう》*するとか、あるいは金門玉堂の人の、たちまちにして蛋煙蛮雨《たんえんばんう》の荒郷に身を投ずるとか、貧人の暴《にわか》に富むとか、貴人のたちまちに簪纓《しんえい》*を抛《なげう》つとか、寡婦の夫を得るとか、桀黠《けっかつ》の士*の乱の起こるに会うとか、およそかくのごとき境遇際会の変易よりして、新しき状況の現前するに遇《あ》う時は、人の気はおのずからにして張る者である。これ新境の現前によって、自ら意識して大いにその気を張るにも本づくが、しかもまた無意識にして張る場合もあるので、およそ土地、気候、天候、空気、風俗、習慣、言語、これ等のものにおいて昨日と今日と大いに異なるところへ臨めば、昨日と今日との我が受くるところのものが大いに相違するために、これに対して身の状態および心の状態が、自然の数理として昨日と同状態には存在し得ないということになり、自己にとって利益状態であるにせよ不利益状態であるにせよ、その人の活力にして存する以上、すなわち生気の存する以上は、その気の大いに張らるるのは必定の事である。

境遇の変化は何がゆえに気の張りを致すかというに、この問に対しては一条の答のみを与えて足れりとする事は不能で、数条の答を与うべき地があるのである。第一に境遇が善変した場合、第二に境遇が悪変した場合、第三にはなはだしく善変も悪変もせぬながら、とにかくに新境の現前した場合、これ等の場合の種々の差によって、人の受くるところのものも相違し、したがってこれに対して生ずる身心状態も相違するから、一様一率には説過することが出来ぬ。境遇の善変する第一の場合には、身体状態が精神状態と共に善変して、しかして張る気を生ずる。溷濁《こんだく》した空気中に生活したものが清浄の空気中に生活する時は、空気その物より受くるのみの影響でも、決して少なくない。咽喉《いんこう》、気管、肺臓が好適を得るのみならず、肺における酸素の供給が十分で、血液の浄化作用が完全に行わるる結果として、衛営は概して良好となり、脳および各機関はその消費に対する代償を得やすくなり、胃腸の作用は強まりたるがごとき状を呈し、摂取と排泄《はいせつ》とは相関的に善く行われ、新陳代謝の遂行爽利《そうり》を得るがために、身体の靖康《せいこう》、精神の調整を致す。もしこれに加うるに自然的に時々オゾーンを発生する波濤激盪《はとうげきとう》する海岸とか、または自然的に気温を調理して激変なからしむる大洋附近とか、または大気の湿溽鬱熱《しつじょくうつねつ》を除く高燥の地、ないしは鬆疎質《しょうそしつ》土壌の地とかであるならば、いよいよもってその人に物質的利益を供給する。もしまた清鮮なる蔬菜《そさい》、魚肉、鳥獣肉、果蓏《から》等を潤沢に得べき地であるとすれば、それ等の事情はいよいよもってその人の身体を良好にし、したがってその精神状態をも良好にする。もしまた僻《へき》地《ち》寒村より都会に出《い》でて、美《び》饌《せんか》嘉肴《こう》を得るに至ったというがごとき場合にも、その失った良状態が得た所よりも少ない時は、同じくその人の身体状態が良好になることは、但馬《たじま》の牛が神戸《こうべ》附近に出でて、美食を得るために、俄に毛色も美しくなり、肉置《ししおき》も十分に発達するがごとくであろう。その他事情は種々様々あれ、およそこれ等境遇の善変中、形而下《けいじか》状態の善変は、まず身体状態を善変して、しかして精神状態を善変する。そこで営養の十分な樹はおのずからにして生々の力が充実するがごとくに、身体状態の善変より及ぼして精神状態も善変するに至れば、おのずからにして気の張るに至るは不可思議ではない。

営養不良にして身体日に衰うる場合には、昨日は十五貫の物を扛《あ》げ得たるに、今日は十四貫しか扛げ得ず、今日十四貫を扛げ得ても、明日は十三貫五百匁《もんめ》しか扛げ得ぬようになる。これは身体の衰弱より力の減少しゆくのである。これと反対に営養良好にして身体日に強健を増しゆく場合には力はようやくに強まりゆくものである。膂《りょ》力《りょく》は筋腱のみによって存するものではない。また意志のみによって存するものでもない。意志と筋腱との互成因縁によって成り立つものであるが、筋腱のおのずからに発達して実質の増加を致す場合には、力もまたおのずからにして増加する。日々に意志の注加を懈《おこた》らなければ力の増加を致すのは事実であるが、かくのごとく意志によって力の増加するのは、ひっきょう意志のために催進されて筋腱の発達に必要なる物質の日に日に提供さるるその結果として、ようやく実質の増加を致して、しかして後に力の増加を致すのである。ゆえに意志の注加によって力量の増進するのも、形而下に約して論ずれば、筋腱の太まり強まったためである。今力量を増加せんとするなん等の意志なしとするも、小児のようやくにして長大するがごとく、また病余の人のようやくにして回復するがごとく、実質にしてようやく増加する場合には、力量はようやくにして増加するのである。従来に比して営養良好にして身体日に強健を増しゆく場合にもまた力量は多少こそあれ不知不識《しらずしらず》の間に増加してゆくのである。あたかもこの身体の力量の増加の例と同じく、精神の力量もまた営養良好にして身体日に強健を増すがごとき場合には日に日に増加しゆくものである。さて潮の刻々に進み満つるがごとく、春の温度の日に進み高まるがごとく、精神の力量が身体状態のために漸々増加する場合には、気もおのずからにして張るものである。張るとは漸々に無よりして有に之《ゆ》き、少よりして多に之く場合をいうのであるから、たとい微少ずつにせよ、精神の力の増加しゆく場合はすなわち張る気の現ずるのである。境遇善変の際には、境遇の善変がただちに精神状態を快適にするということも、正《まさ》しく張る気を致す一因であると同時に、身体状態の変化が精神機関の実質、すなわち脳、神経等その物の改善に及ぼす結果として、精神力量の漸々増加を致すその現象がおのずからにして張る気を生ぜしむるということも存するのである。

されば境遇善変の場合には、直接と間接との二の理由よりして張る気が生ずるのであるが、なおその他に、善変、悪変、不善不悪変の三の場合を通じて、すべて新境の現前ということは張る気を生ずる理がある。それはすべて新しき刺激は心海に新しい衝動を与えて波浪を扇《あお》るものであって、そしてその波浪の活動衝激は心海の死静を破り、腐気を掃蕩《そうとう》し、元気を振策するがために、おのずから気の張るを致すというのに本づいているので、新境の現前は言うまでもなく新しい刺激を与えるからである。詳しく言えば一切の生物には、その活力の存する限りは、変に応じ新に対して自己を防衛保存せしむるために外境に対抗する作用が先天的に与えられているので、その対抗作用が振興される場合には、他の一面において今まで長くある任務に服して疲憊《ひはい》していた精神の一部分が休養を得ると同時に、今まで長く閑地にあって髀肉《ひにく》の感を有していた部分が猛然として起《た》ってその力を伸べるというがごとき情態を現し、あたかも政局一新して、老吏は帰田し、新才は登用されたる時、廟廊の上活気横溢《おういつ》するもののあるに髣髴《ほうふつ》たる状をなす気味があるより、身心全体の沈衰もしくは平静が破られて、そして興奮もしくは発展が惹起《じゃくき》される。人類に限らず他の動物でも植物でも、長く同一状態にある時は、衰斃枯凋《すいへいこちょう》を来す道理がある。動物が同一状態を繰り返す時は、身体および精神の同一器質および機能のみが使用されるから、ある程度までは進歩するが、それから後は倦怠《けんたい》疲弊を致すを免れない。植物は常にその根幹茎葉を張って、自然に同一状態にあることを避けているが、もし盆栽のごとく常に同一範囲内にあらしむれば、その葉を剪り枝を除き、あるいは肥料を与うる等の処置が巧妙で、そして努めてその単調を破るにあらざる時は、ある程度に至って枯死する。一年生植物でも荳《まめ》科茄《な》子《す》科植物のごときが連作を忌むのは、明らかに同一系統の者の永く同一状態を繰り返すの不利を証しておるといってもいい。人もこの理の摂する所たるを漏れない。境遇変転して、南船北馬日も足らず*というような困難流離の生活をするものが、意気銷《しょう》沈《ちん》するかと思えば、かえってさもなくて、美妾《びしょう》左右に侍《はべ》り、膳夫《ぜんぶ》厨《ちゅう》に候する*というような安逸の生活を続けるものが、勇往の気永く存するかと思えばかえって尫弱《おうじゃく》*で、ややもすれば腸胃病ないし神経衰弱やなんぞに罹《かか》っているものが多い。境遇の固定は慥かにある度までは幸福であるが、ある度を過ぐれば発達進歩を停止し、次に萎靡不振を来し、張る気を保つを得ざらしむるのである。

草木は動物と違いて、ある地点に植えらるれば、また自ら移動する能わざるものであるが、断えず努力して新しい土へとその根を伸張させておるものである。で、土中においてある障害に遭遇してまた根を新土に挿入する能わざるに至れば、その発達は停止するの傾きをなすが、幸いにして障害物の罅《こ》隙《げき》等を穿《うが》って復《ふたた》び新しい土地にその根を伸張するを得れば、俄然《がぜん》として活気は増加し、発達は復び遂げらるるのである。庭上の松柏《しょうはく》の類の生長発達に間歇《かんけつ》があって、俗にいう「節《ふし》」のある育ち方をするのもこの理である。盆栽のごときは最小範囲に固定せられて生を保つものであり、新しき土地に根を伸張せんにもその途《みち》を得ざるがゆえに、自然に放置すれば、幾年ならずして枯死するを免れぬのであるが、巧みにこれを保って老蒼《ろうそう》の態を生ぜしむるの技を有する人のなす所を見れば、常に抑損法を施しておるのであって、あるいは枝を剪り、あるいは芽を摘み、あるいは花葉を芟《か》り去っておる。自然に放任すれば伸びるだけ伸びて、すなわちある極度の発達を遂げるから、その後はまた発達する能《あた》わざるに至り、ついに漸々凋枯衰死に赴くのであるが、いまだ十分にその極度に至らざるに先だって、抑損せらるる時は、なお幾分の発達の余地が存せらるる。そこでその鉢裏の植物はまた努力して発達する。またいまだ発達の極度に至らざるに先だって抑損せらるる。まだ発達する。ひっきょうするところ鉢裏においては発達の極度ははなはだ低微であるが、その低微なる極度に達せざるに先だって抑損法を施して常に発達の余地あらしむる時は、その植物の先天的命数の存する限りは時間において永く発達の余地を存しておる理に当たる。そこでその発達の余地に向かってその植物は絶えず発達しつつゆくところの生を遂ぐるの道は人為によって処理されて循環的に行わるるから急速の枯死を免れて、年月と共に老蒼の態をなし得るのである。上に挙げた庭前の松柏は自ら新境を求めるのであるが、この盆栽の植物は人為によりて与えらるる自体の新状によって生を保つのである。またある宿根草は旧根の一方に偏しては新根を下して、そして旧根はようやく朽腐するがために、あたかも歩行するがごとく移動するものもある。これもまた新境の現前を欲して、新土の中より自己の生を遂ぐるに適した養分を吸収せんがためにしかるのであろう。

人も一定の職業、土地、営養、宗教、習慣、智識等に縄縛釘着《ていちゃく》せらるる時は、ある度までは慥かに発達し、かつ幸福なるも、その後は自然にその縄を脱し釘《くぎ》を去らんことを欲するに至る傾きがある。これは人類の生を遂ぐるゆえんの大法のしかるよりして来る歟否耶《かいなや》はしばらく論ぜずとして、世上に多く見るの事実である。稀《まれ》には科学上にいわゆる安定性の物質のように、十年一日のごとくして晏如《あんじょ》たる人もあるが、多くは新を追い旧を棄てんとするの傾きがある。この大なる事実をば、単にその人の操守の不確や意志の不固や性質の軽浮に帰して解釈しても解釈は出来るのであるが、それよりはむしろ人々の内部に潜んでいる自然の要求がしからしめるのであると解釈した方が、正鵠《せいこく》に中《あた》ってはいないであろうか。菽《まめ》科植物が連作を忌むのは、その土壌の養分を吸収し尽くすからであるか、あるいは該植物の発育の有力原因たる一種のバクテリヤ類の乏少に本づくのであるか知らぬが、いずれにしても内的要求が存在して、そして新地に身を置きたがるのである。人と菽とを同一に論ずることは出来ぬが、三代以上純粋の倫敦人《ロンドン》はようやく羸弱《るいじやく》に傾くという説の生じたるがごとき事実は、ただに都会生活の不良なる事を語るのみではなく、人がある状態に縄縛釘着せらるることを幸いとせずして、新に就き旧を去るを幸いとする内的要求に左右さるるところのあることを語っているのではあるまい歟。土地のみではない。実に一切の事物の旧《ふる》きが厭《あ》かれ新しきが好まるるは、けだし生物の内的要求あるがためにしかるのであろう。しかし生物には安定を喜び因縁を恋うの情もある。草木はしばしば移動せしめらるるを喜ばぬものである。魚族は多くはその孵化《ふか》地に回《かえ》り来るものである。地磁気がしからしむるか、記性がしからしむるか、他の何がしからしむるかは不明であるが、魚族のごとき単純なる智能を有せるものが、故地に回り来るは奇蹟《きせき》ともいうべきである。燕《つばめ》、雁《かり》、狐の首丘《しゆきゆう》の談《はなし》*や、胡《こ》馬越《えつ》鳥の喩《たとい》*のごときは、しばらく信ずべからずとするも、狗《いぬ》、猫の類の旧を記し故《こ》を忘れざるは、また異とすべきである。これ等と同じく人もまた故郷を忘れぬもので、郷を懐《おも》うがために病をさえ生ずるに至るものである。されば新境の現前は人を利し、人をして張る気を生ぜしむるとはいえ、時にまた人をして張る気を生ぜしめざる時もあるのみか、かえって散る気や萎《すく》む気等の好ましからぬ気をさえ生ぜしむることもある。新境の現前が必らず張る気を致すものであると思ってはならない。張る気の生ずる原因が幾個もある中に、その一個は新境の現前であるというまでである。

新境の現前が張る気を生ぜしむる原因となることのあるは上に述べた通りである。さて張る気は他の悪気を逐《お》うものであるから、一気大いに張るに当たっては、種々の悪気は掃蕩せられて、おのずからに精神状態および身体状態を一新する。転地、湯治、海水浴等は、その土地状態、温泉成分、海潮刺激等が有効なるのみならず、新境の現前ということが、ただちに人の外境に対する対抗応変の自然の作用を開始せしめて、そしてそのために張る気を致さしめ、その張る気の生ずると同時に疾病や疲憊の吾が身心より去るを致さしむるのである。神経衰弱症のごときは多くは気の死定もしくは気の失調より生ずるもので、同一のことに長時日の間吾が気を死定せしめて使用したり、気の調節を、あるいは心理上、あるいは生理上より欠くようにしたりすると起こるのであるが、これを気の作用より説けば、あるいは萎《す》む気、あるいは亢《たかぶ》る気、あるいは散る気、あるいは凝る気等のなさしむることである。で、新境の現前によって、幸いに張る気を致すを得れば、ただちにその病を忘れてしまう。すべて疾病は不覚に生じて、自覚に成るものが多い。自覚せざるときは、病すでに身に生じていてもなおいまだ病を知らず、一たび病あるを自覚するに及んで、病は大いにその勢いを張る。換言すればもし自覚せざれば病はあるもなおなきがごとくで、また自覚すれば病はなきもなおあるがごときである。神経衰弱のごときはその病の性質がほとんど自覚病たるの観あるもので、古い支那の諺《ことわざ》に、「病を忘るれば病おのずから逃る」というのがあるが、実に近代のこの病のために言ってあるかと思われるほどで、新境の現前によって張る気が致さるれば、おのずからにして病を忘れ、そしてその病はすでに治したるがごとき観を呈するものである。しかし数日もしくは一、二週間にして、明日の新境も今日の熟境となりおわるに至れば、一旦張る気になったのも昨日の夢となって、かえって一旦張る気を生じたためその反対の弛む気を生じたり、その他の悪気を生じて、またその病を自覚することが強くなるものである。このゆえに転地療養その他の新境現前によって張る気を生ぜしむることを利用する治療法を無効のごとく説き做す人もあるが、しかも全然無効として排斥せんよりは、幾分にせよ有効なりとして利用した方が不智ならざる事である。しかして世人の多くがこれ等の病症に対して、新境現前を有効なりとして採用しておる事の多いという事実は、事実その物が新境現前によりて張る気の生ぜらるる場合の多いということを明白に語っておるのである。

第二に境遇悪変の場合もまた張る気を生ぜしむるというのは、ちょっと矛盾のごとく聞こえる。しかしその理由は、これもまた新境現前が張る気を生ぜしむる傾きのあるのと同一で、しかも従来に比して不快不良不適の状態に陥るということが、より多く応変対抗の作用を做し出さしむるというに本づくのであるから、少しも疑うを須《もち》いない。かくのごとき場合に際しては、もちろん多くの人は萎縮退却して、才能も勇気も衰えるのであるが、あるいはまたかえって事情の吾に不利なるだけそれだけ多く反抗興奮の作用を起こして、決然凛然《りんぜん》として張る気を生ずるもある。幼児を有せる婦人が夫の死に会いて奮発する前に挙げた例のごときも是である。忠臣孝子が国運家運の非なるに会して、かえっていよいよ奮うごときもそれである。官吏が職を褫《うば》われて、かえって勢いを発し、才を揮《ふる》うに至る者あるがごときもそれである。戦争が苦境に陥って、将卒の意気かえって旺《さか》んなるごときも是である。およそかくのごときの例は決して少なくない。皆その境遇の悪変によって張る気の生ぜしめらるるのである。

ただし境遇の善変によって張る気の生ずるのは元動であり、悪変によって張る気の生ずるは反動である。一は単なる自然であり、一は複なる自然である。一は天数であり、一は人情である。されば善変によって生ずる張る気は持続性であり、悪変によって生ずる張る気は一時性である。明《みん》の大軍の我が朝鮮駐屯軍を襲うた時、辟易萎靡せぬ将士の一団は大いに張る気を生じたのである。しかしその張る気は一時性であって持続性ではあり得ぬのであった。頭脳明敏の小早川隆景《こばやかわたかかげ》が、「我が将卒は土を喰《く》らってしかして戦う能わず」と云ったのは、持続性ならざる張る気の恃《たの》むに足らざるを喝破《かっぱ》した言とも聞き做し得る。ただ逆境に生じたる張る気の一時性なるのみならず、張る気といわず何の気でもかの気でも、気は実は皆一時性で、持続性のものはないが、ここに一時性というのは、その中でも急速に消散し変化しおわるのをいうのである。

譬えば潮のごときは、毎日夜に二回ずつ進潮になり退潮になる。進潮を張る気に比すればその象《しょう》はほとんど似ている。さてその進潮は、進潮になった初めから終わりまで、五時間ほどの間を刻々分々に進み満ちるのであるが、満ち尽くせばすなわち、潮止《しおどま》りとなって、それから引き反《かえ》して退潮となるのであるから、ひっきょう五時間だけを持続するにすぎぬのである。一日夜の間について論ずればかくのごときのみである。人の張る気も一日夜について論ずれば、十六時間内外の時間だけは、極端の例ではあるが、張る気であり得るとしても、張る気はついにある時に至って衰え竭きて、弛む気はようやく生じてくるのである。はなはだしい極端の例を挙ぐれば、二十時間ないし二十二時間、あるいは全一昼夜を通じて張る気であり得ることもあり、そういう人もあるが、多数人の実際はその気たるや駁雑《はくざつ》で、決して純粋ではあり得ぬものであるから、一日夜中に二、三時間も張る気を保ち得るものがあれば、それは上等の事業家であり学者であるといってよいくらいである。とにかくある時間だけで張る気は竭きる。実にかくのごときのみである。しかし一月について論ずれば、月齢の第七第八頃より潮の高まる度は日々夜々に長じて、第十五第十六に至るまでは、次第に増大する。その増大の極度に至るには七日間ほどあるが、極に至ればまた漸次に減少して、七日間ほどを経て減少の極度に至る。この月齢の第七、八より第十五、第十六に至る間の潮は、これを気に比すれば、すなわち張る気の象《かたち》である。その後、漸々に低くなってゆく潮は、比《たと》えば弛む気である。すなわち一月の中七日余は張り、七日余は弛み、また七日余は張り、七日余は弛むので、一月に約して論ずれば、二回ずつ潮は張るが、その持続するのは七日余だけなのである。これと同様に人の張る気も自然にその持続しやすい間はおよそ限度がある。もしその徴《かたち》を求むれば、男子においては不明であるが、女子においては明らかに潮信同様の作用が月々に行われている。しかしてその月信の来去する時においては、身体状態に盈虚《えいきょ》*があり、精神状態にも消長が生ずる。精神よりして身体のこの状態も変化するが、身体のこの状態よりして精神もまた影響せられるところのこの事実の存在は、すなわち海潮の張るのにもおのずから持続期限のあるのと同じく、人の気の張るのもまた自ら持続期限があることを示している。かくのごとく女子の身体において一月にして小なる一更始が行われておることは、自然が人を支配しておるその法律の定案に、人まさに自らにして盈虚消長すべしということの存じていることを明示しているので、仔細《しさい》に生理および心理の観察をなすものの首肯せざる能わざるところである。男子には女子のごとく身体に行わるる小更始の状の明徴がないけれども、けだし循環更始の法律は行われているに疑いない。ただ劫初《ごうしょ》*より以来、自意識の強大なるためと、内省の疎漫なるためとに、女子のごとく明著の徴なきによりてこれを覚知せずにいるので、生理および心理の研究が進んだならば、恐らくは男子にもまた女子のごとく自然のあるリズムが心身に跨《また》がって存している事を唱うる者が生ずるであろう。日あり夜ありて、覚あり睡あり、月逝き年移って、ようやく長じようやく老い、ついに死することは、男子も女子も同じリズムを辿《たど》っているのである。これを一日の小にし、これを一生の大にして相同じきである。その中において男子のみに限りてリズムの支配を脱しておる理《わけ》はない。季の循環、月の盈虚、時の終始は、一定のリズムをなして、一切の生物に加被しておる以上、生物もまた一定のリズムをなしてある時は発揚し、ある時は沈衰し、ある時は睡り、ある時は覚めているのである。いやしくもリズムというものの存在を認めなければ已《や》む、しからざる以上は、人の身心も律調運動《リズミックムーヴメント》をなすことを認めなければならぬ。さればなん等の他の原因がなければ、一日においては幾時間にして張る気のようやく弛む気となるがごとく、一月においても幾日にして張る気はようやく弛む気となるのが、自然の数である。自然の数はかくのごとくなるのみである。

順境に自らにして生じた張る気でさえも上説のごとくである。まして逆境に生じた張る気がいかで持続し得べきや。なん等の他の原因なしには、幾時日をも持続し得ぬ理である。譬えば退潮時に当たって、たまたま風圧や地変によって生じたる進潮のごときものである。譬えば長潮《ながしお》や小潮《こしお》たらんとする時に当たって、たまたま生じたる高潮《こうちょう》のごときものである。その根基において相副《あいそ》い相協《あいかな》わざるものがあるのであるから、持続し得る間ははなはだ短い。瘠土《せきど》に樹を移しても、その小枝繁葉を除去すること夥《おびただ》しければ、樹はなお葱《そう》色を保って、しかも新たに葉を出し枝を生じ、勢い少しく張るがごとき観を呈する。しかもいくばく時ならずしてようやく張らざるに至る。旧《もと》の地より肥沃《ひよく》の地に移してその勢いの張るのは自然であるが、磽瘠《ぎょうせき》の地*に移して勢少しく張るのは人為のしからしむるのみであるから、その樹の中に蓄有したる養分の発し竭《つく》さるるに及んでは、これに継ぐところのもの足らずして、ついに勢い弛み威衰うるに至るのである。境遇悪変して生ずる張る気は、そのいまだ悪変せざるに先だってその人の有していた潜勢力の発現で、その潜勢力にして費やし尽くさるればようやくに弛むに至るを免れぬ。土を喰《くら》っても戦うという意気は、大いに張ったのには相違ないが、幺虫《ようちゅう》*残骸が形成したところの食土という稀有な土ならば知らぬこと、普通の土などは喰えるわけのものではないから、必定幾日を支うることも出来るものではない。体衰うれば気衰え、筋弛めば気弛んで、一日一日に支うる能わざるに至る理である。人はややもすれば境遇の悪変に際しては張る気を生ずるもので、勝つことを好む者などにあっては特にしかるけれども、能くその張る気を持続し得るは少ない。おのずからにして張る気を持続し得る理のある原因が附加するにあらざる以上は、たちまちにして弛む気その他の気に変じてしまう。前に挙げた婦人の夫を失いて偏孤*を擁せる場合のごとき、もしその婦人にして特殊の技能や経験を有するとすれば、その技能や経験の力の支うるによって、張る気を持続することも能くし得るだろうが、しからざる時は一旦《いったん》は張ってもたちまちにして弛漫し萎靡するを免れない。

境遇の悪変より張る気を生じて、しかして能く持続するがごとく見ゆるものには、大いに似て非なるものがある。例えば貧を厭《いと》える妻が一富翁の許に奔《はし》れるを怒って、その遺されたる夫が富を欲する非常なる勤勉家となるがごとき、また例えば家庭に伏在せる波瀾《はらん》に苦しむに至れる人の、ある芸術やある事業に熱心して、常人の企及すべからざる励精をなすがごとき、かかる事例は世に稀ならぬことであるが、これ等の中には真に張る気を生ずるに至れるもあれど、多くは似而非《にてひ》なる気の働きで、張る気ではないがちである。すなわち前の場合には、怒る気が一転して、凝る気になって、そしてそういう挙動をするようになるものが多い。稀に真の張る気を生ずる者もあろうが、むしろ凝る気になって理も非も関《かま》わず、富をなすに汲々《きゅうきゅう》たるに至る方が多い。その張る気と凝る気との異なりは、凝る気の方は陰性で、収縮的で、張る気の方は陽性で、拡充的である。俗にいわゆる無茶苦茶になって、非理非道をも、あえてして蓄財をこれ事とするごときは、凝る気の所為である。またある芸術やある事業に熱心して、常人の企及すべからざる励精をなすがごときも、張る気でなすのと凝る気でなすのとでは大なる差がある。真に張る気でなす場合には、事業ならば、その事業はその人の周囲状態に比例して、経営もされ、発達もするであろうが、凝る気でなさるる場合には、事業その物は十分に経営もされ、発達もするであろうが、周囲状態には不均衡な、跛者《はしゃ》的状態を呈するを免れぬ。芸術のごときは、張る気をもってこれに当たりこれに当たりする時は、ついに一気両析《いっきりょうせき》して、「澄む気」を生じて、「濁る気」を離れるに至り、全く塵俗の毀誉褒貶《きよほうへん》などを超脱し、また浮世の得失利害などを忘却しきった境界に立ち到るに及び、明らかに一進境を現ずるに至るのである。芸術に身心を委する者にあっては、もとより人に褒められたい、人に勝りたい、世に喜ばれたい、善報厚酬を得たいなどと思うべきではないが、そういう俗気俗意を何人でもなくし得ているかというになかなかそうではない。真面目な芸術家でも、張る気の境界で芸術に従事する程度の間は、人にも褒められたい、人に勝りたい、世にも喜ばれたい、善報厚酬をも得たいという念が一毫《ごう》もないというわけにはゆかぬ。少なくともそういう種々の念が、張る気の随伴者となったり、後押しや、前牽《まえび》きをなしたりしておる光景があろう。しかしその人が張る気で真面目に芸術に従事する以上は、少なくもその張る気の健在している間だけは、鳥なら鳥、花なら花を描かんとして筆を執り絹に臨んでおるその当下には、人に褒められたいこともなくなり、人に勝りたい思もなくなり、世に喜ばれたい念もなく、善報厚酬を得たい心もなく、某君の胸の底、脳の奥より両眼十指の末々に至るまで、ただ鳥が満ち花が満ちていて、ほとんど他の物はなくなっておるであろう。技の巧拙と力の強弱とは別として、執筆臨絹の場合にもなお種々の他の者が働いているならば、それは張る気の状態ではなく、とにかくに純気でない、駁気で事に従っておるのである。技は巧みに、力は強くても、俗気匠気の多い作品というのは、ひっきょう竟は駁気で事に当たっている人、すなわち執筆臨絹の時に当たっても、なお俗意が口を出して何か囁《ささや》くその声に聴くところの人の作品である。技はいまだ巧みならず、力はいまだ強からざるも、下手は下手なりに、吾が身の何処《いずこ》を截《き》ってもその画題たる花なり鳥なりが咲き出し啼《な》き出して、ただちにその香を放ちその声を出しそうなくらいになって、その画題のほかに別の物もなくなるか、吾と画題と融合するか、我が画題中に没入するか、境界は種々であろうが、何にせよ張る気で画に従事する場合には、少なくともその人のその時の最高能力はそこに瀝尽《れきじん》され発揮されて、夾雑物《きょうざつ》がないだけそれだけその人の精神全幅がそこに出ておるのである。で、芸術はそこから進み上がるのである。しかれども張る気で事に従う境界では、それだけである。筆を抛《なげう》ち絹に背けば、また褒められたい、勝りたい、喜ばれたい、酬《むく》われたいのである。ところが今日も張る気をもって事に従い、明日も明後日も張る気をもって事に従い、一月二月、ないし十数月、一年、二年、ないし十数年、数十年も張る気をもって事に従うて已まざる時は、自然に泥水分離の境が現じてくる。不知不識《しらずしらず》の間に修行が積んで、技が進み術が長けるというのみではない。日々月々張る気を堪えて、純気となり得、駁気にならざる習いのつく結果として、次第次第に人に褒められたいのもいつか忘れるようになり、人に勝りたい、世に喜ばれたい、厚く酬われたいという念も漸々に薄くなってきて、ただ我がある物の命のままに描くようになる。譬えば潮満ちて海おのずから浄きがごとく、また泥水日久しゅうして泥は沈み水は澄むがごときである。これを「澄む気」の生じたところという。この泥水分離の境に到り得たにしても、もって生まれた天分の大小は如何《いかん》ともすることは出来ないから、やはり小者は小、狭者は狭、偏者は偏、浅者は浅であるが、それでもおのおの必らずその妙を呈する。芍薬《しやくやく》培《つちか》い得て全きも牡丹《ぼたん》とならず、龍眼はなはだ美なるも茘枝《れいし》の味をなさずであるが、しかし芍薬は芍薬の清艶《せいえん》、龍眼は龍眼の甘美をなすのである。芸術の人も常に「澄む気」の境に到り得れば、実に尚《たつと》ぶべきものである。人を描いて鼻なく、象を描いて牙《きば》を遺《わす》れても、また咎《とが》め難き境地に達しておるので、ようやく佳処に入らんとしておるのである。張る気を積んでここに至れば、一技脩《おさ》め徹してすなわち仙を得たのである。世評人言の役使するところとなって、風裏の飄葉、空中の游塵たるがごとき、何の甲斐もない境界を脱しおわって、雨淋《そそ》げども竹いよいよ翠《みどり》に、天寒けれども鴨《かも》水に親しむ面白い境に到り得たのであるが、どうして容易にそこに到り得よう。しかも真面目に張る気を積み積みして、ついに澄む気を保つに至れば、拙くても偏っても、その人だけの本来を空しくせぬところに到達するので、古来より一分半分なりとも做《な》し得たるある人は、誰かこの境に脚を投ぜざるものあらんやである。「澄む気」を養ひ得て已まざれば、ついに「冴ゆる気」に至る。冴ゆる気に至れば気ようやく化して神《しん》ならんとするのである。冴ゆる気になれば、気象玄妙、神理幽微、予輩ただ教えをほかに受けて証を内に全うせざる者は、兌《だ》を塞《ふさ》ぎ坤《こん》におるべきのみであるからしばらく擱きて言わぬ。ただ張る気をもって芸術に従事する者は、時に澄む気の閃光《せんこう》を示し、しかしてその芸術の進境を示すが、凝る気で芸術に従事するものは決して澄む気の象《かたち》を視《しめ》さぬということだけをここに言えば足りる。張る気で芸術に従事すれば、たといその人が鈍根なるにせよ、時日を経るに随いて遅々ながらも進歩する。またあるいは一進一止するにせよ、時に進境あるを思わしむるの痕を示す。しかし凝る気で従事するものは、その絹紙筆墨を費やすや甚大甚夥《じんか》なるも、ついに繋がれたる馬の一つの柱を遶《めぐ》り、籠《こ》められたる猿の六つの窓に忙しげなると*同様に、なんの進境をも示さぬものである。七年碁を弄《もてあそ》び、九年俳諧を嗜《たしな》んで、千局二千局を囲み、一万句二万句を吐いても、ただ熟するという事があって、さらに進むという事のないのがある。境遇の悪変から張る気を生じてしかして持続するがごとく見えておるもの、例えば家庭に伏在せる波瀾に苦しめる人の、非常に励精して碁に耽るというがごときは、その励精して倦まずという点より言えば、張る気の働きに類しておるが、多くは凝る気などの働きである。張る気のごとき善気の働きならば、さほど持続する間には、澄む気にさえなるべき理がある。よしや常住澄む気にはなり得ぬまでも、少なくともその心を寄せ身を委ねた芸術においては著しい進境を現出せでは叶わぬ道理である。全幅の精神をもって長き時日を一芸一術に対していて、そして進境なきという道理はないのである。しかも凝る気をもってこれに対しておるならば、不出不入、停滞一処の死気、すなわち刻々に進んで已まず念々に長じて止まらざる生気の張る気とは大いに違うところの気をもって対しておるのだから、その結果もまた不出不入、停滞一処で不思議はないのである。凝る気をもって事に従うは、譬えば氷をもって物と共に寘《お》くがごとしで、その物能くいくばくか変ぜんである。張る気をもって事に従うは、流水をもって物を涵《ひた》すがごとしで、物ようやくに長大生育する。俳優の舞台上において駛走《はしり》を演ずるがごとく、その脚動かざるにあらざるもついに長く一処にある状態に、凝る気をもって事に従っておる人の情状は実に酷似しておる。七年八年碁に耽って、一切を忘るるがごとくで、しかもその技進まぬ人のごときは、その対局下子の時の状《さま》を観るに、ただ局に対するのみ、子《し》を下すのみで、その対局下子の時、この一着のはたして好手なりや否《いな》やというについてわが全幅の精神をもって対しておるのではない。勝ちを欲するの意は燃ゆるがごとくであっても、ただいたずらにその意のみ高く燃えていて、一着の可否については、交渉商量はなはだ疎なのである。勝ちを欲するの意の燃ゆるをば火の燃ゆるに喩うれば、一下子の可否を商量するところは、物を鍋上に置いてこれを煮るがごとくでなければならぬのである。張る気をもって事に従う情状はすなわちそれである。全部の火気一鍋《か》に対しておるので、一鍋中の熱気おのずから に鍋中の物に作用して、そこで煮熟の功を遂げ妙を現ずるのである。碁ならば、その一下子の可否の商量の熟したところはすなわち鍋中の物の煮熟されたところである。そこで物は煮熟されて後、はじめて食さるべきがごとく、一着の可否の商量計較が、その人力量の及ぶ限りを尽くされて後、はじめて石が下さるるならばそれは本来の道であって、一石一石がそういう次第を経て局に下さるるなら、その人たとい鈍根なりとも、幾十局幾百局を囲むの後においては必らずや碁技ようやく進むことであろう。しかるに凝る気で事に従うの象は、譬えば燃ゆる火が鍋の上に置かれたり、または鍋の傍に置かれたりして、いたずらに烈炎熾光を揚げて燃えておるようなものである。その火の力と鍋中の物との交渉ははなはだ疎であって、火は火のみで燃えておる、鍋中の物を鍋中の物で依然としておる、そしてその鍋中の物は漫然として口にさるるというようなのが、凝る気で事に従うの象である。勝ちを欲するの心は烈々として独り燃えておる。しかもその心が一下子の可否の計較商量に対って烹爛《ほうらん》煮熟の作用をば少しもなしてはおらぬ。そして漫然として石を下し局を了するのが凝る気で碁を囲むの状である。かくのごとくにして如何で能く技の進むを得んやである。ある事情によって凝る気になっておる人のなす所は、張る気で事に従うとは異なるのであるから、ただその打ち対ったところに意が留まるばかりで、気は真実には働かず、不出不入、停滞一処で、碁なら碁にへばり着いているのみであって、そしてその真の流通活潑であるべき気の作用が凝然として死定されて妨げられておるだけそれだけ、水には稜《かど》なけれども氷には稜ある道理で、恐ろしい鋭さと固さとをもって、ある点に対しては厳しくもまた苛酷《いらひど》く強く働くものである。すなわち碁ならただむやみに勝つことに向かって鉄石も衝き貫ぬかんがごとき無比の猛勢をなしておるものである。張る気で事に従っておる場合は、勝つ勝たぬは局を終わる時のことで、現前の案ではないから、それにはむしろ意は着いていないで、あるいはこれを忘れたるにも近い状態を倣し、ただ現在の一着の可否如何について、心は千条万条の路を歩み尽くし往き還り、千頭万頭の計《はかりごと》を索《もと》め竭《つく》し考え究めて、そして海涸《か》れ底現るる的の光景に至って初めて一石を下すに及ぶのである。張る気の作用は、刻々分々、刹那刹那において、流動滾沸《こんふつ》*、活々潑々の生気をもって、あたかも哪吒太子《なだたいし》の六臂《ぴ》の、用に応じてすなわち弁じ、江を截るの長網の、千万億目、目々皆張って、魚来ればすなわち執らうるがごとくである。凝る気の作用はそういう生動飛躍のところはない。凝る気と張る気との差は非常なものである。

張る気はあるいは澄む気に之《ゆ》き、あるいは澄む気に之かずして已みもするが、凝る気は戻《もと》る気なんぞに之く。これが常数である。しかし時にあるいは張る気から凝る気に之くこともある。張る気で局に対し碁を囲んでも、たまたま二敗三敗数敗する時は、一意ただ勝ちを欲するに至って、ついに凝る気に堕する。また凝る気になっている人も、天分優秀で、因縁佳良なる場合には、時にたまたま張る気になることもないではない。しかし皆それは稀少の例である。境遇悪変のごとき場合には、なかなか張る気になり得る人は多くあるものではない。たいていは凝る気に堕してしまうものである。ところがその凝る気と張る気とは、朱紫相近似しておるから、人のあるいは凝る気の作用を認めて張る気の作用とせんことを恐れて、かくのごとくに多く言を費やしたのである。張る気の持続する場合には、芸術のごときは日々に向上する。自己状態の不妙なるより生じた凝る気の持続が張る気のごとく見ゆる場合には、芸術にたずさわってその外観いかばかり励精倦まずして一意他念なきがごとくに見えても、たとい日々に局に対し碁を囲むとも、日々に絹紙に対し筆墨に親しむとも、日々に幾篇の文を作り詩歌を作って、連篇累牘《るいとく》山積車載するに至るとも、実に価値の低い、進歩の路のない、悪達者なものを留めて、舞台の駈け足のごときことを繰り返すにすぎない。そのなすところを見て判ずれば、張る気と凝る気との差は何人にも明瞭に弁知し得るのである。

境遇が善変したというほどでもなく、また悪変したというほどでもなく、不善不悪、善悪中間に変じた場合にも気は変移して、時にあるいは張る気を生ずることもある。しかしそれはただ新境の現前という個条の中に摂取して説き尽くし得るので、すでに上に説いたところの屋上に屋を架するにも及ぶまいから擱く。

人事の上において張る気のよって生ずるところはその大概を説いたが、なお微密に渉《わた》って論ずれば、いうべきところの事ははなはだ少なくない。しかし人事は、その人に切なる上においては天数にも過ぎておるが、ひっきょう天の数は人の事を包含して余りがある。人事は天数の中における一波一瀾にすぎぬ。天数の中において、極めて小さい、極めて短い、極めて弱い、極めて薄い地位を有しておるのが人事の全体である。さてまたその人事の全体の中で、極小、極短、極弱、極薄の地位を有しておるのが個人の状態である。それからまた個人の状態の全体の中で、短小薄弱の地位を有しておるのが、個人の一時の状態である。人間の何事も自然に比すれば、はなはだ短小薄弱なもので、いかに自然が長く大きく厚く強くて、そして人間が幺微《ようび》なものであるという事は、何人《なにびと》といえども少しく思索に耽ったことのあるものの心づくところであるが、特に吾人が仮に所有しておるもののごとき観のあるを免れぬ吾人の気というものの上について一たび思いを致す時は、一層その感を深くするのである。

人事から生ずる張る気の事を言った以上、自然の天の数から生ずる張る気のことを言わぬ時は、その小を説いてその大を遺《わす》ることになるから、試《こころ》みにこれを概説しよう。

天の数。ああなんという威厳のある犯すべからざる語だろう。一日に日の昼夜あり、一月に月の盈虚《えいきょ》あり、一年に季の春夏秋冬ある、皆これいわゆる天の数である。夏が来ぬようにと思ったところで、春が去れば自らにして夏は来る、夜にならぬようにと思ったところで、日傾けば夜おのずから来るのである。かくのごときものはこれ天の数であって、人力の如何ともすべからざるものである。人の嬰児《えいじ》よりようやく長じて、少に至り、壮に至り、老に至る。皆これ天の数であって、無限に生きていたくても、必らずや死に至るのも天の数である。生を欲するのあまりに長生ということを考え出しても、乃公《だいこう》＊は千年生きるともいいかねるので、天の数の前には些《すこ》し遠慮して、精一杯の注文を百二十五歳くらいにしておかねばならぬのは、いかに口惜しくても仕方がない、人間の微力さのやむをえぬところである。さてこの偉大な天の数について気の張弛を観察してみよう。

無始……一、一、一、一、一、一、一、……無終。これが天の数である。一を一日と解してもよい、一時間と解しても、ないし一月、一季、一年と解してもよい。無始は知らぬ。無終も想い得ぬ。ただ吾人は、一、一、一、一、一、の場合と状態とを知っている。これを換画《かんかく》して、無始……一、一の次の一＝第二、一の次の次の一＝第三、第四、第五、第六……無終としても同じことである。また無始……甲、乙、丙、丁……無終としても同じことである。無始はしばらく擱いて論ぜず、仮定の人類発生の年を第一として、吾人の存しておる今が第幾万幾千幾百幾十幾年だか知らぬが、とにかくに吾人はその第幾万幾千幾百幾十幾年より通例概算によれば五十年ほどの間を一人分だけ塡《うず》めるのである。この間の吾人は天の数の支配を受けているので、天の数を支配してはおらぬのである。人寿五十年とすれば、五十年間、二百季間、六百月間、一万八千二百六十余日間、四十三万八千七百余時間を経る間は、暁ならざらんことを望んでも夜には明けられ、暮れざらんことを欲しても日には暮れられ、冬ならざらんことを欲しても秋に去られ、夏ならざらんことを欲しても春に逝かれ、風や雨や雪や霜や旱《ひでり》や地震や洪水や噴火や雷霆《らいてい》や、種々様々のものの支配を受けておるのが吾人の実際である。

で、その最も近きところより論ずれば、まず第一に昼夜の支配を受けておる。燈を用いることを知ってから何千年になるか知らぬが、獣や鳥のごとくに燈を用いることを知らなかった吾人の祖先は、日出でて作し、日入って休息することを余儀なくされたろう。この習慣は吾人の霊性を熏染《くんせん》して、熏染また熏染、遺伝また遺伝、先祖代々同一情状を重複した結果、電燈もあれば瓦斯《ガス》燈もある今日においてもなおかつ吾人は、日出でて起き、日入って睡るという周期作用に服従している。ただ習慣のみならず、実にまた太陽が与うる光明、温熱、夜が与うる黒暗、寒冷、昼夜によって変ずる空気の成分の揺錘的運動推移、*それ等のために支配されてであろう、吾人はおのずからにして旦《あした》に起き出で、暮に帰り休みたいのである。この一日間の著明なる事実は何を語っているか。吾人の精神力は強大なるには相違ないが、過大視してはならぬ。確実に精神が色界すなわち物質の世界の法律に支配されていて、治外法権のごときものは、ある許されたる小範囲だけにしか存しておらぬことを語っておるのである。身心の相交渉するところの人の気は、上下の相交渉するところの天地の気と応和協諧しておる。人の気は天地の気の支配を受けておるのである。試みに秋の夜の長き寂寞《せきばく》さを、人間と関係ほとんど絶えたる江心*一艇の闇に守り明かして、何をどうしたいという意念もあまり動かすことなきまま暁天日出ずる時にまで至ってみるがよろしい。吾が体内へ飲料食物を吸収するというでもなく、意念の火の手を特に挙《こと》げるというでもないのに、午前一時より二時半頃までの気合いに比して、天明らかに曦《あさひ》昇る頃の気合いは、大いに相違するであろう。掌中の紋理の「て」の字が見え初むる時より、寸々に明るく分々に明るくなって、拇指《おやゆび》の腸処《わたどころ》の細紋が見え、指の木賊条《とくさすじ》の縦の纎《ほそ》いのが見え、ようやく指頭の渦巻や流れ紋の見ゆるに至るまで、次第次第に夜が明け放るるに及び、やがて日がさし昇るに及ぶ、その間に天地の気が人の気に及ぼすものなしとは誰か言い得よう。朝の気と暮の気との差は、二千余年前の孫子《そんし》さえ道破しておる。旦の気のことは孟子も説いている。人の朝の気は実に張っているのである。天地の陽性の気に影響されてしかるのである。

朝における人の気の張っているのは、これを生理的にも解し得る。まず第一には疲労の回復の出来ていることである。すなわち体内の廃残物の処置は睡眠中に整えられてしまって、排泄機に附さるるばかりになっておるのであり、新しい活動の起こさるるに適した状態になっておる。疲労の原因たるものは、疲労を起こすべき位置にあらずして、ほとんど除去されんとしておるのである。第二には胃が空虚になって、胃部附近に血液の充実することがなくなっておるのに反し、脳には脳の作用を活潑に営むに堪うる血液が注がれておるために、精神機能は十分にその能力を揮《ふる》うを得るのである。毀傷によって脳蓋骨の剝離《はくり》した人が実験に供されて、脳の働く場合には血液の潮上の要さるることが明白になってから、捕捉して証明し難きものになっていた精神の労作も、また筋肉の労作と同様に解知さるるに至ったのであるが、精神労作も実に血液を要するのである。腸胃中に物ある時は、腸胃は運動して、しかして腸胃部に血液は潮し集まるのであると同時に脳部は微少ながら貧血を惹き起こして、精神労作は弛緩遅鈍となるの傾きをなす。食後に眠りを催すに徴してこの事知るべしである。貪食の睡の因をなすことは、何人も知ることで、睡ることを欲せざる時に食を少なくするが利あるのは、跋伽林外道《ばつかりんげどう》のしたような事を暫時にせよ試みた者などの知っておることである。仏法の僧侶は元来睡眠をとるべきものではないので、離睡経の睡眠を呵しておるのを見ても、阿那律《あなりつ》失明の談*に照らしてみても、明白な事であるが、その教条とその僧侶の日に三度などは食せざるのが釈迦在世の時の行儀であったこととを合わせ考えてみると、すべて形式を軽視する傾きのある今日の僧等のかえって浅薄なることを思わずにはおられない。さて脳が血液を消費した場合には、勢いとしてその消費の余の廃残物が堆積する。廃残物はすべて毒威を有するものであるから、精神労作より生じた廃残物は、精神労作を弛緩ならしめ遅鈍ならしめる。その極は睡眠を致し、もしくは不快の頭痛を惹き起こすに至るのであるが、ある時間の休息中には、これ等廃残物は体内機関によりてようやく搬出されるのである。廃残物の搬出せられて、新鮮なる血液の脳に潮するに及んでは、脳はまたようやくにして爽快に働き出す。かくのごとくにして労作と休息とが、交互に行わるるのは吾人の普通状態である。

心と身とを全く区別して考えるのも非であるが、また全く同一なりと考えて、心即身、身即心とするも非である。二者は是一にして即二、是二にして即一なのである。吾人が睡りつ寤《さ》めつするのは、睡らんと欲して睡る時もあり、寤めんと欲して寤むる時もあるが、また睡らんと欲するにあらずして、おのずからに睡り、寤めんと欲するにあらずして、おのずからにして寤むる時もある。吾人が寤めてしかして精神作用を起こし出し做し出すに当たって、仔細に観察する時は、ある事を思い、ある業を執らんがために寤めたのではなくて、寤めたるがためにある事を思いある業を執るに至る場合ももとより少なくない。すなわちおのずからにして寤めたるがために、精神労作を開始することもあるのである。前夜就眠の時に当たって、明朝五時において覚めて、そしかして猟に赴かんと思い、あるいは六時に覚めてただちに文を草せんと思いて、そして五時あるいは六時に起き出ずることももとより少なくはないが、そういう精神の命令あるにあらずして、しかもおのずからにして寤むることもまた少なくない。もしそれおのずからにして寤むる場合は、これをその人の精神、詳言すれば自意識よりして、身体において精神作用が開始されたのであるといわんよりは、これをその人の身体、詳言すれば血液の運行状態よりして、睡眠境が攪破されて、そして精神作用が開始さるべくされたのだといった方が適当である。

なお一歩進めて説こうか。「夢」は最も明らかに心身両者の関係状態を示する適切な事例である。夢は言うまでもなく精神上の過程である、受、想、感情、記憶、智慮、意識等が不完全ではあるが働いておる事を否定するわけにはゆかぬ。この夢というものは、かくのごとくかくのごときの夢を夢みんと欲して、しかして後に夢みるものではない。精神上の過程であることは争われぬ事実であるけれども、吾人が前夜において、かくのごとき精神労作をなさんと欲して、そして夢みるのでないことは明瞭である。すなわち期せずして来るところのものである。吾が精神内に起こるところの事ではあるが、おのずからにしてある夜は夢みるのである。この夢の生ずるゆえんを心理的に解釈すれば、なん等かの解釈を索め出し得ぬことはない。しかしそれは夢の中のある物件またはある事態が何ゆえにその人の心海に湧出して夢となったかということを解釈し得るにすぎないで、全体に夢の起こるゆえんを解釈し得はせぬのである。たとえば鳩が文筥《ふばこ》を銜《ふく》み来った夢の、その鳩、その文筥、文使い、という諸件については、その夢みた人の心理に立ち入って推測する時は、不明白ながらも幾分の解釈を得よう。しかしそれは夢の中の事態物件のよって来れるゆえんを解釈し得たので、夢その物のよって来れるゆえんを解釈し得たのではない。如何となれば、夢みつつある時と、いまだ夢みざる時との、その人の事情が境遇や心理はほとんど同様であるのに、一、二時間前は夢みず、一、二時間後は夢みる、そのゆえん如何ということは、心理の上では解釈に及び難い理であるから、是非もないのである。

ほとんど同一の事情、境遇、心理を有せる人の、一、二時間前には夢みず、一、二時間後には夢みるの理は如何。その人の意識の自由が用いられて、そしてある時に当たっては夢み、ある時に当たっては夢みずにいたのでないことは分明である。しからばすなわち期せず招かざるの夢というものは、その人の心の方面より生ぜざることは明らかである。夢になったものは、心から出てきたであろうが、夢みさせたゆえんの者は他から出てきたのを疑わない。物質道理からいえば、一切事物の発生、存在および変化、運動はすべて力を要する。力は力の因あるを要する。夢は秤量《ひょうりょう》し度測することの出来るものではないけれども、明らかに精神過程の一たる以上は、精神を支持するゆえんのある力によって生ぜられて、そしてその存在をなすに疑いない。精神の労作は血液の消費によって起こされ、血液の供給は精神の労作をなすに堪えしむる。この理によって考察する時は、夢みるという精神労作は、たとい軽微の労作にせよ、また血液と相待って起こさるるものに相違ない。翻《ひるがえ》って夢みる時の血行状態を考察すれば、脳に向かって血液のようやく多く流注さるる暁、すなわちこれよりまさに完全なる精神労作の行わるる範囲に入らんとする醒覚の前に当たって、その準備たるの観をなして、自然の律調により、血液の脳に注ぎ入る場合に、いわゆる夢というものは生ずることが多い。またこれに反してまさに睡りに入らんとする時、すなわち脳は軽微なる貧血状態をなして、その完全なる精神労作をなすに堪うべきよき血液の不足を告げ、精神労作の休息をとらざるを得ざる場合に立ち至りながら、なお幾分の余力を存して全くの睡眠には陥らざるに際して夢の生ずる場合も多い。この醒覚前、および睡眠前は、完全なる精神労作をなすには、その力および力の因たる資料不足にして、また精神労作の完全なる休息もしくは閉止をなすには、その力、力の因たる資料の存するありて、休息と活動とのいずれにも属する能わざる事情の時である。夢は多くかくのごとき場合に生ずる。夢その物もまた実に醒覚と睡眠との中間にくらいしておるもので、不完全なる精神労作、もしくは不完全なる精神休息の状態であると云い得るものである。

このゆえに夢の体の成立原因、すなわち夢の当体を組織するところのものは、明らかに心理より来るが、夢を結ぶゆえんのものは、生理がしからしむるによって来ると云い得る。すなわち脳に血液の多からんとするある時、および脳より血液の漸減するある時において、夢みる人の意識より起こらざる血液の運行によって、起こさるるのである。この生理的なる血液運行の初期もしくは末期に、心理的のある記憶、感情、予想、追念その他のある物が結ぶ時は、夢は初めて完全に成り立つのである。生理的の血行に心理的の想念等の加わって夢の成るは、比《たと》えてみれば潮頭《しおばな》という進潮《あげしお》の初め、または退潮《ひきしお》の初めに当たって、ややもすれば風のこれに加わるのにははなはだ酷《よ》く似ている。潮が風を誘いもすまいが、潮頭には風が加わりがちであるし、時には雨もまた添うてくる。この風を潮風《しおて》といい、潮風と共に来る雨を、潮風の雨といい、また略しては単に潮風ともいう。あたかもこの潮の初めに当たって風雨の加わると同じような光景《ありさま》に、生理的の血行に心理的の種々のものが加わるのは、そのいずれを誘い起こすのか知らぬが、観察に値する事実である。もし十二分に観察して徹底したらば、まさに睡眠より醒覚せんとするに際しては、血行が因となって、生理的が心理的を誘い、そして夢を成すのであり、またまさに醒覚より睡眠に入らんとするに際しては、心理の方が因となって、ようやくにして脳より流れ減ぜんとする血行が縁となり、そしてその脳の血量不足が十分ならざる心理状態すなわち夢を成すのであると云い得るかもしれない。

夢の研究をするのが本意ではないから、夢の事はこれに止めて、しばらく措いて論ぜぬが、半醒半睡、もしくは不醒不睡の夢というもののよって起こるところを考察したならば人の身心の動作が、人よりのみ来らずして天の数より来ることの存するを明確に認めるを得るであろう。すなわち一日夜においては、暁において気がようやく張り、暮に及んでようやく弛み、夜に至って大いに弛み、また暁に至ってまた張るというのが天の数である。かくのごときが一日夜の自然の数である。ゆえに一日夜について論ずれば、朝においては人の気はおのずからにして張るべき数なのであり、血行の道理がおのずからにしてかくのごときを致しているのである。今一歩進めて論ずれば、人の一日における気の張弛の状がかくのごとくであるといおうよりは、自然の一日における気の張弛の中に包まれておる人の状《さま》がかくのごとくであるといった方がよいのである。日没頃よりして天気は下降する。日出頃よりして地気は上昇する。水分の蒸発および霣落《いんらく》*は昼夜によって行われている。日光の光波および熱量の加被し作用するのも、昼夜によって交替的に行われている。草木は明らかに日光と日温との作用によって、大気を分解し吸収し、気温と気圧との作用によって燥気を排し水気を取っている。草木の花もしくは葉を諦観する時は、リンナウス*ならざるも今の何時《なんどき》に相当するやを知り得るほど、正確にかつ明白に、その草木の一日の間の気の張弛を知り得る。特に朝顔の花のごとく一張一弛してすなわち休んでしまうものでないところの花、たとえば木芙蓉《ふよう》の花のごときについて諦観する時は、朝の何時より昼の何時までに至るまではその気張り、それより後に至ってはその気弛みて、また次の日に至っていかにかつ張りかつ弛むかということを仔細に知り得る。草木稟性《ひんせい》の差によって朝顔の花のごとく、暁においてその気の張るものもある、鼓子花《ひるがお》のごとく、日中において張るものもある。また夜会草や月見草のごとく暮に及んで張るものもあるが、要するに朝より昼に及んで気の張るものは多い。草木は人間のごとくに高級にしてかつ自由なる意識機関を有しておらぬため、明白に自然が加被するところの光景を反射的に彰《あら》わし、宇宙における一気流行の消息を洩らし示しておる。一枝頭上の妙色香、等閑に看るなかれ毘《び》盧の身である。宇宙の気の升降伸屈盤旋交錯によって孕育《よういく》生長せられておるのが、一切庶物の状なのであるから、怪しむところも訝《いぶか》るところもないが、草木を観るといかにも面白い。草木は正直に無私に一気の流行を示し、その起伏消長の情状を見せておる。酸素を出す樹の葉、窒素を蒐《あつ》むる荳の根、炭素を収めて茎幹をつくる夏日の経営、玄機*を一塊球に秘して再来の春風を待つ冬の沈黙、含羞草《おじぎそう》の情あるがごとき、蓮花の雨を知るの智あるがごとき、蜀葵《ひまわり》の日を悦ぶがごとき、貝殻草や木芙蓉やその他の多くの草花が、自ら調節して開閉するがごとき、気の寓処《やどりば》たる草木各自の体において天地の気の流行運移する状は、明々白々に示されておる。人もし能く草木において諦観したならば、花開き花落つるも、葉の翠に葉の黄ばむも、一切の現象はただ天地の気の動きの姿たるに止まるを知って、一切庶物において気が働いておるというよりは、気の中において一切庶物が存しているといった方が適切なのを感ずるであろう。

草木以上のもの、すなわち禽獣虫魚の類について観察するも、明らかに一日の気の張弛によって、これ等の生物が種々力《しゅじゅりき》、種々相《しゅじゅそう》をもって、種々作《しゅじゅさ》をなし、種々報《しゅじゅほう》を取るを観得《みえ》る。禽《とり》は暁において大いに勇み、翔《かけ》り、飛び、啼き、餌を求め、雌雄相喚《あいよ》ぶものである。朝禽《あさとり》の語が日本歌人によっていかに取り扱われたるかを考察しても解し得る。獣も朝において勇むのは、駒のみではない。狗《いぬ》も牛も皆勇むのである。虫はかえって暮夜に勇むのが多いが、朝より昼にかけて勇むものはまたはなはだ多い。魚の中において、海魚は潮汐によってその気が張弛するが、河魚は朝間詰《あさまづめ》夕間詰《ゆうまづめ》において著しく活潑になることは、老漁の看取して十二分に信じていることである。およそ一切の物は、それぞれの気の寓処となっておるのであるから、衆花は昼に開くのに、暮に及んで開くものもあり、衆鳥は暁に勇むのに、夜に入って勇む梟《ふくろう》や杜鵑《ほととぎす》の類もあり、群獣は昼に出で夜に伏すのに、夜騒ぎ昼蟄《ちっ》する鼠のごときもあり、昼に当たって飛翔営作する虫が多いのに、夜に当たって遊行する蚓のごとく蚯蚓《みみず》のごとく床虫《とこむし》のごときもあり、天和らぎ水清きを悦ぶ魚は多いのに、黒夜濁水を悦ぶ鯰魚《なまず》のごときもある道理で、気の特処偏処を稟《う》けたものは普通のものとは異なった状をも現すが、要するに旦《あした》より午《ひる》に至るの気は張り、暮に至っては弛む。自然の大法はまずかくのごとくである。

このゆえに人はこの自然の力が人をしておのずからに気を張らしむる払暁より暮ま

での間に、自己の分内からも気を張って何事にも従うがよい。吾が気さえ張れば夜に当たって事に従い務めに服してもよいには相違ないが、それは自己分内の消息においては可であるが、自然圏内の消息においては不可である。自然に順応して、自然と自己とが協和諧調して張る気になった方がよろしいわけである。風に逆らっても舟を行り得るものではあるが、風に順って舟を行った方が功は多い。自然に逆らって吾が分内の気をのみ張るのは、たとえば北風の吹いておる中に、強いて舟を北行せしむるがごときである。陽にして善、明らかにして正しき気は朝において張る。陰にして悪、闇くして邪なる事に従うならば、いざ知らず、いやしくもしからざる限りは朝の張る気の中に涵《ひた》ってしかして自己の張る気を保って事に従い務めに服するを可とする。かくのごとく内外相応ずる、これを二重の張る気という。

一月は二節である、一節は上り潮と下り潮との一回環をなし、一潮《ひとしお》はあたかも七日余である。しかして潮は節々月々に少しずつ逓減逓増して、*春において昼間の大高潮大低潮をなし、秋において夜間の大高潮大低潮をなし、春秋昼夜をもって一年の一大回環をなし遂ぐるのである。潮や節や月の盈昃《えいしょく》や、これ等の点から観察して、ある潮のある時はどうであるとか、ある節のある場合はどうであるとか、ある月齢の時はどうであるとかいうことを、気の張弛の上について説きたくは思うが、胸裏の秘として予の懐《いだ》いておるものはあっても、あえて人前に提示するまでには内証が足らぬから言わぬ。しかし一日においておのずからに張る気の時の存するがごとく、ある節、ある潮、あるいはまた月のある時において自らにして張る気の時のあることを信ぜぬわけにはゆかぬ。蟹の肉は月によって増減し、イトメの生殖は潮によって催さるるごとく、一切庶物が自然からある支配を受けていることは争うべからざるものがある。ただ壮歳の婦人のみが月々にその身体に影響を受けているのではない。

一年においての気の伸縮往来消長の状は、一月におけるよりはやや明瞭に古来より人の意に上がっている。冬は冷ゆるの意で、その語はただちに物皆凝凍収縮の象をあらわしている。冬の凝る気や萎《すく》む気の状は多言を要せずして明らかである。秋の語《ことば》は明らかなること、空疎清朗なることを語っているので、林空しく天明らかに、気象清澄の状と、物皆帰するところへ帰せんとするの勢いとを示しているのである。夏は生り出ずる、もしくは成り立つの義より名を得ておるので、夏の時に当たって生々の気の宇宙に充溢《じゅういつ》し、百草万木、皆おのおの勢いを発し生を遂げ、生り熟《な》ること著しきは何人も認むるところである。さてまた春はすなわち張るであって、木の芽も草の芽も皆張り膨らみて、万物ことごとく内より外に発《は》り、水も四沢に満つるほどである。ゆえに一年の中、春はおのずからにして人の気も張るのである。三冬*の厳寒に屈《かが》ませられた生物は、来復の時に遇って皆争って萌え出で動き出で、草木より虫豸《ちゅうち》*に至るまでことごとく活気に充ちる。日光、空気、温熱、風位、湿潤、およそこれ等の作用によって起こさるる変化であろうが、実際地下の水までが土工のいわゆる木の芽水で、その量が冬よりは多くなって膨れておる、樹木の根より上る水圧は水圧計が示すごとく著しく冬よりは増加しておる。人類の生理および心理は慥かに冬と異なって興奮的発揚的になる。植物の体内の衛営の状態さえ変ずるのであるから、人の体内の状態の変ずるのは不思議はない。そしてその変易の状如何というと、人体の事であるから、植物学者が植物の根を截《き》って水圧の力を計るような試験は出来ぬけれども、吾人の内省および内証によって、また他人の上の観察および校量によって、明らかに春はおのずからにして人の気をして張らしめることなお草木をして張らしめるがごときであることを知り得るのである。春はこれすなわち自然の張る気の時季であって、しかして偶然にその季に対して「はる」という語の命ぜられているのも、おのずからにして天地の機を語っているがごとく思える。

四季においては春は慥かに張る気の季であるが、自然の張る気の時はこれのみかというにそうではない。算数的に詳しく論ずることははなはだ困難であるが、一国は一国、一世界は一世界、一星系は一星系で、張る気の時期もあれば、ようやくにして弛む気になる時期もあるを疑わない。我が地球の年寿は今論定しやすくない、十二万八千載であるなどと妄測するのははなはだ非である。しかし我が地球が漸々《ぜんぜん》に寒冷に趣きつつある事実は認めないわけにはゆかぬ。そして今日より後数千年ないし数万年数十万年を経るにおいては、今の勢いにして変ぜざる以上は、ついに吾人人類の生息に適せざるに至るは予測し得べきである。また翻って今日より数千年ないし数万年数十万年以前を考うるに、古《いにしえ》は我が地球がはなはだしく高温度であって、今日の寒帯もなお熱帯のごとくであった事は、所在に発見さるる石炭のごとき植物の化生物や、象、マンモス等の古生物の遺骸によって明らかに推測さるるのであり、なお数歩を進めて考うる時は、いよいよ遡って太古に到れば、吾人人類の生息に適せざるほどの高温度の時期の存した事を推測し得べきである。されば単に温度のみより推測しても、この地球に始めがあり終わりがあり、ようやくにして生長し、ようやくにして老衰しゆきて、ついに死滅に帰すべきは明らかである。すでに始終あり盛衰あるものとすれば、仮に子《ね》丑寅《うしとら》等の十二運にこれを分つ時は、子より巳《み》に至るの間は張る気の時期で、午《うま》より亥《い》に至るの間は衰弛の時期である。欧米の人はすべて未来を夢想的に賞美しておって、時間さえ経過すれば世は必らず文明光耀《こうよう》の黄金期に入るもののように感じておる傾きが多いが、大空間の地球も掌上の独楽《こま》も同じことであって、その能く自ら保ち支えて廻転《かいてん》して立っている間はいくばくもないのである。運来って起《た》って舞い、時至って偃《ふ》して休するのである。世界の生物の生々の力が衰えないで、繁茂し孳息《じそく》*する間は、張る気の運の世界なのである。もしそれ陰陽ようやく調《ととの》わず、動植ようやく衰萎するもの多きに至れば、気ようやく弛み衰えんとするのである。石炭になっているかの羊歯《しだ》科植物を、今日の地球の力は温帯地などには生じ得ぬのである。欅《けやき》や柏《かしわ》や樫《かし》や、これ等の植物を繁栄せしむるだけの力なき時もけだしついに必らず来るのであろう。個種個族個体の内部より愍《あわれ》むべき小さな智慧の炬火《きょか》で照らして観察し解釈し批判すれば、生物の生滅は生存の競争の結果だなどとも道《い》い得るのであるが、大処より観れば手を拍《う》って笑うべき人間の私から造り出した棘刺刻猴《きょくしこくこう》の浅論*であるにすぎぬ。巧はこれ巧なるも、またただ棘刺と沐猴《もくこう》*とを併せ失っておるのみである。劫運浩蕩《こうとう》として、太陽ようやく冷え、地球すでに老いて、石炭空しく遺《のこ》っておるのが、今日の世界である。劫初より今日に至って、太陽の熱はとにかくに、地球上の温度が、次第次第に減じてきておることは、推算の理が信ずべからざるものでない以上は確かに吾人をして非認せしむる能《あた》わざる事実である。この地球上の温度のようやく減じて、長大鬱茂の植物を生育するに堪えず、また巨軀偉体の動物を繁殖せしむるにも堪えなくなって、そしてその植物や動物が亡滅してしまったことは、その個物の側より観れば、個物の性質や能力が自己の存在を支持する能わざるに至ったからであるが、真誠の原因を根本的に考うれば、疑いもなく太陽および地球の力量の減耗より生じたことで、地上の一切の個物は本来宇宙のある力量より発遣《ドライヴン》*されてもしくは現出せしめられ、もしくは生育され、もしくは保持され、しかしてその力量のもしくは消え去るか、もしくは遷《うつ》り移るかによって、蛇蛻蟬殼《だぜいせんかく》となって、ついに萎枯《いこ》し廃滅し、かつて存在したという痕跡のみを留め、またついにその痕跡をも留めざるに至り、死の後の後は生の前の前に還るのである。諦観すれば個物は本これただ現象のみで、現象は本これただただ力の移動の相《すがた》なのである。個物――現象――力の移動の状態を察し、数学的の推測を地質学鉱物学動植物学上の事実に本づきて下す時は、子より亥に至る十二運の説は措きて論ぜざるも、この地球の気にも張弛あり長消あることは明らかである。力不滅*論は圏内の論としては実に妙であるが、盆地の小魚拳石を廻《めぐ》って、水の長さついに究まるなきを信じておるのである。太陽ようやく冷えて、その熱いずれの処かに存せる。試みに儞《なんじ》一句を道い来れ。地球すでにようやく冷えぬ、その熱那処《いずく》にか存せる。試みに儞一句を道い来れ。儞は道わん、熱は熱として存せざるも、ある物として存すれば、これすなわち存するなりと。しからばすなわち儞に問わん。力不滅なる時は、力の量不増不減ならん、力の量不増不減なる時は力の相を変ぜしむるものはこれ力か非耶《か》、それ眼の視るところ、指の触るるところ、何物か力の変じてしかして生《な》れる相ならざらんや、儞道う太陽の熱日々に加被してしかして後に樹生る、樹を焚《た》けばすなわち熱を得と、これ説き得てはなはだ善し、ただ儞に問わん、太陽の熱をして寓在して松樹柏樹の枝幹茎葉を成さしむるゆえんのものはこれ力歟《か》非耶、もしこれ力ならずんば何物のこれをしてしからしむるぞや、またもしこれ力ならんには、この力はいかにして生じ、いかにして終わるぞや、那処より起こり那処にか滅するぞや、そもそもまたなんの力のこれをしてしからしめて太陽系を生じ、ないし他の星辰を生じ、ないし彗孛《すいはい》*や銀河や星雲を生ぜるぞや、そもそもまた宇宙の大動力は何によって生ぜられたるぞや、ないしこの大動力はなんの力によって分岐に分岐を累《かさ》ねて、しかして東奔西走南向北進せしめられて、松柏をなし、梅桜をなし、飛禽奔獣をなし、千万億兆の差別の個々相を生滅せしむるぞや、問いてここに至れば儞は必らず問をもって答となすの窮途に堕在するのみならん。分子といい、原子といい、電子《エレクトロン》といい、ラヂウムといい、ウラニウムといい、ヘリウムというも、まただ「儞の智の圏内の$\frac{X}{A}$、$\frac{X}{B}$、$\frac{X}{C}$、もしくはY''、Z''の名」たるにすぎずやいかに。三角の内角の和は二直角なりというも、これまず儞の「想の所立の平面」の存在を成就してしかして後に成るの計較にすぎずやいかに。俯して下を瞰《み》る時は、球上に立てるなり、三角内角の和は二直角より大ならざる能わずである。仰いで上《かみ》に対する時は無限大の卵殻内にあるなり、三角内角の和は二直角より小ならざる能わずである。ショウスキーやレーマンが否有克立《ノンユークリッド》幾何学*を唱うるも、唱え得てひっきょう不可得なるにあらずやである。宇宙は爾の智の圏内で尽きておるのではない。宇宙は爾の想の所立の学術内に籠罩《ろうとう》*されおわっておるものではない。爾の智の圏の内で、儞の想の所立の学術を頼んで論ずれば、今日の天文学も真実で、物理学も化学も真実で、幾何学も力学も皆真実である、その代わり古人の智の圏の内で、古人の想の所立の学術をもって古人が論じていたこともその古にあっては真実だったのであり、また将来において来者の智の圏内で、来者の想所立の学術をもって論ずるのもその時に当たっては真実となって、そして今日の吾人の所論の空疎だったことが指摘されて笑わるることは、なお今日の吾人が古人の所説を指摘してその空疎なるを笑うがごとくであろう。かくのごとき言をなすのは、今の科学を軽んじ、もしくは疑う意ではない、ただ科学は圏内の談であって、その絶対権威のあるものでないということを言うに止まるのである。力不滅論のごときも圏内の談としては点頭すべきであること、譬えば日本国の民が日本の法律習慣に点頭すべきがごとくである。しかし時代や国家を超越してまでも今の法律習慣に点頭することが出来るか否《いな》やは圏外の談である。力不滅の論のごときも、吾人が知り得る天体関係（はなはだ狭隘《きょうあい》なる）の中の太陽系（はなはだ小なる）の中の地球（またははなはだ小なる）の中の吾人の知り得る年代範囲（はなはだ短き）の中の現時（いよいよ短小なる）において吾人の解得せる現象関係の中で真実と見ゆるのである。地球の生住壊空《しょうじゅうえくう》*、太陽系の生住壊空の論などになれば、それでも力不滅の論を立てれば立て得るが、それは小によって大を掩《おお》い、短をもって長を律せんとするので、あまり信ずるには足らぬのである。地球や太陽が冷えて、地球は頑石のごとくなり、太陽は光焔大いに衰えた後、太陽や地球が不断に発揮した力は何かになって存在しておるでもあろうが、その太陽当体地球当体ははなはだ力のないものとなったわけである。第一自体の熱量を出し尽くした太陽はなんとなる、また地熱も冷え尽き、太陽より受くる熱も少なくなった暁の地球はなんとなる。太陽や地球から発した熱はどこかに存在するにしても、天王星や海王星の世界ならばまだしもの事、それよりも遠い遠い他星系の世界なんぞに流注加被してしまったり摂取没収されてしまうというのでは、吾人はその有無の二端の言をもってこれを判ずるのをさえ懶《もの》うしとするほどまで交渉もなければ空漠にも落ちた事で、ほとんど意料思議のほかに逸した次第である。いわんやまた本来天体の存立というものは、不測の出来事、たとえば大彗星《すいせい》と他星との衝突というがごときことの到来するまでの間を限って、吾人の測度と思議とが成り立ち得る状態を保っておるので、その出来事はいつ到来して、太陽系や地球の位置も質量も回転も那様《なよう》に変化してしまって、吾人の智識および智識を堆積《たいせき》し組織した学問も根柢から改められなければならぬかもしれぬのである。かくのごとく説いたらばそういうことは稀有に属す、杞憂《きゆう》であるという人もあろうが、決して稀有ではない。現に吾人の住居している地球全体の質量や位置や回転も刻々時々規則的および不規則的に変化しているのである。その規則的の部分は精密なる学者の計量に上《のぼ》っておるし、その不規則的の部分はいかなる学者もいまだ計量する能わざるのである。そういう事はないというならば、僴に一例を示そう。かの隕石《いんせき》や天降鉄*は那処《いずく》から来ったのである歟。隕石や天降鉄は疑いもなく他世界から来ったもので、すでに地球にそれだけの物が来った以上は、地球の全体の質量は鉄および他の礦物の増加によって変化させられておることを否定するわけにはゆかぬのである。またそれだけの物が増加さるれば、太陽にも同時にその隕石に比例するだけのある物が増加されぬ以上は、遠心力は若干だけ求心力に超過したわけになって、運行軌道に変化を起こす数理である。隕石は稀有の例でも、地球が始まってから受け取った隕石の総量は決して尠少《せんしょう》だと考うることは出来ない。いわんやまたノルデンスキョルドが欧州より西比利亜《シベリア》北海を過ぎて日本に航した時の同氏の観察によれば、地球の受け取っておる微少隕石、すなわち吾人が注意を脱している隕石の総量は実に驚嘆すべき洪量のもので、隕石によって地球は生成せられ、もしくは増大せられておるといってもしかるべきほどであるというではないか。ノルデンスキョルドの隕石説は、全部是認する能わざるまでも、吾人をして吃驚《きっきょう》し確認し注意せしめた隕石のみでも、太古より今日に至るまでは、なにほどであろうぞ。天変を重大視した古の史籍に見ゆる記事や、野蛮人をして初めて鉄の用を知らしめた西大陸の事実や、禅僧をして詩を賦せしめた落星湾の口碑、およそこれ等の事の載籍に見ゆるものは少なくとも、実際はなにほど多かったことかしれぬ。その度ごとにけだしどこかの世界に異動のあったことは争われぬから、我が地球もまたいつ他の世界と同じく大なる異動を起こさぬとは限られぬのであって、その不測の異動が起こさるるまでの間のある時間が、吾人の天文学や物理学や化学やその他の科学やの寓居なのである。ゆえに精密に論ずれば、時々刻々に吾人の世界は、太陽熱および地熱の冷却というがごとき自体の発作力の耗散によって変化しつつあるのであるのがその一、隕石等のごときものによって他世界の力の加被を受けて変化しつつあるのがその二、また粗大に論ずれば、吾人の世界にとっては未逢着であるが、宇宙においては稀有でもなんでもなく、ほとんど不断に生じて行われているところの「隕石の起こる原因」と同じ大変動のために変化すべきのがその三、これ等の事情のために吾人の住しおる世界は、その質はついに空とならざるまでも、変化すなわち現在相、現在性、現在体、現在力、現在作等の壊《やぶ》れゆくべきことを否認するわけにはゆかぬ。科学の力不滅論が真理であろうとあるまいとに論なく、この世界が吾人人類および一切生物に対しての働く力は、不増不減とはゆかない。印度《インド》思想の生住壊空《しょうじゅうえくう》の説、支那思想の易理の説、百年ごとに人寿一年を減ずる時もあれば、また一年を増すこともあって、人寿八万歳より十歳に至り、また十歳より八万歳に至るという倶舎《くしゃ》その他の説や、この世界は衆生の業力《ごうりき》で成り立っておるという楞厳《りょうごん》その他の説や、創世記、黙示録の言や、それ等の説のいずれの説を信ずるというでもないが、この世界が人類の生活に適するように、または人類を生活せしむることの負担に堪え得るように存在しているのには、必らず時間の制限がある、決して無際限ではない、ということを否認するわけにはゆかぬ。さてそこですでに人類と世界との関係に命数があって、始めがあり終わりがある以上は、中間もあり、壮期もあり、老期もある理である。もちろん壮老は人類の私から名づけるにすぎぬのであるが、人類および人類に必要あるものの繁殖生育が容易である時はすなわち人類と世界との関係の壮期であり、人類および人類に必要なるものの生育繁殖の困難となった時はすなわち老期である。始期および壮期はすなわち世界の張る気の時であり、老期および終期はすなわち弛む気の時である。中期はあたかもその間に当たる。仏教や基督教や道教の所説では、人類はその始期が最幸福で、文明史家や政治史家や科学者の所説に照らして今人が想像すれば将来が幸福に思えるから、過去が真に幸福であったとすれば、今はすでに老期に入っておるがごとく、将来がいよいよ幸福だとすれば、今はなお壮期に属するがごとく考えられる。しかし必らずしもそのいずれの説が真を得ておるというを決定するにも及ばないで、世界人類がなおいまだ衰残減少に傾かざるに徴して、世界が今張る気を有しておることは明らかである。もしそれ世界が生々の気ようやく衰えて、秋夕凄涼《せいりよう》たるがごときに至れば、吾人に必要なる植物は、ようやく矮小《わいしよう》となりて、結実も少なく、根幹茎葉を吾人に供することも不足になり、動物は繁殖力を減じ、吾人の身体精神もようやく尫弱を致すに至るであろうことは、譬えばなお荳科植物*を生育繁茂せしむるに堪えなくなった土地に播《ま》かれた荳科植物の状態のごとくになるであろう。世界が永遠に同一状態であり得ず、同一の力や相や体や性を有し得ざるべき事は、前に言ったごとくである。現に石炭になった植物は今日の石炭所在地附近において見ることが出来なくなり、マンモッス等の古生物は今日の該遺骸存在地附近において見ることが出来なくなっておるに照らし、吾人の世界が時々刻々に変化しおるに照らして、この事は実に確信すべきである。しかし人類は手を束《つか》ねて死滅を待ち得るほど賢い者ではない。仏陀や菩薩のごとき賢こ過ぎるほど賢くのみはあり得ぬものである。人類亡滅の運に向かっていることを覚《さと》る時になったらば、その掘鑿《くっさく》し難い智慧の井を深く深く掘鑿せんと、恐ろしい猛烈鋭利な意識の錐や鶴嘴《つるはし》を振り廻して、そして燃ゆるような生存慾の渇きを止めんがために生命の水を汲《く》もうとするであろうか。けれども午前十一時が過ぎれば、やがて十二時となり、零時が過ぎれば、やがて午後一時になり、二時になり、三時になるのは如何ともなし難いから、日暮の恨みを呑みながら、ついに石炭やマンモッスの仲間入りをするであろう。が、幸いにして今日はまだ人類繁昌期である、そしてこの繁昌がなお幾百年幾千年幾万年続くか、吾人の比量智の判断は下し得ぬほどである。虚偽の文明と卑陋はなはだしき私慾とのために、天地生々の気を強いて戕害《しょうがい》して窃《ひそ》かにその分別あることを誇っておる似而非《えせ》怜悧《りこう》の刻薄無情の人民の国の人員が増加してゆかぬという事情はあっても、世界全体の人類は慥かに繁昌しつつあるのである。張る気は世界を包んでおるのである。吾人は張る気の中に包容されているのである。生存の競争の苦痛は存在するにしても、それは個体もしくは団体の接触の密度に比例しているので、滋《しげ》く播かれた菜の種子が互いに根を張り合っているがごときものである。密度の高くない場合には非常に減殺されるのである。地力の竭きかけた地へ播かれた荳科植物とは大いに異なっておるのである。実に張る気の中に包まれているのである。

自然の大処より言をなせば、実にかくのごとくである。吾人はまず第一に天地の張る気の中に包まれていぬようになったらば知らぬ事、今は慥かに張る気の中に包まれている。次に一年の中では春は最も張る気の強い時であるが、生々の気いまだ衰えぬ期にあるのだから、それは比較的の事で、夏も秋も冬もまた張る気の働きの絶えぬ中にいるのである。また次に一日の中で言をなせば、朝より昼までは最も強い張る気に包まれているのだが、これも比較的の談《はなし》で、生々の気いまだ衰えぬ世にあっては同じ理で一日を通して張る気の働きの絶えぬ中に包まれているのである。天の数実にかくのごとしである。

人事と天数との間にあるがごとき人寿というものは、もちろん重要の位置にあるものである。この人寿より論ずれば、人の生まれてより壮に及び、壮より老に及び、老より死に及ぶ間において、その半生は明らかに張る気の働きが強いのである。壮より老、老より死に至るまで、いやしくも一線の気息の存する間は、もちろん張る気が存するのであるが、ようやくにして張る気は少なく、ようやくにして他の気は多くなるのである。すでに張る気の事を説くも、再三に亘っておるから、人少しく自ら省察すれば、おのずからその消息を悟り得よう。よってまたここには多言せずに擱く。

味爽《まいそう》より午に至るまでの気象、人すべからくその気象を体得して生を遂ぐべしである。世界は生々の気に張られておるのである。天数、人事、人寿、この三者を考察して、張る気を持続せよ。ただそれ能く日において張り得よ、夜において善く弛まん。ただそれ生において張り得よ、死において善く弛まん。進潮、退潮、潮よく動いて海長《とこし》えに清く、春季秋季、よく移って年永く豊かならんである。

説気　山下語

天下を通じて一気のみとは南華経《なんかきょう》の言である。＊その大処よりして説けば、万象皆一気で、一気百変して百花開き、一気千転して千草萌《も》えるのみで、山峙水流、雲屯雨下、春烘《しゅんこう》秋冷、清白濁黒、正と邪と、賢と愚と、通と塞《そく》と、伸と屈と、人と禽《きん》と、神《しん》と鬼《き》と、また皆一気の剖判し旋回し曲折し摩《ま》盪《とう》し衝突し交錯して生ずるのである。ただその小処よりして論ずれば、気もまた多端だ、蘭《らん》竹梅菊にもおのおのその気あり、樝《さ》梨《り》柚橘《ゆうきつ》にもおのおのその気あるのである。よってこれをすべて談ずれば蕩々浩々《こうこう》たる一気であるが、これを析《くだ》いて語れば、方処性相名目差別なき能《あた》わずである。

試《こころ》みにこれを説こう。気の言たるや、本《もと》は物より発するところのものの幾微にして知るべからず捉《とら》うべからざるものを謂《い》ったのである。けだしその物の気はすなわちその物の本体と同一にして、あたかも本体の微分子なるがごとく、一にしてしかして二、二にしてしかも一、気あれば必らず物あり、物あれば必らず気あり、気と物と相離るればすなわち物すでに物たらず、物と気と相失えばすなわち気すでに気たらず、気はすなわち物より生ずるの物にして、物はすなわち気の本づくところの気である。静かなるについてこれを謂えば物といい、動くところについてこれを謂えば気といい、本に着してこれを謂えば物といい、末に着してこれを謂えば気というのである。譬《たと》えば水はこれ物、水上の湿潤はこれ水の気、火はこれ物、火辺の燥熱はこれ火の気である。水あればおのずからにして湿潤、この湿潤はまさに水より発し来る、火あればおのずからにして燥熱、この燥熱はまさに火より発し来る。湿潤や燥熱や、希微にして知るべからず捉うべからずといえども、水気火気の本体の水火におけるは、二にして一、一にして二、気はあたかも本体の微分子なるがごとき観あり。もし水気竭《つ》き、湿潤の作用乏しきに至れば、水もまたすでに涸渇《こかつ》しておるので、火気尽き、燥熱の威力作用衰耗するに及べば、火もまたすでに余燼《よじん》となっているのであって、水火の体がなければ湿燥の気もまたないのである。

で、物には物の気がある。蘭には蘭の気がある。蘭気新酌に添い、花香別衣を染む*といえる蘭気はそれである。菊には菊の気がある。荷香晩夏に銷《しょう》し、菊気新秋に入る*といえる菊気はそれである。神を祭る鬱鬯《うっちょう》*の気はすなわち鬯気である。梅には梅気、竹には竹気がある、松に松気、茶に茗《めい》気、薬の気は薬気、酒の気は酒気、毒気があり、蟒《ぼう》気*があり、霜気があり、雪気があり、一切種々の物に一切種々の気がある。邦語に「にほひ」というのはほとんどこれ等の気というのに当たっている。「にほひ」の語は、香臭を称するのが今の常になっているが、それのみではない、色の沢《てり》、声の韻、剣の光、人の容、すべてこれを「にほひ」というのである。香臭ある物の気はすなわち香臭であるから、蘭気茗気酒気薬気といえば、あたかも蘭の香茶の香酒の香薬の香というのに当たって、気を「にほひ」と解して実に相当たるのである。また剣の光や、人の容はすなわち剣の気、人の気であるから、これを「にほひ」といっても、「にほひ」の古い用語例において通ずべきのみならず、気の意味を明かした語としても妙に相当たっているのである。竹気、霜気、雪気のごときは、竹の香、霜の香、雪の香ともいい難けれど、これを竹、霜、雪の「にほひ」とするも、「にほひ」の語の本の意に照らせば、不可なるなく、「にほひ」の語は実に克《よ》く気の字に当たっているのである。

水の熱を得て蒸発さるるに当たっては、いわゆる「ゆげ」の騰《のぼ》るを見る。ゆげは湯の気である。甑上《そうじょう》の気*というものはすなわちこれゆげである。およそかくのごとくその物より立ち騰り、もしくは横迸《よこはし》り、もしくは游離するものにして、あるがごとくなきがごとく、見るべきがごとく、見るべからざるがごときものをも、名づけて気という。海潮の気を潮気といい、山岳の気を山気というように、河気といい、沢気といい、野気といい、泉気といい、虹《こう》気といい、暈気《うんき》といい、塵《じん》気といい、雲気といい、日輪の両傍に見《あら》わるるものを珥《じ》気という類は、実に数限りもないことであるが、これ等もまた皆その物の体より発するその微分子のごときものを称すると解して差し支えない。山沢河海の微分子といえば、はなはだ不明なことであるが、ひっきょう山沢河海の影のごとく香のごとくにして、譬えば人のエアーのごとき山沢河海の気象、すなわち様子のごときをも気というのである。

支那には古《いにしえ》より「望気の術」*ということがある。戦闘の道は両陣相対し相争うのであるが、酒には酒の気、茶には茶の気のあるがごとくに、軍陣には軍陣の気があるべき理であるとすれば、軍陣の上にはその軍陣の内質に相応した外気の発露騰上すべきわけである。そこで軍気を考え、察し、その甲兵を見ずして、すでにその意気、すなわち軍陣の内質本体のいかなるものなるかを知り、しかして我と彼とを比較して勝敗利鈍の数を籌《はか》ろうとするところからその術を生じたのである。たとえば決死の覚悟の軍隊の上にはいかなる気が立つ、驕《おご》り慢《あなど》っている軍隊の上にはいかなる気が立つというようなことを、いちいち観察し得て誤らざるようにとするのが望気の術で、古く別《べっ》成子《せいし》の望軍気の書六篇図三巻の存したことは古史がこれを記しておる。その書の説くところ如何《いかん》をば詳らかにせずといえども、けだし望気の術を伝えて、しかして気の形象を図《と》し、かくのごとくかくのごときの気を現ずるの軍はかくのごとくかくのごとしと指示したものであろう。後に至って有名の雄将李光弼《りこうひつ》の九天察気訣*などいうものも、疑偽か仮託かは明らかならぬが、またその書名を伝えている。歴史および稗史《はいし》に軍気を望んでその勝敗を予想した例も、絶無ではない。日本における望軍気の術は支那よりの伝来であるか、邦人の発明であるか知らぬが、いわゆる兵法家者流の秘奥として珍重されたもので、いずれも板本ではないが、その稀有《けう》なる気の象を描いた着色図、およびその講説を録したものを目にした人は少なくはあるまい。そしてまた各種の戦記野乗*にも軍気に関する記事の散見するのを認める。勇奮猛烈の軍隊の気は黒み、薄弱にして敗退せんとする軍隊の気は白けるというがごときことは、今にわかに某《なにがし》の書の某の章に出ずということを挙ぐる能わずといえども、けだし何人《なにびと》も記憶していることであろう。

鉱山のごときは特殊の鉱物を包有せるもので、おのずから平々凡々の尋常一様の山とは異なるのであるから、気もまたおのずからにしておのおの相異なるべき理である。そこで紅気あれば瓊《けい》あり、絶気《きょくき》あれば銅ありなどということを記しているという望気経もあれば、採鉱取璞《しゅはく》の事をも記した『天工開物』*のごとき書にも些少《さしょう》ながら望気の事が載っていたと記憶している。日本にも佐藤《さとう》氏の『山相秘録』*のごとき書あって、鉱山を鑑定するに望気の法をもってすることを説きたるもあり、また実験を重んじて学説を軽んずる実際家者流の鉱山師等は、今なお望気の秘に憑《よ》って山を相しているのである。単に望気の法のみによって礦山の有望無望を考定するは迂陋《うろう》なることもちろんであるが、すでになん等かの物あればまたおのずからにしてなん等かの気あるべき道理であるから、気を望んで山を相するのも一理なきにあらずである。

天象と人事と密着せる関係ありとする思想は、支那においては古《いにしえ》より存していた。大旱《たいかん》に際して聖王湯が自ら責めた事実は史上に著明であり、竇娥《とうが》が冤《えん》に死して暑月に霜を飛ばした事は戯曲の好題となっている。かくのごとき思想の余流に出でたりと考えらるる時序と人事との関係は載籍においては『礼』や『呂覧《りょらん》』について窺い知るべく、実に印度《インド》や欧羅巴《ヨーロッパ》のごとき宗教らしき宗教を有せざりし常識一点張りの国民の中《うち》にも、宇宙を人格化して、宇宙の根本は神威霊力を有するものにして、しかも情理を解知し、これに反応するの作用を具するものとするの思想の存在したるを知る。およそこれ等の思想と関聯《かんれん》してか、あるいはまた関聯せずしてか、あるいはまた正当に関聯せずして斜歪《しゃわい》に関聯してかは明らかならぬが、星気を候したり雲気を望んだりするの道は、早く支那において行われた。星および星座近傍の気、日、および天の気を観るの術は、いずれの邦《くに》にも古より存して、アストロロジーがアストロノミーの先駆となったことは、煉金術が化学の先駆となったごとくである。支那の占星の術はけだし星の位置と、他星との交渉と、光威と、その附近に氤氳《いんうん》*する霞《か》気の類との状態に照らして、人事世運の吉凶を考判するのであって、星気を候するという語は占星という語と共にしばしば支那の書において遭遇するところである。戦陣の事に関してのみならず、単に気を望んで、よってもって禍福旺衰《おうすい》百端千般の事を考うるの術、すなわち広義の望気の術もまた早く支那に行われていた。したがって古史の天官書には種々の気についてのテクニックが見えている。冠気、履気、少室気、営頭気、車気、騎気、烏《う》気《き》なんどというのは、その形象によって名があるので、白気はその色、善気喜気等はその結果によって存する名であろう。軍兵は国の大事であるから、望気の道も、これ等の語も、十の九は軍陣の事に関しているが、気をもって事の応とするの思想は単に軍陣の事のみに局限せられているのでもない。聖人偉人帝王豪傑は、星辰《せいしん》これに符し、雲気これに応ずるものとして信ぜられていたことは、歴史や雑書が吾人《ごじん》に語るところであるから、望気の術が軍陣以外の事を包含していたことも自ら明らかである。譬えばなお支那の占卜《せんぼく》の道の書たる易が軍旅の事を説くことはなはだ多しといえども、恋愛婚媾《こんこう》の事をも説かざるに非ざるがごとしであろう。さておよそこれ等の気というものは、煙のごとく、雲のごとく、陽焔《ようえん》のごとく、遠く望むべくして、近づき視るべからざるものをいうので、そこで望気の望の字が下されているのであろうが、また全く見えざるものをいうのでないことは、形や色や方処が記されているに徴して分明で、覇気や秀気や才気などというところの気とは異なっているのである。老子が関を出でんとするに先だって関尹喜《かんいんき》が望んでこれを知った気は紫気である。范増《はんぞう》が望気の術を善くするものに問うて劉季《りゅうき》の大成せんことを知ったその気は龍虎五采《さい》をなしていたとある。呂后《ろこう》の微なる時、高祖の芒碭山《ぼうとうざん》に隠れたのを見出《みいだ》したのは、高祖のいる所の上に雲気あるを認めてだとある。呂后は人を相することを善くした者の女《むすめ》である。光武《こうぶ》皇帝のいまだ龍騰せざるに、南陽《なんよう》からその居処春陵《しょうりょう》を望んで、佳なるかな気や、鬱々葱々《うつうつそうそう》然たりと評したとあるから、その気の象たる秀茂せる森林のごとくであったのだろう。そこに蘇伯阿《そはくあ》という望気の術を善くするものの名が見えているが、これは漢《かん》末であり、水に没した周鼎《しゅうてい》のある処を望気の術によって考えた新垣平《しんえんぺい》は漢初の人である。紫気を望んで宝剣を識《し》った張華は晋《しん》の人である。しかして同じ晋の世の仙人葛《かっ》稚川《ちせん》はその自叙伝に望気の術を学んだことを記している。これ等によって考うれば、支那には古より前漢後漢晋に及び、唐《とう》宋より近時に至るまで、望気の術の伝わっていて、そしてそれが歴史の荘飾と天命の符瑞《ふずい》となり、幽秘の学をなすものの一科たるがごとき観をなしていたことが徴知される。で、天命の革《あらた》まる時などに気の談のない事はほとんどないくらいである。事は荒唐無稽《むけい》に近いけれども、けだし一理なきにあらずである。大阪の戦いの起こる前に当たって気の騰《のぼ》ったのは、よほど著しかったと見えて、望気の術を知っていた人が指摘したのではないが、大いに驚異して、そしてトするに焦《しょう》氏の易林をもってしたという記事は我が史上に見えている。平安《へいあん》朝前後の史には稀《まれ》に異気の記事を見る。俗間に火柱などというも気の事である。酉《とり》の祭の夜、吉原の天《そら》などを見れば、望気の術も何も知らぬ者でも盛んなる哉《かな》気や、勃々《ぼつぼつ》騰々たり、その下必らずや火坑あらんと笑っても間違いはないのである。吾人の眼に親しい龍宮《りゅうぐう》城の図なども、史記の天官書にある蜃気《しんき》の釈に本づいて出てきているので、気の事もかなり普通的になっている。およそこの条に説ける気というものは、皆彼の蜃気のごとくに、描画すべく望見すべきものである。

気という語はそれ等に用いらるるばかりでない。望見すべからずして、ただ思量すべきある作用を有するものをも気という場合がある。例えば山気多男、沢気多女と『淮南子《えなんじ》』に記してある山気沢気の気のごときが、それである。この山気男多しといえる山気は、山気日夕佳なりとある有名の陶詩の句の中の山気とは、やや異なっている。また沢気女多しとある沢気は鮑照《ほうしょう》の詩の句の沢気昼体に薫ずとある沢気とも、同中に異がある。『淮南子』のは山沢の精神髄気の力というような意で、その気たる無形無臭のものを指している。陶鮑の詩の句のは、あるいは望むべく、あるいは感知すべきもので、山沢より放散する氤氳溟漠《いんうんめいばく》たる気を指している。もとより同語であるから、その間に一線の意の相通ずるものがあるはむろんであるが、仔細《しさい》に玩味《がんみ》すれば、自ら寸毫半釐の差がある。なお『淮南子』には、障気は暗《いん》多く、嵐気は聾《ろう》多く、林気癃《りゅう》多く、木気傴《く》多く、岸下の気腫《しゅ》多く、石気力多く、嶮岨《けんそ》の気癭《えい》多く、谷気痺《ひ》多く、丘気狂多く、陵気《りょうき》貪多く、衍気《えんき》仁多く、暑気夭《よう》多く、寒気寿多くなどと説いている。この中、寒暑とあるは寒冷の地暑熱の地を指すので、すべて皆地方の特状と人の身心との関係についての観察を語ったのである。中には観得て中《あた》っているのもあり、中らずと思わるるもあるが、大体において地方の特状に基づくところのその土地の気が住民の心身に影響を与うるあることは必然の道理で、彼の俊才偉人の伝を立つるに当たって、山水秀麗の気、かくのごときかくのごときの人を生ずなどと、庸常の伝記家が陳套《ちんとう》の語をなすのは、その人の特異な努力や苦心を没却した愚説で、はなはだ忌むべく嫌うべきものであるが、雋異《せんい》の士＊よりはむしろ平凡の民が土地の気を被《こうむ》って、しかして他地方の民とはおのずからにして異なった性情才能体質持病を有するに至ることを認めぬわけにはゆかぬ。最明寺時頼に仮託されている『人国記』のごときも、地気と民風士気との関係の観察を語っているのである。これ等の地の気のあるいは湿潤、あるいは乾燥などということは、望気の事を説いた条の気のごとくに目に触るるものではないが、たしかに人に対して作用するもので、その湿気が水辺に親しむ釣客をして僂麻質斯《リューマチス》に悩みがちならしむることは外国の釣経《ちょうけい》に明記され、燥気強き地がある病者に快癒を与うることなどは実験者によって誇説さるるを致すところである。海濤《かいとう》衝激するところにオゾーンのおのずからにして発し、また松林密なるところに雷大いに下る時オゾーンの発生するがごときは、単に地の気とはいい難いが、これ等のごときは最も著しく人の心身に影響するもので、地の理の招き致すところであるから、地の気という中に含まれよう。軽井沢《かるいざわ》のごとく気流の懸瀑《たき》をなしている地や、駿相《すんそう》海岸のごとく北方に高山の屏障《へいしょう》を有して南方大洋に臨んでいるために気温の平和を得ている地も、地気清爽《せいそう》とか平和とかいい得るであろう。泥沼気が立つ地や、瘴気《しょうき》の多い地も、またまた地状のこれをしてしからしむるのであるから、古ならば地の気が何々であるというのであろう。およそこれ等の気というのは、指すところ漠然として空に堕ちている嫌いはあるが、望見すべからずしてしかもある作用をなすあるものの当体を気といったのである。

時に関してもその時の作用をなす当体を気というている。春気夏気秋気冬気というのは、各季の気で、春気は愛、夏気は楽、秋気は厳、冬気は哀というがごときは、四季の作用上から考えて、四季の気の性質を抽象的に語ったのである。孫子の朝気暮気昼気の言や、孟子の平旦之気の言は人の上に係《かか》った言で、直接に朝や暮、もしくは平旦の上に係った言ではないから擱《お》くとしても、また一日には一日の気あるを認めているのである。十二ヶ月は十二ヶ月の気、二十四節は二十四節の気、六十年は六十年の気ありとしているのは古の説である。天元紀大論や、五運行大論や六微旨《びし》大論や、皆ひっきょうするに「時」にかかる気の論を説いているのである。六微旨大論に天の気は甲《きのえ》に始まり、地の気は子《ね》に始まる、子甲相合するを、命《なず》けて歳立という、謹んでその時を候すれば、気与《とも》に期すべし、と説けるものや、甲子の歳は、初の気、天の数水の下る一刻に始まって、八十七刻半に終わり、二の気、八十七刻六分に始まって七十五刻に終わると説き、三の気、四の気、五の気、六の気に至るまでを説けるものや、およそ六元正紀大論に、甲子より癸亥《みずのとい》に至る六十年の気を序して論じているものや、およそこのごときいわゆる「運気論」というものは、皆某《ぼう》時に某気行わるるとして信じたる世の論である。天地の始終を観ること、掌上の菴摩羅果《あんまらか》を視るがごとくなるにあらずんば、このごとき説の当否を判ずること能わざるわけであるが、あまりに格套的《かくとうてき》に某の歳は某の気行わるるというのは、信じ難くもあり、事実にも符し難い。それも聖王が治をなして、小人が屏息《へいそく》し、三才相応じ、四境清平なること、儒家の理想のごとくなるの世であったら、いざ知らず、人をもって天を擾《みだ》ることの多い世に、なんとして格套的に運気が行われよう。儒家者流に言をなしたところで、理はおのずからかくのごとしである。黄帝の気を談ずる言にさえ、至って至ることあり、至って至らざることあり、至って太過なることありとある。五運六気必らずしも規則通りには行われまい。鬼臾区《きゆく》の言に、天は六をもって節をなし、地は五をもって制をなす。天気を周するもの、六期を一備となし、地紀を終わるもの、五歳を一周となす、君火は明をもってし、相火は位《い》をもってす、五と六と相合《そうごう》して、七百二十気を一紀となす、すべて三十歳なり、千四百四十気、すべて六十歳なり、しかして不及太過《ふきゆうたいか》斯《ここ》に皆見わる、といっている。なるほど一甲子六十歳の間には、陰陽の太過不及も皆備わろうが、その六十歳の中の某の歳はかくのごとくなるべしと想定されているところの、たとえば丙寅《ひのえとら》の歳は、上は少陽相火で、火化は二、寒化は六、風化は三などと定められていても、それが次年の陽明金が早く逼《せま》ったり、前年の太陰土が後れて遺ったり、火化、寒化、風化の数が狂ったり、湿化や燥化や熱化があったりしそうなことで、そういう過不足が生じそうに思われる。さなければ洪水も噴火も疫癘《えきれい》も、印判で捺《お》したように三十年目、六十年目にきっと来るようになる次第でなければならぬが、実際はけだしその通りではない。いまさら古の人の鬼臾区やなんぞを捉えて運気論をする好奇心はないから、それは擱くが、陰陽の交和の状を時に係《か》けて論じて気を説いたそのいわゆる気なるものが、望気の事を説いた前の条に挙げた紫気や龍虎五采の気やなぞの気とは異なったものであるということを説けば足りるのである。

人の気、すなわち老子や漢の高祖や後漢の光武帝なぞの事を説いた条に挙げた気は、人より立って外に現るる気であるが、人より立つ気でなくて、人その人に現るる気というものがある。二者は相同じきようでも、また実に異なっているので、彼が雲や煙のごとくならば、これは色や光のごときものである。蒯通《かいとう》が韓信《かんしん》に説く条《くだり》に、骨と肉と気との事を談じているが、人の骨組肉置《ほねぐみししおき》のほかに気というものが見える。気というは喩《たと》えばなお色というがごとく、また光というがごときもので、相書には実に畳見累出するものである。一、二例を挙ぐれば、印堂に黒気ある者は不幸であるとか、臥蚕《がさん》に黄気あるものは慶事ありとかいう類である。これ等は詳しくいえば黒色黄色といっても少し相違するし、黒光黄光といっても少し相違するから、はなはだ語り難いが、要するに人の面上の一部または全部になんとなく見ゆるあるものをいうのである。黒気蒼《そう》気青気黄気紫気赤気紅気等はその色からいう名で、明、暗、浮、沈、滑、嗇《しょく》、蒙《もう》、爽等はその光からいい、殺気、死気、病気、憂気、驕気、憤気、争気等はその気の有する意味から名づけた名である。およそ風鑑人相の事を説いた書で、気を説かぬものはないので、その術を学ぶ者、骨肉の形象を論ずるのみで、気を察することが出来ぬなら、いまだ至らざるもので、柱《じ》に膠《にかわ》して音を求むるの陋《ろう》＊を免れぬのである。このゆえに麻衣相法にせよ、柳荘相法にせよ、また我が邦の南北相法のごとき特色なき書より、朝晴堂《ちようせい》相法のごとき支那伝来以外に実験体得を基礎として他人の廡下《ぶか》によらぬ書に至るまで、いずれも気を説かぬものはないのである。朝晴堂に至っては面上のみならず人の頭《かしら》を裹《つつ》んで気があることを説いて、そしてその気によって、豊満の相、破敗の相の見ゆることをいっているが、朝晴堂のごときは相書の気というものを進一歩した解釈にしたものだといえる。仏菩薩の像を描くものが円光をその頭に添えたり、あるいはいわゆる仏焔《ぶつえん》を描いたり、基督《キリスト》教の聖像および聖人像に輪光が描いてあったりするのは、その徳を表するのであろうが、相書のいわゆる気というものを朝晴堂が扱ったごとくに扱って超人的に形に現したようで面白い。老子や漢高の気は高く升《のぼ》りて天にあらわれ、遠く望んでこれを知るべきほどであったというのに、仏陀なぞのは土星の鉢巻や袋蜘《ぐ》蛛《も》の袋のように、わずかにその体に貼《ちよう》して小光圏をなしているにすぎぬのは、自由の力の大なる画家が、束縛を被ること大なる彫刻家に降伏している結果でもあろうか知らぬが、おかしく思われる。それは擱き、相家のいわゆる気というものは、望気者流のいわゆる気というものとも異なって、前に述べたごとくである。元来支那の相術は、呂后の父や、許負《きょふ》やの談でも伝えられ、これに関した議論は早く荀《じゅん》卿《きょう》や王充《おうじゅう》によって試みられたほどで、その淵源《えんげん》ははなはだ遠いが、その成書あるはいつ頃よりのこと歟《か》、恐らくは麻衣画灰の事あっての後でもあろうか。ただそのテクニックが古い医書に見えており、医の道に貌《ぼう》を望み、色を視、気を察するの事あるを思えば、あるいは医の道より岐分派出して別に一道をなすに至ったかとも疑われる。人中の語は師傅篇《しふへん》に見え、明堂の語も霊枢中《れいすうちゅう》の何処《いずこ》かに見えたと記憶する。なお捜り索《さぐ》めたらば、相家の術語の多く岐黄《ぎこう》に出ずるを見出し得るであろう。いわんや古医書中に太陰の人、太陽の人等を論ずるはほとんど相家の言に近きものあるにおいてをやである。しかし相家のいわゆる気というものは、医家のいわゆる気というものと一致《もと》してのみはいない。

医家ほど多く気という語を用いたものはあるまい。したがって気に関する至言もまた少なくはない。医家の書に見ゆる気は、その指す所のもの一ならず、したがってその意義ははなはだ多く、一概に談じ去ることは難い。太始天元冊《たいしてんげんさつ》に見えているという丹天の気、黅《こう》天の気、蒼天の気、素天の気、玄天の気などというのは、天の四方および中央に五色を配した空言なるがごとく、なんの特別意義もなきかと見ゆる。そういう価値なきに近き言もあるが、決気篇に見えた精、気、津、液、血、脈の六者の一たる気は、上焦《じょうしょう》開発して、五穀の味を宣し、膚《はだ》に薫し身に充ち毛を沢す、霧露の漑《そそ》ぐがごとし、これを気というと説いてある。これなお今のいわゆる神経というものを無形物と見做《みな》してしかしてその作用を気と名づけたるがごとくに見える。気府論や気穴論に見ゆる気の義のごときは、今の語をもって的解を下すに難《なや》む。衛気篇に見ゆる営気衛気は、浮気の経を循《めぐ》らざるものを衛気となし、精気の経を行く者を営気となすとある。衛気行篇を見れば衛気の行くことを説き、日の行くこと一舎にして、人の気の行くこと一周と十分身の八と説いている。営衛の気のことは、古の医道にあってははなはだ重要の事に属し、その言はなお解すべきも、肝気肺気腎気などと、気の一語を濫発多用すること機関砲より弾丸を飛ばすがごとく、風気、寒気、熱気、燥気、湿気等を説き、陰気陽気を説き、天気地気を説き、金気土気木気等を説き、天運の浩々たるより神経の微々たるまで、その間には気象の事、臓器の事、気息の事、何もかも気の一語に摂し尽くして、しかしてこれに宗気だの、元気だの、邪気だの、ということをさえ加えらるるに至って、衆語をすべて一解を下さんことは到底不可能であって、古医書に見ゆるところの気の一語は多義多方にわたっていて概言すべきにあらずというを正当とする。これを詳言して、あるいは析《わか》ちあるいは合して、某々の気の義は何、某々の気の意は何とせんことは、煩瑣《はんさ》をだに厭《いと》わずばなし能わざるにあらずといえども、強いてこれを力《つと》むるもけだし労多く功少なからんのみである。

気に気息の義、すなわち「いき」の義あるは普通の事である。前の条に挙げた「にほひ」の義のごときもこれに通ずることで、物の香はすなわち物の吐くところの「いき」である。呼気、吸気、出気、入気はすなわち「いき」で、仙人の餐芝服気《さんしふくき》といい、道家の導気養性といい、亢倉子《こうそうし》の気を噉《の》み神《しん》を谷《やしな》い、思いを宰し慮を損し、逍遥《しょうよう》軽挙すといえるのも、『抱朴子《ほうぼくし》』にいえる郗倹《きけん》が空冢中《くうちょうちゅう》に堕ちて、大亀の口を張りて気を呑むを見てこれを学んだことや、(『史記』亀策伝、早く人の亀の気を引くを学ぶことを書し、蘇東坡《そとうば》の雑著、晩《おく》れて同様の事を記している）気を吸してもって精を養うと関尹子《かんいんし》の言えるや、彭祖《ほうそ》は閉気して内息するといえるも、気を食うといえるも、気を呑むといえるも、皆これ気を「いき」とのみ麤解《そかい》しては妙味を殺《そ》ぐが、しかも大略「いき」と解して差し支えない。人の気の存するのはすなわち人の生の存するゆえんで、気絶ゆればすなわち生絶ゆるのである。この点においては邦語は言霊《ことだま》の幸《さき》わう国の語だけにはなはだ面白く成り立っているので、気の「いき」はただちにこれ生の「いき」であり、生命の「いのち」は「いのうち」である。気息の古邦語は「い」で、「いぶき」は気噴《いぶき》であり、病癒ゆの「いゆ」は気延《いは》ゆの約、休憩の「いこふ」は気生《いきは》うである。言説する義の「いふ」は気経《いう》であり、鼾声《かんせい》の「いびき」は、気響《いひび》きの約である。萎頓困敝《いとんこんぺい》*の「いきつく」は気尽《いきつ》くで、奮発努力せんとするの「いきごむ」は気《いき》籠《ご》むである。現に「生き」は「いき」にして「生命《いのち》」は気の内《うち》なれば、気の「いき」の義は一転して人の精神情意とその威焰《いえん》光彩の義となる。人の気の盛んに騰《のぼ》るを「いきる」といい、物の気の騰るをも酡《いき》るという。「いきり立つ」はすなわち人の意気壮烈なるので、「いきまく」はすなわち人の気の風動火燃せんとするをいい、「いきざし」は心の向い指すところあるを心ざしというに同じく、人の意気の向かうところあるをいう。「いきほひ」は気暢《いきおい》もしくは気栄《いきはえ》の義、「いかる」は気上《いきあが》るの義にして、古書の挙痛論に、怒るときはすなわち気上がるとあるに吻合《ふんごう》しているのを見ても、地に彼此《ひし》の別ありて人に東西の差なきを思わずにいられぬ。憂悒《ゆうゆう》の義の「いぶせし」は気《い》噴狭《ぶせ》しの意にして、憂うる者の気噴《いぶき》は暢達寛大なる能わざるの実に副《そ》うている。これも悲しむときはすなわち心系急に、肺布《し》き葉《よう》挙がって上焦《じょうしょう》通ぜずと挙痛論に説けるに応じている。「いきどほり」は怒りて発する能わず、気の屯蹇《ちゅんけん》して徘徊《もとお》りて已《や》まざる「いきもとほり」の約でもあろう。厳《いか》し、厳つし、厳めし、啀喍《いがむ》の類の語も、深く本づくところを考うれば、皆気息《いき》に関しているかもしれぬ。これ等の語は気の「いき」の義なることを表すと同時に、気息に係《か》けて人の心身状態を表しているので、実に気息は人の心理や身状と離れぬ関係があるからである。気あるはすなわち生あるので、気を失えばすなわち死するということは、韓嬰《かんえい》の伝を待たずしておのずから明らかなることである。で、人の心身にかかるある意味を表わすことにおいて、漢字の気の字も、邦語の「いき」という語も、気息の義より一転再転三転して、はなはだ包含量の多い字となり語となるに至っている。色、酒、財、気と連ねて言うときは、気一字でも気息の義ではなく、威張ったり怒ったりすることの方になっている。「いきの荒い」というときは、気息の荒いというよりは威焔の烈しいということになっている。酔うて兇暴《きょうぼう》になるを古い語に「酗《さかがり》」というも、酒気騰《さかいきあがり》の約である。神気、血気、才気、真気などという語はしばらく擱きても、老子の気をもっぱらにして柔を致すといい、万物陰を負いて陽を抱く、沖気《ちゅうき》もって和をなすといい、孫子の気を併せ力を積むといい、張耳《ちょうじ》の客等が生平気をなすといい、関尹子の豆《うつわ》の中《なか》に鬼《き》を摂し、杯の中《うち》に魚を釣り、画門開くべく、土鬼語るべし、皆純気のなす所なりといい、荘子《そうし》の座を安くし気を定むといい、静ならんを欲すればすなわち気を平らかにし、神ならんを欲すればすなわち心を順にすといい、管仲の人足らざればすなわち逆気生ず、逆気生じてしかして令行われずといいたる類は、皆気息の義より出でたるにせよ、気息の義すなわち気なりとしては意を失うので、それらの気の義は、人の心のある作用《はたらき》をなすものと見、包含量のはなはだ多い語として見るが至当である。しかしこの条では気息以上に及んでいる気の事を説きたくないから、それ等はしばらく措きて、なお少し気息に関したことを語ろうなら、道者は気を足に引くといい、猿は寿八百、よくその気を引くといえる類は、大体気息の気と解してよいようだが、なおかつ気息の義のみではない。踵《しょう》においてする真人の気息の事は南華その他の道経に見えているが、それも気息の義のみと解しては通じない。「おきなが」の術は道家から出たものか、日本古伝であるか明らかならぬが、「おき」は気息《いき》で、養性全命の道であるとせられているもので、道家の胎息内息、*仏者の調息数息の道*に似ている。これも心理と気息とを連ねて処理するところにその術の核心は存すると思われる。いわゆる「おきなが」は単に気息長のみとしては面白味は幾分を失う。この頃行わるる腹式呼吸等の説は、突然として新出したものではない。それに類したことは二、三千年の古《むかし》から行われており、医家道家仏家の間には歴々とした存在の跡を認め得る。「いくむすび」「たるむすび」「いくたま」「たるたま」の教えは、日本の神伝であろう。しかしてその教えに連なって気息に関することの存しているのもけだし神伝であろう。いきが単に鼓肺運血の事をなすのみならずして、なおその上に霊作妙用《れいさみようよう》あることは、古より伝わっていることで、『延喜式』にしばしば見えたる呴《こう》の字や、『江家次第《ごうけしだい》』に「人形《ひとがた》をもて呴《いきか》けさしめ給ふ」と見えたる呴の字は、『老子』に早く見えた字であるが、呴噓祓禊《こうきよばつけい》の道は、必らずしも支那伝来でなく、日本神伝におのずからさるものあって存していたと思われる。気息の道をもって、正を存し邪を駆り、病を厭《えん》し寿を全うするの事は、仏家にもまた存していたことで、吹気、呼気、噓気、呵気《かき》、嘻気《きき》、嗤気《しき》の六気は天台の者大師が示した六気である。吹気は吹いて冷やかならしむる気、呼気は煗気《だんき》、噓気は出気、呵嘻嗤三気は科解にも全くこの字体なしとあり、全く字の体をもって義となさずとあるから、ただその帯ぶる声をとるので、呵気は「かー」という声を帯びた気、嘻気は「きー」という声、時は「しー」という声を帯びた気をいうのである。そしてその調子は、呵は商、吹呼《すいこ》は羽、嘘は徴《ち》、嘸は宮、時は角であると伝えられている。これ等の六気をもって治病保身の法を説いているのであるが、この気が「いき」の義であるのは疑うまでもない。およそこの条に挙げたるところ、気の「いき」として解すべきものあることを言ったのである。

以上に挙げたる以外に、百姓怨気《えんき》なしといえる怨気のごとき、争気ある者は与に弁ずるなかれといえる争気のごとき、憤気のごとき、怒気のごとき、喜気のごとき、妬《しっ》気のごとき人の感情として解すべきようなのもあれば、老子が孔子を評して驕気ありといった驕気のごとき、陳元龍《ちんげんりょう》は湖海の士、豪気除かずと許汜《きょし》が評した豪気のごとき、老気のごとき、高気のごとき、福気のごとき、邦語の「やうす」というがごとくに解して当たるようなのもあり、村気、工気、匠気、乳気のごとく、田舎くさい、職人くさい、乳くさいと解して恰当《こうとう》なるもある。気の語の用いかたは区分し綜合して説けば、幾様にも分ち得て、なかなか際限がない。しかし気の根本の義および用語例の列挙や分類はこのくらいに止めて、人の気分気合いの上にかかる気について談《かた》ろう。

人には器と非器とがある。人の器と非器とを併せて、一の人が成り立つのである。臓腑より脳髄骨骸筋肉血液神経髪膚《はっぷ》爪牙《そうが》等に至るまで、眼見るべく手触るべくして、空間を塡塞《てんそく》せるもの、すなわち世の呼んで身となすところのものは、これ器である。

その人の器の破壊せられざる存在はすなわちその人の存在である。また眼見るべからず、手触るべからず、空間を塡塞せずして存する名づけ難く捉え難きものがある。世は漠然とこれを呼んで心となすのであるが、これすなわち非器である。非器の破壊せられざる存在はすなわちその人の存在である。この器分と非器分とを併せて呼んで人というのである。

真実をいえば、器も非器も仮の名である、身も心も便宜上の称《とな》えである。人というものをXとすれば、身はXより料簡、感思、命令等をなすものを除き去ったものを仮に名づけて身というのである。数式にすれば、

X＝人

X－（A＋B＋C＋………）＝身＝器

というに止《とど》まる。心はまたいわゆる身をば人から減じ去ったものをいうにすぎぬ。これを数式にすれば、

X－｛X－（A＋B＋C＋………）｝＝心＝非器

というにすぎぬ。そして両者を併せて、

X＝X－（A＋B＋C＋………）＋X－｛X－（A＋B＋C＋………）｝

というにすぎぬ。数の誤謬《ごびゅう》はないが、表示式が長くなるばかりで、Xがどう処理解決されたというのでもない。したがって心も身も、なおかつXを脱し得ぬ数式で表され

ているにすぎぬ。たといA、B、Cより進んで、D、E、F、G、と既知数を多く増し得たにしても同じ事である。しかし便宜上から器と非器とを別ち、身と心とを分って、指呼表示に便にしているのが自然の勢いなのである。

器分を離れて人は存在せぬ。非器分なしにも人は存在せぬ。否《いな》、器分を離れたり、非器分を離れたりして、人の存在するということは、詩境以外には、想像することさえはなはだ難いのである。基督教の霊魂や小乗仏教の我体は、器分と分離して後、なお審判を待ったり、六道に輪回《りんえ》したりしていること、提灯《ちょうちん》から脱け出して蠟燭《ろうそく》がなお光っているがごとく、またランプが壊れてしまって、心《しん》も油壺も別々になってから、なお火光が存しているがごとく、また電燈が砕けてしまってから、なお光明が存するがごとくである。それは実に玄妙でもあり、またそういう道理も存在している。が、それは圏外の玄談である。世人の間にも、死したる人に幽霊があり、生きている人に生霊《いきすだま》があるといわれている。それも実にそうで、幽霊もなくはない、生霊もあることである。が、それも圏内の談にあらずである。あると思っているものが実はないものだという理を談ぜねば、ないと思っているものが実はあるものだということを示すことは難い。神の道を棄てて動物の道を真とし、卓絶した智見を排して普通智識をもって一切を律せんとする多数本位の今日の世の内にあっては、身を離れて人の存するなどということを思い得るものもない。心がなくて人というものが成り立つなどと思うものはないの知れきった事である。

器分は非器分を離れて存し得るであろうか、また非器分は器分を離れて存し得るであろうか。器分すなわち非器分で、身即心ではあるまいか、非器即器で、心即身ではあるまいか。古《いにしえ》の人はあるいは身をほかにして心あることを思い、あるいは心をほかにして身あることを思い、身心を分離し得るように考えたものもある。その思想のよって来ることを尋ぬるに、けだし人死して身なお存し、しかしてその感思し料簡《りょうけん》し命令するゆえんのものの存せざるに至れるを見たるより発したのであろう。また身少しも動変せずして、しかしてその感思し料簡し命令するゆえんのものの活動するに似たる夢というものを認むるより発したのでもあろう。また身の欲する所と心の欲する所と牴牾《ていご》＊するがごとき場合、すなわち慾《よく》と道義心との相争う場合などを省察したるより発したのでもあろう。しかし死の場合には、身なお存して心の游離するのではない。死する時には身もまた破壊せられずに存しているのではない。あるいは心臓鼓動の力尽き、もしくは障害あるにより、あるいは脳血管の破るるにより、あるいは不時の失血多量により、あるいは呼吸器障害、もしくは欠損により、あるいは脳の血液供給を得ざるにより、あるいは体温の昂騰《こうとう》により、その他種々の器分の破壊の生ずるにより、その死を致すに足る破壊欠損の生ずると同時に死するのである。稀には非器分の大打撃を被るによりて死を致すもあるが、しかもその死と同時に器分のある物が破壊欠損せらるるは疑うべからざることである。死の因、死の縁は種々無量であるが、器分の破壊欠損なくして死するということはない。ただその外の皮膚形骸の破壊損欠せられずして、身なお生けるがごとくなるに、心鼓《しんこ》休み、肺鞴《はいび》動かざるに至るをもって、神《しん》すでに去るを見て、非器分と器分とを分離し得べきように考えたのであろう。しかして稀に見るところの蘇生《そせい》者の談話は非器分の游離《ゆうり》を思わしめ、また他世界の存在をも思わしめるに与《あずか》って力があったろう。ただし蘇生者が多く他世界の談をなすこと、たとえば智光の古談*のごときは、すなわちその人なお真に死せずして、不完全ながら脳作用を継続しいたるを証するものであり、また微量ながら脳に向かって血液の供給されていたことを語るものである。夢は心理および生理の併合作用である。もしくは生理より惹き起こさるる心理作用であるとして差し支えない。身の欲するところと心の欲する所と牴牾する場合も、詳しく省察すれば碁の争いのごときもので、交替争闘である、同時争闘ではない、一室一主である、一室二主ではない。なお詳しく省察すれば輾転《てんてん》して休まざる一の骰子《さい》のあるいは一を示しあるいは六を示しているようなもので、本これ一個物である。最小時間においては二者相対していないのである。このごとく看来るに、身心は分つべからざるがごとくである。

しかし吾《わ》が身を観るに我が所摂でなきごときものがあり、吾が所知でなきごとき運動が行われているのを覚える。肺臓のごとき、心臓のごとき、胃のごとき、腸のごときものが、我が命を得て後に運動しているのでないことは明らかである。爪のごとき、髪のごときものが、吾に属しているものではあるが、我が料簡し、感思し、命令するゆえんのものとははなはだ遠き距離を有していることも明らかである。髪のごときは某甲《なにがし》すでに死して後なおその生長を続けるのである。これ等の物は我の部分なるがごとく、また外物なるがごとく、庭前の松柏《しょうはく》、路傍の石礫《せきれき》と同視することは出来ぬけれども、しかもまた我と相遠きを覚える。けだしかくのごときはまた古の人をして身心を分離して考えるに至らしめた一端であろう。肺臓心臓のごときものが吾人に近きことは、髪や爪とは大いに異なっている。しかし吾人は吾人の肺臓や心臓がなんの状をなしているかをも解剖学の図画、もしくは模型、または他人の実物を目にするより以外には知らぬのである。盲腸のごとき、生活状態の変化したる今日の吾人にはなんの用をもなさずして、かえって病患を貽《のこ》すほかには作用なき物の体内に存在しているのは、吾人が料簡し感思し命令するゆえんのものからいえば、摘出し駆除したくも覚ゆべきものである。これは我の中の矛盾である。腸の無用の長さのごときも、吾人が爪を剪《き》るがごとく容易に短くなし得るならば、あるいはこれを短縮せんことをあえてするであろう。これも我の中の矛盾に近い。このごとくに我の中に我の所摂ならざるがごときものあり、また矛盾をさえ認むべきものがあるくらいであるから、仮に我を分って二とし、身とし心とし、器とし非器とするに至るも無理はない。このごとく看来るに、身心は分つべきがごとくである。

身心は分つべきがごとくである。ただ仔細に校量するに、一分の器を減ずる時は一分の非器を減じ、三分の身を減ずる時は三分の心を減じ、全分の器を減すれば全分の非器を滅するに当たる。すなわち身心のついに分つべからざるを思わずにはおられぬ。両臂《き》を裁り落とし、両脚を断り去っても、生命の存する以上、某甲の心は欠くるなく存しているようである。しかし臂脚の失われたる上は、某甲の心の中から、臂脚の用たる把握歩行等の事についての心作用、すなわち命令その他の権力は失われているのである。譬えば一国の主のある郡県を失いて、その国の小さくなったようなものである。また某甲もし眼を失ったと仮定すれば、視界は滅し、鼓膜を破ったとすれば、聴界は亡び、齅《きゅう》神経の障害を得れば香《におい》の世界は滅する。ここにもし人あって、臂脚なく眼なく、鼓膜なく、齅神経なく、しかしてまた生殖能力を除去されたとしても、生命の存続だけはあるいは保ち得るのである。しかしその人の心は、心の伝達の器、および心の接受の器の大部分を失っているのであるから、仮に身心を二つの異なったものとしても、その心の作用、および作用を惹き起こさしむるの因を欠いていて、ひっきょう普通人の心の二分の一、ないし三分の一、ないし四分の一しか力もなければ質もないことになる。もし極端に想像して頭蓋骨内の物のみで生存している人があり得たとした時、さてその人の心はどうであろう。自意識はなお存在するでもあろうが、外界を認むることも、外界に認めしむることも不可能になっては、あるもなおなきがごとくであろう。記憶は心内のもののごとくに普通の人は考えている。しかし記憶もまたある器分、すなわち脳の某《ある》部分に鏤《る》刻《こく》印染されたごとくになって存しているものであることは、負傷によって脳を欠損した人の記憶を失することによって明らかである。淫念をも心内のもののごとく普通の人は考えている。しかし淫念もまたある器分、すなわち生殖系器の発達に伴って萌《きざ》し来るものであり、造精器の摘出によってはほとんど亡滅するものである。フレノロジスト*の主張のごとくに、脳の某部分が某才能某情感の根基もしくは寓居《ぐうきょ》であるや否やはなお未確定に属するといえど、要するに器分と非器分との間には脱し難き連鎖があり、器分が一を減ずれば非器分が一を減じ、器分が一を増せば非器分が一を増すことは争うべからざることである。もちろん吾人の生存を便宜にするためとして、複雑霊妙なる応酬作用や代償作用が行わるるものであるから、器分非器分の増減関係は必らずしも正比例的にのみは発現せぬ場合がある。しかし大体において、仮に器分非器分の二を立つれば、器分と非器分とは相応交和しているものである。例えばここに一空瓶ありとするに、その瓶内の空虚の立方積は、すなわちその瓶内に充てる空気の立方積と同じきがごとくである。二者すなわち一、一者すなわち二、身心と分ち、器分非器分と別つも、ひっきょう仮の名までのことである。今なお饑《うえ》に備うる食積《くいだめ》をするエスキモー人ないし他の蛮人以外の人類の盲腸は年々に縮小しゆくのである。裁ち去るを要せずして長い間には消滅するであろう。孿生《ふたご》をなすことが減じて、婦人の複乳はその痕跡をすら稀に見るようになっているではないか。吾人の膂力《りょりょく》は原始時代には驚くべく大なるものであったに疑いないが、文明の進歩と共に衰えて今のごとくなったので、稀に見る怪力の所有者は、発達の新現象ではなくて、旧現象の残存というべきものであろう。仮に分ち名づけたる心が身に先だてば、身は心にしたがって後を追うてようやく一となり、身が左の方へ進めば、心も左の方へ伴ってゆき、心身一即二、二即一、の妙趣を不断に繰り返すのである。仏教渡来以後、邦人の身体は必らずその思想と共に変じたのを疑わない。葷羶《くんせん》*を食らうことを忌むに至った後、邦人の思想は身体と共に変じたのを疑わない。現代の青年の思想が旧によらぬのを驚くに先んじて、その父母等は、古は牛肉丸という丸薬によって稀に牛肉を味わい、家猪《ぶた》、野猪《しし》、野獣をはなはだ稀にかつ窃《ひそ》かに食らい、しゃも、かしわの鍋屋さえはなはだ少なかりしほど肉食をなすこと稀なりしに引き替えて、魯文の『安愚楽鍋《あぐらなべ》』時代*よりようやく盛んに前代人の卑しみ嫌えるいわゆる二足四足を食いて、しかして後に生み出した子であることを思わねばならぬ。身心は二即一である。身がすでに異なってきているのであるから、思想が異なってくるも当然である。豈《あに》ひとり西洋思想の伝播《でんぱ》のゆえのみならんやである。牽牛花《あさがお》の色は土壌のアルカリ分酸分の多少によって異《ちが》ってくる。人の思想の傾向は、食物によって体が変わり、体が変わると同時に変わってくる。養は体を移すとは、古賢の説けるところであるが、体移れば思想の移らぬということは難い。仏陀は葷羶を禁じている。葷を喫すれば悪魔その唇を舐むるとまで説いている。戒律煩苛《かいりつはんか》、鉄鎖木枷《てっさぼくが》の粉々たるも、ひっきょう身心不二なるがゆえに、身をして如法ならしむるは、心をして如法ならしめ、身をして不如法ならしむる時は、心をして如法ならしむる能わざるを致すがためである。形式と精神とを分離して考うるは、形式を破却するに好都合であるが、口を精を取り麤《そ》を舎《お》き、内を尊《たっと》びて外を遺《わす》るるに藉《か》りて、まず律儀を壊《やぶ》るのは、大阪城の外濠《そとぼり》を埋むるのである。明治以前の旧思想旧感情の外濠はすでに埋められている。現代青年をいかに咎めても、真田《さなだ》幸村《ゆきむら》や後藤基次《ごとうもとつぐ》は余命いくばくもなくなっており、いろいろの立派な由緒ある古いものは高家になって新時代に遺るであろう。余談に渉《わた》ったが、心、身、器分、非器分の別は実に仮の名である。

仮の名ではあるが、東といい西という名目のあるは便宜である。器分と非器分とを仮に立てておくもはなはだ便宜である。さてすでに器と非器とを分てば、器はひとり器なる能《あた》わず、非器はひとり非器なる能わず、あるいは器が非器を率い、あるいは非器が器を将《ひき》い、あるいは器と非器と一にして分つべからざるの状をなし、あるいは器と非器と二にして相対するがごとき状をなし、あるいは器が非器に超越し、あるいは非器が器に超越し、その他千様万態の観を生ずる。この器と非器との交渉のところを気と名づくるのである。その気の象を某の気某々の気というのである。体に体格があり、性に性格があると仮定すれば、体格と性格との交渉のところを気というのである。体格はもと仮定である、体は時々刻々に変ずる。性格もまた本来仮定である、性は時々分々秒々に変じゆくものである。器も刹那刹那に変じゆき、非器も念々に変じゆき、団啼《ぎゃてい》一声地に落つるより、心鼓響きを絶って元に還るまで、遷り移り変《かわ》り易って止《や》まざるが人である。この人のいまだ死せざるを気存するとなし、この気の痕なきに至るを死となすのである。まさになすあらんとするを生気とし、なすなからんとするを死気とし、なすあらんとしてなす能わず、なすなからんとしていまだなすなき能わざるを余気という。一気存すれば気の象なき能わず、気の象あれば、善と悪と正と偏と吉と凶と純と駁《はく》と生と死と陰と陽と、種々般々の差別なき能わず。普通生理と普通心理との会、異常心理と異常生理との会、普通生理と異常心理との会、異常生理と普通心理との会、皆これを気という。気あるいは心を帥《ひき》い、心あるいは気を帥い、身あるいは気を帥い、気あるいは身を帥い、外物あるいは気を帥い、気あるいは外物を帥い、他気あるいは気を帥い、気あるいは他気を帥いる。内に省《かえりみ》ると、外に対すると、学をなすと、事に従うと、情を御すると、智を役すると、芸に遊ぶと、神に事《つか》うると、道に殉ずると、悪に堕すると、人間一切の事象皆気の摂するところである。この気をしてようやく佳ならしむる、これを気を錬るという、錬り錬ってまた錬るを須《もち》いざるに至る、これを気《き》を化するというのである。（関尹子に行気煉気化気の説あるも関せず）人の気についての言はこれに止めて擱く。

人に器非器を仮に別つがごとく天地宇宙に器と非器とを別つことは奇に過ぎる。しかし人も本《もと》器非器二即一である。あるいは器のみとも做《な》し得、あるいは非器のみとも做し得る。唯物論も唯心論も、その通処を既徹となし、その塞処《そくしょ》を未究となせば、皆成り立ち得る。否、そのごとき説を立《りっ》せずとも本自即一である。それを仮に分って、身心の二、器非器の二にするのである。天地宇宙にその心とか非器分とかいうものの存するを認めること、吾人の心より非器とかいうものを認むるがごとくには、吾人に近証親覚がない。しかし基督教の神の思想は、天地宇宙を人格化して、そして所有《あらゆる》見るべく触るべきいわゆる物質を身とし、神を心としておるに近い。基督教以外の思想でも、宇宙に不可知の大主宰者ありとする思想は、皆不知不識の間に、宇宙を器とし、そして非器のものあってこれを綜理《そうり》統会するとなすもので、おのずから吾人の思議の及ぶ限りの範囲を吾人の身のごとくに取り扱い、そしてその中心を冥想《めいそう》盲模して、これに主宰者造物主等の名を負わせているに近い。換言すれば宇宙全部を吾人その物を拡大したるがごとくに取り扱っているので、人の免るべからざる「人中心論」の最大発展を遂げたものである。正直な思索および直覚の最大輪廓《りんかく》がかくのごとくなるを致すのは、人がすることだから不思議はない。この宇宙の主宰者、もしくは宇宙の心というがごときものがあるかないかはしばらく論ぜずして、宇宙がかくのごとく生々活動しておるにつけて、宇宙を器分非器分とに仮に別てば、日月水陸等は器分で、一切の運行活動のよって生ずるゆえんのものは非器分で、二者の交渉の存する間がこの宇宙の存続で、その関係の破壊がこの宇宙の死滅である。そこでこの宇宙の存在生息する間は、またそこに気というべきものの存することと認めて、地に地の気あり、天に天の気あり、水に水の気あり、草木に草木の気あり、一切万物に一切万物の気ありとする。北に北の気あり、南に南の気あり、高山に高山の気あり、深谷に深谷の気があるとする。時季は手も捉え難く、眼も見難きものである。しかし時季というものの存して、そして運移流行する以上、何物がこれをして運移流行せしむるかは知らぬが、時季にも時季の気ありとする。すべて運動し作用するものを、その当体と本因とに分てば、その当体と本因との相交渉する所を気と名づけ、運動あり作用ある所は、気ありとする。

気と気との親和、協応、交錯、背反、掊摶《ぼいはく》*、相殺、相生《そうじょう》、忤逆《ごぎゃく》*、掩蔽《えんぺい》*等の種々の状、一気の生、少、壮、老、衰、死等の種々の態、一日の人の気、一日の時の気、一節ないし一年、十年、百年、千年、万年、万々年の気、一人の気、一交友団の気、一階級間の気、一職業団の気、一国の気、一人種の気、一世の気、これ等のあるいは短あるいは長、あるいは小、あるいは大なる気の種々状態を観察し、批判し、導引し、廻転し、洗滌《せんでき》し、鍛冶《たんや》し、浄濾《じょうりょ》し＊、精錬し、そしてその微なるは一瞬の懐を快くし、一事の功を成し、一心の安を得るより、その大なるは天下万々年億兆の気をして一団の嘉気たらしむるに至る、これを気の道というのである。

立志に関する王陽明*の教訓

人あり、予に対して王陽明先生の立志に関する教訓を挙示せんことを求む。予もと必ずしも王学を奉ぜず、ただ先生の言にいわゆる「学はこれを心に得ることを貴《たっと》ぶ、これを心に求めてしかして非なるや、その言の孔子に出ずるといえどもあえてもって是《ぜ》となさざるなり、しかもいわんやそのいまだ孔子に及ばざるものをや。これを心に求めてしかして是なるや、その言の庸常に出ずるといえども、あえてもって非となさざるなり。しかもいわんやその孔子に出ずる者をや*」の心をもって先生の書を読み、退いてこれを心に求めてもって私《ひそか》に信奉するあらんと欲するものなり。先生また曰《いわ》く。「子夏《しか》は篤く聖人を信ず、曾子《そし》は反って諸《これ》を己に求む、篤く信ずるもとよりまた是なり。しかも反り求むるの切なるにしかず」と、予いまだ必ずしも先生を篤信せずといえども、しかも先生の言の甘露膏雨《かんろこうう》のごとくにして、我が心田意境の、その恵みを被《こうむ》って、土潤い苗萌《も》えんとするの景象あるを覚ゆるや、いまだかつて反求の工夫を下すを懈《おこた》り遺《わす》るることあらざるなり。されば予の王学におけるや、いたずらに隔渓の花を望むがごときの観をなさずといえども、しかもまた自ら決して昇堂座奥の客ならざるを知る。ただ本年一月、たまたま最好会の席上に多く先生の言を借りて、芸術に遊ぶもののの存心の道を談じて、すでに人の聞くところとなりたれば、今にわかに翻《かえ》って人の請いを斥《しりぞ》くる能《あた》わず、強いてその需《もと》めに応ずるのみ。先生が立志についての教えは、弟の守文に示せる立志の説これを尽くせり。ただ当時のいわゆる学問なるものは、今日のいわゆる学問なるものとその義を異《こと》にするをもって、今日の諸生、卒然として先生の言を聞けば、漠として帰《き》なきの感を起こさざるを得ざらんも、当時いわゆる士人の学問なるものは、修身より平天下に至るの道を学ぶにほかならざるを知らば、先生の言の特に適切なるを覚ゆべきなり。

先生曰く、「学は志を立つるより先なるは莫《な》し、志の立たざるは、なおその根を種《う》えずして、いたずらに培養灌漑《かんがい》を事とするがごとく、労苦して成ることなし。世の因《いん》循苟且《じゅんこうしょ》*し、俗に随い非に習って、しかしてついに汚下に帰するものは、すべて志の立たざるをもってなり。ゆえに程子《ていし》曰く、「聖人となるを求むるの志あって、しかして後与《とも》に共に学ぶべしと」と。これ先生は学者に向かって、劈頭《へきとう》第一に聖人たらんことを求むるの志を立てんことを要し、この志にして能《よ》く立たずんば、学ついに成るの日なしとせらるるなり。それ真に能く聖人たらんとするの大志を立て得ば、一切卑劣の情念は、皆おのずから解け去るべく、因循苟且、随俗習非《ずいぞくしゅうひ》の陋態《ろうたい》は、皆おのずから一洗し得ん。同窓の友十人にして、晏起《あんき》＊するもの七、八人なる時は、我もまた晏起して自ら咎《とが》めず、同年輩の朋《とも》十人にして、飲酒し喫煙し、青楼に出入するもの八、九人なる時は、我もまた飲酒し喫煙し青楼に出入して、自ら責めざるは、中等の天資を有するものの常なるが、これを俗に随《したが》い非に習うとはいうなり。それ中等の天資を有するものは、自ら奮わば上《かみ》は聖賢の域に到るべく、自ら棄つれば下は庸愚《ようぐ》の列に到るべきものなり。さればこの種の人は、ぜひ善悪を識別するの能力なきにはあらざれども、いまだ必ずしも是にして善なるものを取る能わず、またいまだ必ずしも非にして悪なるものを舎《す》つる能わず、知らず識らず俗に随い非に習いて、ついに尋常一様、俗頭俗脳《ぞくとうぞくのう》、凡骨凡情の人となりおわり、惜しむべく歎《たん》ずべくも聖賢の域にも到り得べき天資を抱いて、庸愚の列に入りて草莱と共に朽つるを常とす。これ豈《あに》悲しむべく憤るべきの事にはあらずや。かの上智と下愚とは移らず、上智は自ら庸劣の事をなすをあえてせず、下愚は自ら改めて聖賢の域に到らんとするの望みを起こすをあえてせず。ゆえに上智と下愚とはしばらく論ぜず、移って上《のぼ》るべく下るべきの資を抱けるものにあっては、いやしくも聖賢たらんとするの志を立てて、一棒一条の痕、一摑《かく》一掌《しょう》の血というがごとく、痛切に学をなし去らんに、如何《いかん》ぞその功なきことあらんや。ただ志を立つるなくんば已む矣、すでに聖賢たることを求むるの志にして立たば、我すでに聖賢たらんとす、なんの暇《いとま》あってか同窓の七、八人、同年輩の八、九人の所為に倣って庸劣の事をなすをあえてせんや、我すでに聖賢たらんとす、なんの憚《はばか》るところあってか俗に随い非に習うことをあえてせんや。ここにおいてか我は守るところあるなり。あえてするところあり、あえてせざるところあるなり。俗に随わざるなり、非に習わざるなり。ついに汚下に帰するの虞《おそれ》あるなきの地に立てるなり。学者もとより志を立てざるべからずや、志を立つるまたもとより聖賢たるを求めざるべからず、聖賢たるを求むるの功かくのごとし。我豈《あに》聖賢たるを希《こいねが》わんや、我小人たらざるを得ば足れり、というがごときは、その言謙退《けんたい》の美あるに似て、しかもその気象偏小憐《あわ》れむべく厭《いと》うべし。志を立つるは必ず極高極大ならざるべからず。志は心の標的なり、志すところにして極高極大ならざれば、必ずや軽忽慢易《けいこつまんい》*の意生じて、敬虔《けいけん》誠実の情乏しきを免れざらんとす。軽忽慢易の意一たび生ずれば、一局の碁なおかつ敗る、いわんやその他をや。敬虔誠実の情乏しければ、箭《や》を飛ばし弾を放つ、なおかつその中《あた》らんことを必し難し、いわんやその他をや。道徳功業に志すものは、必ずや聖賢となるの志を立つべきなり。詩歌を事とするものは、必ずや詩歌の聖たらんとするの志を立つべきなり。商となり工となり、農となり官となる、人の志すところ一途ならずといえども、要するに皆その好むところの第一等の人たらんことを求むべきなり。聖賢は神鬼にあらず、その人にして醇《じゅん》*なるのゆえをもって尊きなり。聖賢も人なり、我また人なり。その人たるにおいてや聖賢もなお我のごときなり、我もなお聖賢のごときなり。ただ彼はすでに醇、我はなおいまだ醇ならずして、渣《さ》滓《さい》はなはだ多く、色香美ならず、気味純ならざるの差あるのみ、必ずしも全く相異なるにはあらざるなり。異なることはすなわち異なれども、しかも異中に同あるなり。我の聖賢に同じきゆえんのものを拡充すれば、我すなわち聖賢たらん。舜何人《なんぴと》ぞや、我何人ぞや、宇宙豈我が聖賢と共に相携えて同じく行くを妨げんや。なすあらんと欲するものは、すべからく大丈夫底の気象を有し、大丈夫庭の志を立つべきなり。

　先生又曰く、「孔子は聖人なり、なお吾十有五にして学に志し、三十にして立つと曰《い》いたまう、立つとは志を立つるなり、矩《のり》を踰《こ》えざるに至るといえども、また志の矩を踰えざるなり、志豈やすくして観るべけんや。それ志は気の帥《すい》なり、人の命なり、木の根なり、水の源なり。源濬《ふか》からざれば流れ息《やす》む、根植えざれば木枯る、命続かざれば人死す、志立たざれば気昏し。ここをもって君子の学、時として、処として、志を立つるをもって事となさざることなし。目を正しゅうしてこれを観る。他に見ることなきなり、耳を傾けてこれを聴く、他に聞くことなきなり。猫の鼠を捕らうるがごとく、鶏の卵を覆うがごとく、精神必思、凝聚《ぎょうしゅう》 融結して、またその他あるを知らず。しかしてこの志常に立ち、神気精明、義理昭著にして、一も私欲あれば、すなわち知覚し、自然に容住し得ず。ゆえにおよそ一毫《ごう》私欲の萌《きざ》すとき、ただこの志の立たざるを責むれば、すなわち私欲便《たちま》ち退く。一毫客気の動くとき、ただこの志の立たざるを責むれば、すなわち客気便ち消す。あるいは怠心生ずる時、この志を責むれば、すなわち怠らず。忽心生ずる時、この志を責むれば、すなわち忽《ゆるが》せならず。燥心《そうしん》生ずる時はこの志を責むれば、すなわち燥《さわ》がず。妬心《としん》生ずるとき、この志を責むれば、すなわち妬まず。忿心《ふんしん》生ずる時、この志を責むれば、すなわち忿《いか》らず。貪心生ずるとき、この志を責むれば、すなわち貪らず。傲心《ごうしん》生ず、この志を責むれば、すなわち傲らず。吝心生ず、この志を責むればすなわち吝ならず。けだし一息として志を立て志を責むるの時にあらざるなく、一事として志を立て志を責むるの地にあらざるなし。ゆえに志を責むるの功、その人欲を去るにおける、烈火の毛を燎《や》くがごとく、太陽一たび出でて、魍魎《もうりょう》潜み消ゆるがごときあり」と。これ人の一たび自ら奮って憤《いか》りを発し、一旦志を立てたる以上、あくまでもこれを持続し、これを提撕《ていせい》*すれば、その功はなはだ偉大なることを説き、しかして聖賢の境界も、その実はまたただちにかくのごときにすぎざることを説破せられたる痛快淋漓《つうかいりんり》の語にして、恵みを後人に貽《のこ》すことはなはだ大なりというべし。志は気の帥なり、とは孟子公孫丑《こうそんちゅう》の篇に見えたる語、気は物質と霊体との関鎖となるものをいう。例をとりて細説すれば、血はこれ物質分内のもの、怒りはこれ霊体上の一現象にして、もと相渉ることなし。しかりといえども怒り一たび動いて、面色たちまち変ずるものは、血動けばなり。この血を動かすゆえんのものを名づけて気という。復《ふた》び例をとりて細説すれば、酒は物質分内のもの、喜びはこれ霊体上の一現象にして、本来相渉《わた》ることなきものなり。しかりといえども酒を喫して一たび酔うや、人皆憂いを忘れ笑いを発して、陶然として歓を成す。この人をして喜びをなすに至らしむるゆえんのものを気という。これ酒は血を動かすにすぎずといえども、血動けば気動き、気動けば心動きて、ついに憂いを忘れ笑いを発するに至るなり。要するに気は血に伴い、血はまた気を伴い、気は霊体上の現象に伴い、霊体上の現象はまた気を伴い、気は肉と霊との間に立って、彼此《ひし》相渉らしむるの作用をなすものなり。この気の作用の完《まった》からざるを病といい、この気の絶ゆるを死といい、この気の霊体もしくは肉体と協和せざるを狂といい、この気の円満充実するを健全の人という。人の外界に対して営為し、世に立って功業を樹《た》てんとするや、気の力を藉《か》らずして成るの事、一もあるなし、ゆえに気は必ず旺盛安固ならざるべからず。喩《たと》えば独楽《こま》の回転して倒れざるがごとし。その地に横たわらざるものは、力のこれに寓《ぐう》するあればなり。気の人におけるは、なお力の独楽におけるがごとし。回転の力の強盛なる独楽は、外物触れ障うれども休止せず、傾欹《けいき》すれども倒れず、ほとんど倒れんとしてまた起《た》つ。気の旺《さか》んなるや、その人死地におって懼《おそ》れず、危境に立って撓《たゆ》まず、白刃前に交わり、砲火眼を射れども、晏然として談笑するを得、かくのごときは凡庸の人も、また戦争等に際して実験するところにして、その人必ずしも死生の理に達して得失の念を離れたるがごとき超悟の士にあらざるも、一気の英発するや、一切の危難を軽視するを得て、これがために顚倒狼狽《てんとうろうばい》せざるに至る。気の人における、その能もまた大なりというべし。ここをもって古《いにしえ》よりのなすあらんと欲するものは、必ずや気を振るい気を養って、これをして円満充実せしむ。気衰うれば心熱せず、心熱せざれれば事をなし務めを執るに、その成果に精采あり、光輝ある能ざること、理数の必然なればなり。気の養わざるべからざるは論なき事かくのごとし。しからはこれを養うの道如《いか》何《ん》。曰く。他なし。ただ能く志を立つれば、気は自ら旺盛なるべし。志の気におけるは、将帥の兵卒におけるが如し。将勇なれば、軍に弱卒なし。大志まことに立たば、その気豈萎靡《いび》せん。必ずやそれ雄豪沈毅《ゆうごうちんき》、人生の紛紜葛藤《ふんうんかっとう》を幾呑吐《いくどんと》して余りあるの概あらん。もしまた志にして立たざれば兵に将なきがごとし、如何ぞ潰敗せざるを得ん。ゆえに曰く、「志立たざれば気昏し」と。世の意気消沈し、空しく長大息を事とするもののごときは多くは皆志立たず気昏きの罪に坐するものにして、あたかも将怯に兵弱く、矢石相酬《あいむか》うに至らずして敵を望んでただちに逃るるがごとし。愧《は》ずべきの至りにして、かつ悲しむべきの至りならずや。嗚呼《ああ》大丈夫世に立つ、大志なかるべからざるなり。我が気の将をして、歴山得の豪あり、該撒《シーザー》の雄あり、拿破崙《ナポレオン》の勇あらしめざるべからざるなり。万々尩弱無恥《ばんばんおうじゃくむち》*の将をして我が気を率いしむべからざるなり。「君子の学、時として、処として、志を立つるをもって事となさざることなし、目を正しうしてこれを視る、他に見ることなきなり。耳を傾けてこれを聴く、他に聞くことなきなり、猫の鼠を捕らうるがごとく、鶏の卵を覆うがごとく、精神心思凝聚融結してまたその他あるを知らず」といえるもの、ただちにこれ学者のために雲霧を披《ひら》いて天日を示すの垂示というべし。すでに人間第一等の人とならんことを志し、この志をして我が気を率いしむれば、我が気の旺するやもとより論なし。この気にして永く旺んなれば、心神充実し、群魔遠く竄《のが》る。何物か能く我を誘惑し、何物か能く我を堕落せしめん。大志を立てて、これを持続するは、人の思惟行動を積極的ならしめて、しかもおのずから最美最高ならしめ、愉々快々、活潑々地に挙止進退せしめて、しかもおのずからその行為を道徳的ならしむ。かのいたずらに款項条目的の訓言をもって、欲念意望燃ゆるがごとき可憐《かれん》の青年を、桎梏《しっこく》し箝制《かんせい》せんとするがごとき消極的にして、しかも美処なく、高致なく、おのずから卑屈の気味ある、不快なる似而非《えせ》道徳家の無効に近き教戒と、先生のこの段の教えとを比して、いかにその彼は迂腐《うふ》にして、これは清新なるかを知るべし。以上説くところのごとく、大志を立ててこれを持続するの功は挙げて言うべからず。ただ人の世にあるや、朝より暮に至るまで、暮より朝に至るまで、物に接し事に応じて、一寸の閑あるなければ、その間においてあるいは卑劣の念、動かざる能わず、あるいは暴悪の気、萌《きざ》さざる能わず、あるいは懈怠《けたい》の心、生ぜざる能わず、あるいは燥急の情、起こらざる能わず、あるいは嫉妬、あるいは瞋恚《しんい》、あるいは貪婪驕傲《たんらんきょうごう》*、あるいは吝嗇譎猾《りんしょくけつかつ》*の意、発せざる能わず。しかりしかしておよそかくのごときの諸雑念は、喩えば逆旅の客*のごとし。源氏平氏藤氏橘《たちばな》氏等、その面貌威風、おのおの異なりといえども、要するに一夜の客にして、これ真正の主人公にあらず。旅舎の主人は、主人として厳存せざるべからず、主人はこれ等の客を、あるいは留めあるいは逐《お》うの権利を掌握すべし。決してこれ等の客をして、主人を駆逐《くちく》するの権利を有せしむるがごとき顚倒の事あらしむべからず。我が本来の志は旅舎の主人公なり、諸雑念は客なり、客にして主人公に不利なるあらば、主人公は時処を択ばすしてこれを駆逐擯出《ひんしゅつ》すべし。もししからずして賊客悪賓の横暴を縦《ほしいまま》にするに委せんには、本末顚倒して、いわゆる強賓主を圧するの態を生ずるのみならず、王莽曹操《おうもうそうそう》、漢室を奪う*の勢いを致し、主人公をして危害を被らしむる事測るべからざるものあるに至らんとす。ゆえに諸雑念にして、はなはだしき賊客悪賓ならずば、一日夜を休泊せしむるもまた可なり、もしそれ横暴放肆《ほうし》、壁を壊《やぶ》り席を破り、牖戸《ようこ》*を毀損して、害を後日に遺すがごとく、諸雑念にして徳を壊り名を破り品性を毀損して、害を身に被らしむるものは、断じてただちにこれを駆逐擯出せざるべからず。しかるに凡庸の士の道に明らかならざるや、我一朝にして勃然として怒りを発すれば、この怒りはこれ客にして主人にあらざるを忘却し、この怒りは昨日はまだ来らず、明日は早くも去るべき客にして、決して永住の主人にあらざるを勘破せず、ひたすら此《し》の怒りと名のれる暴客をして、その兇険の行為をあえてせしめ、ついにこの客の暴行のために、主人公をしてはなはだしき損害を受けしめ、はなはだしきに至っては徳を傷つけ身を破り、主人公をして、また立つべからざるの境地に沈淪《ちんりん》せしむ。かくのごとく主客を顚倒し、一時の客を尊重するに過ぎて、永住の主を危くするがごときは、愚迷のはなはだしきに似たれども、客の我が舎中にあるや、これを視て道路の人のごとくする能わず、怒りのわが胸中にあるや、この怒りの本来の我におけるもまたほかならぬ間柄の感あるより、知らず識らず、母牛舐犢《しとく》の心*をもってこれを愛重し、ついに主客顚倒の状を呈するに至る。語にいわゆる賊を認めて子と做《な》すというものは、実にかくのごとき光景を喝破して、痛切の注意を与えたるものなるを知らず。歎ずべきの至りなり。人の年の少《わか》くして意の嫩《どん》なるや、一屈辱に遇えば、たちまちにして怒火胸を焼き、一情縁の我に纏繞《てんにょう》するに会えば、たちまちにして愛慾の氷、心海を閉じ、欲すべきを見れば、心たちまち狂乱し、娯《たの》しむべきを見れば、心たちまち執着し、念々生滅し、念々遷転して、外界と相追随するをもって、その胸中の状は喩えば走馬燈のごとし。かくのごとく往来憧々たる旅客の、甲は戸を毀《やぶ》って去り、乙は席を破って去り、丙は壁を傷つけて去り、丁は器物を壊って去るというがごとくに、胸中に往来する諸雑念は、皆多少の損害を主人に被らしめて去るの結果、主人は風鑽雨淋《ふうさんうりん》の陋屋に孤坐して、膝を抱いて歎ずるの哀れむべき境界に堕するがごとく、人の年の老い、意の枯るるに随って、意気自ら消沈し、人生の意のごとくならざる事多きを嗟歎《さたん》して、消初志ようやくついに酬いざらんとするを悲しむは、庸常の士の十人にして七、八人まではこれを演出するを免れざるところなり。要するにこれ皆平生暴客悪賓をして威を振るわしめ、主人をして当然所有するところの権能を適用せしめざるの結果なりとす。人いやしくも禽獣となって自ら足れりとする能わざる以上は、おのおの必ず志あり。志は理智なり。志あるはすなわち人の人たるゆえんなり、禽獣と同じからざるゆえんなり。人にしてこの志のために生きずんば、人たるにおいてとるべきなきなり。しかるに今この志をして萎靡《いび》凍餒《とうだい》*の状あらしめて風来し雲去して定まるなき諸雑念のために、鞭を執り履《くつ》を解きて、日夕を送らば、その愚もまたはなはだしからずや。このゆえに主客を明弁じ、本末を厳察し、主を累するの悪客を逐い、本《もと》を本とし末《まつ》を末とせんがために、臨検の任務と、駆逐の権能とを、主人公すなわち志に有せしめて、賓客すなわち諸雑念を適宜に処分せしめざるべからず。これを提撕省察《ていせいせいさつ》*の功という。提撕省察の工夫は他なし。主人公に対して害を与えざるの客は佳賓なり、主人公とその欲するところはなはだ背馳するものは悪客なりとして処すべきのみ。客は酒を飲み妓に戯れんとし、主は貯蓄して富を致さんとする時は、客逐うべきなり。志は世を済《すく》い民を安んぜんとするにありて、財を貪り物を玩《もてあそ》ぶの念起こる時は、その念斬るべきなり。およそ我が一定したる志に対して背反するものは、皆懲艾擯斥《ちょうかいひんせき》*すべきなり。志は鋼鉄の尺度たるべきなり。一切の事物皆これに準拠して、あるいは截《き》りあるいは補うべし。諸雑念を迎合して、これがために志を動かすは、喩えば尺度を護謨製《ゴム》にして物を量るに、あるいは伸ばしめあるいは縮ましめて、我が欲するところの度を得るがごとし。はなはだ賢きに似て、しかしてその実は愚もまたはなはだしというべし。嗚呼《ああ》、挙世滔々《とうとう》護謨の尺度を懐にして自らもって智なりとせざるもの幾人かあらん。儒よりして仏に之《ゆ》き、墨よりして楊に之き、基督教より拝金主義に之き、ストイック的よりニーチェ的に之き、尊無形的より尊有形的に之き、純粋の愛情より雑駁の慾望に之き、豪傑的より小人的に之き、国家的より唯我的に之き、無垢より有私に之き、永遠的より目前的に之き、詩人的より隠居的に之き、芸術的より世栄的に之き、項王は虞《ぐ》氏の奴となって策竭《つ》きて泣き、高帝は戚夫人の臣となって才足らざるを謝し、初志を忘れてしかして自ら非とせざるもの比々皆これ護謨の尺度を懐《いだ》いて智とするの徒のみ。悲しい哉や、草木の初めて生ずる、天に嚮《むか》わざるはなし。しかもその衰うるや地に嚮って倒れざるなし。人の世に出ずるや。誰か衝天の英気を有せざらん。しかもその老いるや地に嚮ってその墓穴を求め索《もと》めざるもの、盤古氏以来いくばくかあらん。悲しい哉、人の衝天の気の早く老いて、初志の半途にして折れ屈するや。大丈夫決してまさにかくのごとくなるべからざるなり。尺度は伸縮すべからず、屈撓すべからざらしむべきなり。衝天の気は死に臨みてなお存せしむべきなり。人にして墓穴を地に求むるは愧《は》ずべきなり、大丈夫まさに天に葬らるべし、地に葬らるべからざるなり。高墳豊碑は、人間の発明する玩弄物中の最愚最陋最醜のもののみ。盤古氏以来、人の草木と異にして、天を志してついに天に至れるもの、耶蘇《やそ》あり、瞿曇《ぐどん》あり、仲尼《ちゅうじ》あり、詩仙あり、武人あり、音楽の聖あり、技巧の雄あり、農あり、漁あり、商あり、工あり、その名あるいは逸しあるいは存すといえども、要するにおのおのその志を更えずして一生数十年、万里一条の鋼鉄のごとくに、向上の一路を攀《よ》じ、「目を正しくしてこれを視、他に見ることなく、耳を傾けてこれを聴き、他に聴くことなく、猫の鼠を捕らうるがごとく、鶏の卵を覆うがごとく、精神心思、凝聚融結して、またその他あるを知らざる」の人々、はなはだ多からずともいえども、しかもまた必ずしも稀少ならず。大丈夫まさにこれのごとくなるべし。草木と帰を同じうするは、自然の人間に賦与せしところのものを空しうするなり。吾人は吾人人類の至大至高の本具の大望を空しうするに堪えざるなり。吾人はまさに大志を立ててこれを持続し、これを提撕醒覚して、諸雑念のために顛倒せしめられざるを期すべきなり。それ志にして至って大ならば、たとえば主人の大威力あるがごとし、客如何ぞあえて自ら縦にせん。たとい時にあるいは暴客悪賓の、跳梁《ちょうりょう》跋扈《ばっこ》するものあるも、主人にして大威力あるあらば、これを駆逐擯出せんこともとより易々たらんのみ。慾の制し難く、誘惑の斥《しりぞ》け難く、己の克ち難く、気の治め難きゆえんは、実は皆その志の卑小にして威力なきによる。ゆえに陽明先生は学者に教えて、まず必ず聖人たらんことを求むるの大志を立てしむ。志は至大至高ならざるべからざるなり。志にして至大至高なれば、区々たる人欲を去り、諸雑念の非なる者を制するがごときは、実に「烈火の毛を燎《や》くがごとく太陽一たび出でて魍魎潜消《もうりょうせんしょう》するがごとく」ならんのみ。大志すでに立って、しかして省察の工夫を欠くなくんば、成徳成功の日期して待つべきなり。楽しい哉《かな》先生の教えによって、もって自ら奮い自ら勉めて、日夕を送るや。

以上先生が立志の説について、ほぼ予が言わんと欲するところのものを言えり。言は狙獷《そこう》*といえども意あるいはとるべきあらん。

注

（頁）
二二　三阿僧祇劫　菩薩が発心してから悟りをひらくまでの五十位の修行に要する期間。
二五　熱烈驚悍　勢いが激しく、荒々しいさま。
二六　庸劣凡下の徒　平凡で愚かな者。
二八　踟蹰する　進むことをためらって、立ち止まること。躊躇する。
三二　滑沢柔軟　滑らかで艶があり、しなやかなさま。
三三　籠耳　聞いた話をすぐに忘れてしまうこと。
三五　宿志の蹉跎　かねてからの志が、時機を失してしまうこと。
三九　黽勉家　励みつとめる人。
四〇　旧阿蒙　呉下（ごか）の阿蒙とも。『呉志』「呂蒙（りょもう）伝」注以前から進歩しない、学識のない者の故事。
四一　易行道　念仏を唱えることで、阿弥陀仏の知恵と慈悲に導かれて悟りにいたる道。他力門。
四二　鈍駑　にぶい、のろい馬。
四四　余孽　滅びた家の子孫で残っている者。
四五　嘉禾　穂が多い優良な穀類。
四六　呆座家　ぼんやりと座っている者。
　　　酷肖　酷似に同じ。大変よく似ていること。
四八　羸弱　衰え弱ること。また、体が弱いこと。

五一　校量計較　比較して考えること。

五三　白蛇に媚び、妖狐に諂う　ともに淫祠邪教におもねることの例。

醜陋　醜く卑しいこと。

落草の談　初心者にもわかりやすく、言葉をくだいて語ること。

五五　粋美の稟賦　粋美は、まじりけのない美しさ。稟賦は、生まれつきの性質。

檃括　矢竹の反りや曲がりをため直すこと。

五六　旭将軍　木曾義仲の別称。

五七　度支紊乱　財政が乱れること。

粱肉　上等な米と肉。転じて、うまい食事。

酒緑燈紅　にぎやかな繁華街・歓楽街。

千金一擲　一度に惜しげもなく大金を使うこと。

五八　張三李四　中国ではありふれた姓である張氏の三男と李氏の四男の意から、平凡でありふれた、普通の人のこと。

六〇　曠世　世に稀なこと。

武略天縦　軍事における計略が、生まれつき優れていること。

六二　草率　粗雑、いい加減なさま。

六六　臠　細かく切った肉。こまぎれの肉。

六七　仁慈寛洪　思いやりがあって情け深く、おおらかなこと。

六八　寂寞蕭散　ひっそりとして静かで、もの寂しいこと。

氤氳揺曳　盛んな活力が、揺れてたなびくこと。

七〇　検覈　厳しく調べること。

七三　鷹犬の労　手先・手下の苦労。

七七　遼豕　遼東の豕（いのこ）。『後漢書』「朱浮伝」の故事。世間知らずのために、ありふれたことを知らずに一人で得意になっていること。

七八　蚜蠹　蚜は、アブラムシ。蠹は、キクイムシ。

八〇　秧　稲の苗。

八一　摩天の大樹　天に届くほど大きな木。

八三　搏噬　つかんで喰らうこと。転じて、勢力を以て侵すこと。

八四　戕残　傷つけ、損なうこと。

八六　相忤し　互いに逆らって。

一路坦々砥　平坦で平らな一本道。

呶々する　くどくど言う。

九〇　読書佔畢　読書に際して、本当の意義を理解せずに、ただ文字だけを読むこと。

雪案蛍燈　『晋書』「車胤伝」の故事。貧しい生活の中で、苦学すること。

九一　炳焉　はっきりとしたさま。あきらかなさま。

爛読　飽きるまで繰り返し読むこと。

服膺　心にとめて忘れずに守ること。

九二　陳套　古臭く、決まりきっていること。

九三　倏生忽滅　たちまち生じて、たちまち滅すること。

拈出　苦労して考え出すこと。

九四 邪僻偏頗 邪僻は、心が正しくなく、かたよっていること。偏頗は、かたよって不公平なこと。
九五 烹熬 煮詰めること。
九六 荊棘満眼 イバラなど棘のある木が見渡す限り生い茂っているさま。
九七 闌更 高桑闌更。一七二六〜九八。江戸時代中期の俳人。加賀金沢の人。蕉風復古を唱えて、晩年京都に住み芭蕉堂を開いた。
九八 負郭の田 城下近く、または都市近郊のよい田。
九九 盤渦 渦巻き。
一〇〇 菴羅果 マンゴーの実。
一〇一 鬆疎 おおざっぱで粗いこと。
一〇二 疎懶の徒 なまけ者。不精者。
一〇三 藉口 口実をもうけて言い訳をすること。
一〇四 徂徠先生 荻生徂徠。一六六六〜一七二八。江戸時代中期の儒学者。江戸の人。古文辞学を樹立し、門下から太宰春台・服部南郭らが出た。
一〇五 庸常の人 平凡で特別にすぐれたところのない人。
一〇六 囫圇儱侗の学 他の意見を鵜呑みにする、未熟な学問、と考えられる。
一〇七 源為朝、養由基 ともに弓の名手。源為朝（一一三九〜七〇）は、平安末期の武将で、通称は鎮西八郎。養由基は、中国、春秋時代、楚の人。
一〇八 ガルバニの平流電気を発見せる ルイージ・ガルヴァーニ。一七三七〜九八。イタリアの解剖学者、生理学者。動物電気の発見で知られる。
一〇九 淼茫 水が広々として、果てがないさま。

空坎　空虚な穴。
二〇　一探幽、一雪舟、一北斎　すべて著名な画家。探幽は、狩野探幽（一六〇二〜七四）、江戸時代初期の画家。雪舟（一四二〇〜一五〇六）は、室町後期の画僧。北斎は、葛飾北斎（一七六〇〜一八四九）、江戸時代中・後期の浮世絵師。
二一　黄山谷　黄庭堅（一〇四五〜一一〇五）の号。中国、北宋の詩人。
評騭　批評。
轗軻蹉躓　轗軻は、世間に認められないこと。蹉躓は、失敗すること。
不平鬱勃　不平が盛んに湧き出ること。
二二　纏繞　まといつくこと。からまりつくこと。
二三　粗鬆　大ざっぱで粗いさま。
玉瑕氷裂　玉瑕は、玉のきず。氷裂は、氷がひび割れること。
雨淋火爛　雨淋は、雨でずぶ濡れになること。火爛は、焼けただれること。
欠唇の罌　罌は、甕（かめ）。縁が欠けた甕。
二四　乾山　尾形乾山（一六六三〜一七四三）。江戸時代中期の陶工・画家。京都の人。
二五　矯激詭異　矯激は、言動などが並外れて激しいこと。詭異は、あやしく不思議なこと。
二六　惻隠の心　同情する心。憐れむ心。
仁恕の心　情け深い、思いやりの心。
二七　愴然　いたみ悲しむさま。
二八　籠蓋　おおいかぶさること。
浮漚　浮かんだ泡。

幺微　非常に小さいこと。
一三〇　加被する　神仏などが慈悲の力を加えて守ってくれること。
一三一　所摂　包み込まれること。また、帰属すること。
一三二　罅隙　割れ目。すきま。亀裂。
穀蓏　穀類や草の実。
一三三　嫩葉　嫩は新芽のこと。新芽の葉。若葉。
一三四　健全学　健康保持に関することを研究する学問。
一三六　疫癘　悪性の流行病。
一三九　アノフェレスより瘧を得る　アノフェレスは、ハマダラカ（マラリアを媒介するカ群）の学名。瘧は、マラリア性の熱病。
一四〇　瘴癘　特殊の気候や風土によって起こる伝染性の熱病。風土病。
沮洳の地　土地が低くて水はけが悪く、いつもじめじめしている土地。
一四一　未丁年者　未成年者に同じ。
提督ネルソン　一七五八〜一八〇五。イギリスの海軍軍人。フランス革命戦争やナポレオン戦争などに従軍した。
孱弱者　体が弱い者。
一四二　宿命説　一切の事象は前もって定まっていて、人間の意志では変えることはできないとする説。宿命論、運命論などともいう。
園囿　草木を植えて、鳥や獣などを飼っているところ。
一四九　欺罔　あざむき、だますこと。

一五三　婆娑婀娜たる状　舞う姿がなまめかしい様子。
一五九　天祐　天の加護。天のたすけ。
一六三　蟬殻蛇蛻　蟬殻は、蟬の抜け殻。蛇蛻は、蛇の抜け殻。
一六六　飄葉驚魚　飄葉は、風に舞う木の葉。驚魚は、産卵期に飛び跳ねる魚。
　　一貫目もしくは二、三貫目の重量　一貫は三・七五キログラム。
一六七　稟賦　生まれつきの性質。
　　祐天顕誉上人　一六三七〜一七一八。江戸時代中期の浄土宗の高僧。陸奥の人。増上寺第三十六代を継ぎ、大僧正となった。
一七〇　天数　天から与えられた寿命。天寿。
　　ウカリヒョン　ぼんやりとしている様子。
　　鱷魚　鰐（ワニ）。
　　雲は秦嶺に横たわり、雪は藍関を擁する時　韓愈の詩「左遷至藍関、示姪孫湘」の一節をふまえる。秦嶺山脈を越える道の厳しさを表現したもの。
　　芻狗　藁を結んで作った犬。祭りに用いて終わると捨てたことから、必要な時には使うが、必要でなくなると捨てるもののたとえ。
一七二　頤使　あごで指図して人を使うこと。見下した態度で人を使うこと。
　　酔生夢死　酒に酔い、夢を見ているような心地で、何もすることなく人生を送ること。
一七三　高野の大師が羝羊心といわれた　高野の大師は、弘法大師空海。羝羊心は、異生羝羊心。凡夫が愚かで善悪・因果に暗く迷っていることを、羝羊（雄羊）の淫食のみを追い求めていることにたとえていった。『十住心論』に出る。

瞿曇　瞿曇弥（くどんみ）。釈迦の出家前までの姓。転じて、釈迦をさす。
老耼　老子。
一七六　醞醸　酒を醸造する意から、心の中に、ある感情がしだいに固まっていくこと。
煩渇連飲　煩渇は、しきりに欲すること。連飲は、連日の飲酒。
惜嗇　物惜しみすること。吝嗇。
一七七　屯鬱　憂鬱な気が集まること。
夭寿　短命と長寿。
一七八　放肆　勝手気ままで、だらしのないこと。
急弦忽断　急弦は、激しく弦を弾きならすこと。忽断は、突然絶えること。
一八三　明智光秀が粽の茅を去らずに啖った　本能寺の変の後のこととして、藤井懶斎『閑際筆記』
（一七一五年刊）巻之中に載る逸話。
一夜庵の主人　山崎宗鑑（室町時代後期の連歌師）のこと。
一八四　陳蕃　？～一六八年。後漢末の政治家。
一八五　功業徳沢　功業は、功績のあきらかな事業。徳沢は、おかげ、恩沢。
一八七　智炬　智慧のたいまつ。
一八八　鵜の真似の烏　自分の能力や身の程を顧みないで、他人の真似をして失敗する者のたとえ。
尸解の仙　『抱朴子』巻二「論仙」。尸解は、魂だけ肉体から抜け出る道家の術。
一八九　一飲一啄　『荘子』内篇「養生主」にある語。一口飲み、一口ついばむこと。気ままに飲食す
ることから、分に安んじて他に求めないことのたとえ。
三蔵　三蔵は、仏教の聖典を三種に分類した、経蔵・律蔵・論蔵の総称。

一九〇　慧性　賢い生まれつきの性質。
一九一　本具の約束　ここでは、生まれながらにして具わっている約束。
節制禁遏　節制は、度を越さないように控えめにすること。禁遏は、禁じてやめること。
一九二　実参体得　実参は、実際に参加すること。体得は、体験を通して身につけること。
一九三　江海　大きな川と海。
奕々灼々　明るく光り輝くさま。
万斛の黄金の烘炉　万斛は非常に多くの量。烘炉は大きな囲炉裏。
烈々煜々　烈々は、勢いが激しいさま。煜々は、光り輝くさま。
遁竄　逃げ隠れること。
虞淵　中国の伝説上の場所で、太陽の沈む場所。
一九四　瀾一瀾に乗りて　大波がまた一つの大波に乗って。
一九六　黝変　青黒く変化すること。
舗陳　敷き並べること。
一九八　流汗淋漓　全身に汗があふれ、流れ落ちるさま。
二〇二　朔望の潮　朔望潮。大潮のこと。新月、または満月の一、二日後に起こる。
二〇四　蹶躓　つまずき倒れること。転じて、しくじること、失敗すること。
二〇六　邪曲欹側　邪曲は、心がひねくれていること。欹側は偏っていること。
潮信　潮の満ち干（ひ）の時刻。
二〇七　川中島四郡　近世初期、北信濃四郡を領有した藩の俗称。更級、埴科、水内、高井の四郡。
小牧山の追目　小牧・長久手の戦いをさす。一五八四年三月から十一月、羽柴秀吉と織田信雄・徳川家康の間で行われた戦い。

三二〇 孟子のいわゆる浩然の気の説 『孟子』「公孫丑（こうそんちゅう）上」の「我善く吾が浩然の気を養う」。浩然の気は、天地にみなぎっている、万物の生命力や活力の源となる気。

三二三 巣林子 近松門左衛門の別号。

三二五 捕影の術 写真技術。

三二六 耶蘇教徒のリバイバル キリスト教徒の、信仰の原点に立ち返ろうとする運動。

三三〇 繾綣 人情のあついこと、こまやかなこと。

纏綿 情緒が深く、離れがたいこと。

憐香惜玉 女性をとても大切に愛でること。

偎紅倚翠 花柳街の事情に通じていること。また、遊女になじみ親しむこと。

三三一 出幽遷喬 ここでは、田舎から出て、立身出世すること。

嘯傲 自由に遊び、たのしむこと。

簪纓 かんざしと冠の紐。転じて、高位高官。

桀黠の士 悪賢く、荒々しい人。

三三六 南船北馬日も足らず 各地を絶えず旅をして、日数も足らないこと。

膳夫厨に候する 料理人が厨房に仕える。

尫弱 弱々しいこと。

三三八 菽科植物 豆科植物。

三三九 狐の首丘の談 『礼記』「檀弓上」の「狐死して丘に首す」。狐は、生まれ育った丘に頭を向けて死ぬということから、故郷を忘れないことのたとえ。

胡馬越鳥の喩　『文選』「古詩十九首」の「胡馬は北風に依り、越鳥は南枝に巣ふ」。北方の胡の国から来た馬は北風が吹くと故郷を慕っていななき、南方の越の国から北国へ渡った鳥は南側の枝に巣を作るという意から、故郷を忘れがたいことのたとえ。

三三四　盈虚　充実と空虚。

劫初　この世の初め。

三三六　磽瘠の地　石が多く地味のやせた土地。

幺虫　小さな虫。

偏孤　父母のどちらか一方を失った子。

三四一　籠められたる猿の六つの窓に忙しげなる　六窓一猿のたとえをふまえた表現。

三四四　流動滾沸　移り変わり、沸き立つこと。

三四七　乃公　男子の自称。男性が目下の人に対して、あるいは尊大に、自分をさしていう。

三四八　揺錘的運動　秤の重りが定まらずに揺れ動くこと、と考えられる。

三四九　江心　川のまんなか。

三五〇　阿那律失明の談　阿那律は釈迦の十大弟子の一人。失明と引き換えに天眼を得たという。

三五六　霣落　落ちること。

リンナウス　カール・フォン・リンネ（一七〇七〜七八）。スウェーデンの博物学者、生物学者、植物学者。

三五七　玄機　奥深い道理。

三五九　逓減逓増　次第に減り、次第に増えること。

三六〇　三冬　冬の三か月。孟冬・仲冬・季冬（陰暦十・十一・十二月）の総称。

虫豸　虫けら。虫。

三六四　孳息　生まれ増えること。

三六五　棘刺刻猴の浅論　『韓非子』「外儲説左上」三十二篇の「能く棘刺（きょくし）の端を以て母猴（ぼこう）を為（つく）る」など。荒唐無稽な説。

沐猴　猿の類。

発遣（ドライヴン）　driven。差し向けて行かせること。

三六六　力不滅論　物理学の保存則の一つ、エネルギー保存（不滅）の法則をさすと考えられる。エネルギーが、移動したり形態が変化しても、総量は変わらないという法則。

三六七　彗孛　彗星のこと。

否宥克立（ノンユークリット）幾何学　ユークリッド幾何学の平行線公理を、他の公理を用いて展開した幾何学。

籠罩　かごの中に入れたように覆い、閉じ込めること。

三六八　生住壊空　仏語「成住壊空」を援用、または誤認した表現と考えられる。世界が出現、生成し、消滅して空無に帰するまでの期間を四つに分けたもの。成劫、住劫、壊劫、空劫の四劫。

三六九　天降鉄　隕鉄。隕石のうち、鉄・ニッケル合金を主体とするもの。

三七〇　荳科植物　マメ科植物の一種。

三七一　天下を通じて一気のみとは南華経の言　南華経は『南華真経』で、『荘子』のこと。「知北遊篇」の一節。

三七二　蘭気新酌に添い、花香別衣を染む　王勃（中国、初唐の詩人で、初唐四傑の一人）の「九日懐封元寂詩」の一節。

荷香晩夏に銷し、菊気新秋に入る　駱賓王（中国、初唐の詩人で、初唐四傑の一人）の「晩泊江鎮」の一節。
鬱邑　香草の一つ。
蟒気　蟒はうわばみ、大蛇。その気。

三六　甑上の気　甑は穀類を蒸す道具。本文にあるように、ここでは湯気のこと。

三七　望気の術　雲気を見て吉凶を判断する術。
李光弼の九天察気訣　李光弼（七〇八～七六四）は、唐代の部将。『九天察気訣』は不詳。

三八　戦記野乗　戦記は、戦争や戦闘を記録したもの。野乗は、民間で編集した歴史書。
『天工開物』　中国、明代末の産業技術書。全三巻。宋応星著。一六三七年に完成。

佐藤氏の『山相秘録』　佐藤信景述・佐藤信淵校『山相秘録』（一八二七年成）。上下二巻。鉱山に関する技術書。

三九　氤氳　生気・活力が盛んなさま。

四〇　雋異の士　特別に才知が優れた人。

四一　柱に膠して音を求むる　『史記』「廉頗藺相如（れんぱりんしょうじょ）伝」の「柱に膠して瑟を鼓す」をふまえる。琴柱を膠で動かないようにして瑟を弾くという条から、状況の変化に対応できないことのたとえ。

四二　萎頓困敝　萎頓は、力が抜けること。困敝は、苦しみ疲れること。

四三　道家の胎息内息　胎息は、道教の独自の呼吸法の一つで、不老長生を得たという。内息も呼吸法の一種、と考えられる。
仏者の調息数息の道　ともに座禅の坐法。調息は、端座して呼吸を正しく整えること。数息は、数息観。出入の息を数えて、心の散乱を停止する観法。

二九七 牴牾　食い違うこと。矛盾すること。

二九八 智光の古談　智光（生没年未詳）は、奈良時代の僧。学僧として知られ、多くの著述がある。同門の頼光が、死後に浄土に往生する夢をみて、後に「智光曼荼羅」とよばれる浄土の場面を描かせたという。

三〇一 フレノロジスト　骨相学。頭骨の形状から、人の性格や心的特性を推定できるという考え。

三〇三 葷羶　ネギ、ニラなどのにおいの強い野菜と、なまぐさい肉。

魯文の『安愚楽鍋』時代　仮名垣魯文『安愚楽鍋』（一八七一〜七二年刊）は、文明開化期の世相を牛鍋屋に集まる庶民の会話を通して描いている。その時代をさす。

三〇六 掊搏　手で叩く、殴ること。

忤逆　背くこと。逆らうこと。

掩蔽　覆い隠すこと。

三〇七 浄濾　浄は、清めること。濾は、布などで濾過すること。

三〇八 王陽明　一四七二〜一五二八。中国、明代の思想家。知行合一説・致良知説を唱えて一派をなした。その学派は、王学・陽明学と呼ばれる。

「学はこれを〜者をや」王陽明の言や手紙を門人が筆録した『伝習録』巻中の一節。以下の本文にも『伝習録』からの引用が散見するが、省略する。

三〇九 因循苟且　ぐずぐずとして、いい加減な行動をとること。

三一〇 晏起　朝遅く起きること。朝寝。

三一一 軽忽慢易　軽忽は、軽はずみなこと。慢易は、怠けていいかげんなこと。

醇　まじりけのないこと。純粋であること。
三四　提撕　奮い起こすこと。
三五　尫弱無恥　尫弱は、弱々しいこと。無恥は、恥を恥と思わないこと。
三六　桎梏し箝制せんとする　桎梏は、自由を拘束すること。箝制は、自由を奪うこと。
貪婪驕傲　貪婪は、ひどく欲が深いこと。驕傲は、おごりたかぶること。
吝嗇譎猾　吝嗇は、物惜しみをすること。譎猾は、悪賢くてずるいこと。
三七　逆旅の客　李白「春夜宴桃李園序」の「夫れ天地は万物の逆旅にして、光陰は百代の過客なり」。はかなく移ろいやすいこの世の旅人。
王莽曹操、漢室を奪う　王莽（前四五～後二三）は、前漢から政権を奪い新を樹立した。曹操（一五五～二二〇）は、三国魏の創設者。後漢から実権を奪い、魏王朝の礎を築いた。
牖戸　窓と戸。
三八　母牛舐犢の心　母牛が、仔牛を溺愛する心。
三九　萎靡凍餒　萎靡は、しおれて衰えること。凍餒は、凍え飢えること。
提撕省察　提撕は、後進を教え導くこと。省察は、自ら省みて、その善し悪しを考えること。
懲芟擯斥　懲芟は、よくないものを懲らしめること。擯斥は、しりぞけること。
四一　盤古　中国の古代神話に登場する神の名。この世界を創造した造物主とされる。
四二　狙獷　粗い、粗野。

（作成　門脇　大）

解説　努力論について

明治四十五（一九一二）年七月、ひとつの時代が終わろうとする頃、深緑色のハードカバーが出版されました。背には金文字で「努力論」とあります。著者は、幸田露伴《こうだろはん》（一八六七～一九四七）。明治二十年代、近代文学史上、尾崎紅葉《おざきこうよう》（一八六八～一九〇三）と並んで「紅露時代」を築いた作家の著作で、発売と同時に大ベストセラーになりました。

『努力論』と言いながら、ひと言で言えば、「努力はしてはいけない」ということを論じた啓発書なのです。「努力」はいけない、努力をしないで努力をすると、努力をした以上の仕事ができると、露伴は言います。

それと同時に、露伴は、本書で、明治維新以来スローガンとされた「富国強兵」「独立独歩」の「努力」を、ちょっと鼻で笑いながら、「そんな努力は、人を不幸にしかねないよ。もっと違った努力があるでしょう」とチクリと提言しているのです。

明治天皇の愛読書

江戸時代、会津藩《あいづ》では「ならぬことは、ならぬ」と教えられたといいます。

さて、この言葉が会津で言われていた頃、イギリスでは、サミュエル・スマイルズ（一八一二〜一九〇四）が「天は自ら助くる者を助く」という言葉で始まる有名な『自助論（原タイトル Self-Help）』というのを著していました。出版されたのは一八五八年です。古今ヨーロッパ中の偉人三百人以上の成功談を集めて、いかに個々の努力が近代的社会を創って来たかということを論じたものです。

旧幕府軍と新政府軍が上野の山で戦っている時に、福澤諭吉《ふくざわゆきち》が読んでいたという本としても知られますし、福澤の『学問ノス、メ』の種本だとも言われています。

「ならぬことは、ならぬ」という教えは、自らを制し体制を維持するという点においては非常に大切なものでしょう。しかし、「天は自ら助くる者を助く」と説く『自助論』は、自分の可能性をどこまでも引き出すという教えで、これこそが、明治維新後の日本という近代国家建設の精神を後押ししたものだったのです。

『自助論』は、明治四（一八七一）年に、中村正直《なかむらまさなお》（一八三二〜九一）によって『西国立志編』と題して我が国に紹介されました。

冒頭には、次のように書かれています。

天は自ら助くるものを助くと云へる諺は確然経験《しかとためしこころみ》したる格言なり。僅に一句の中に歴《あまね》く人事成敗の実験《ためし》を包蔵《こめふある》せり。自ら助くと云ことは能く自主自立して他人の力に倚《よら》ざることなり。自ら助くるの精神《たましい》は、凡そ人たるものの才智の由て生ずるところの根原なり。推《おし》てこれを言へば、自助くる人民多ければ、その邦国、必ず元気充実し、精神強盛なることなり。

江戸時代も勧善懲悪を説く自己啓発書は多く出版されていましたが、本書は、ヨーロッパの近代科学の「分析」と「再構成」という科学的方法に基づいて生まれた自己啓発本の先駆となったものです。はたして、こうした考え方こそが、イギリスに産業革命を起こし、株式会社という新しい経済活動を行うことによって、社会変革を促す一書となったものだったのです。

ところで、嘉永《かえい》五（一八五二）年に生まれた明治天皇は、維新の時に十六歳になっていました。もっとも多感な年頃だったと言ってもいいでしょう。そして、中村正直によって『西国立志編』が出版された年にちょうど十九歳を迎えています。

『明治天皇紀』（宮内省臨時帝室編修局編修）によれば、明治四（一八七一）年八月に明治天皇の御学問日課が決められていますが、それには次のように記されています。

一の日御休日　二の日国史纂論　三の日西国立志編とお歌会　四の日国史纂論
五の日西国立志編　六の日御休日　七の日国史纂論　八の日西国立志編　九の日

国史纂論　十の日西国立志編
尚休日のほか毎日ドイツ語被為候事

なんと、これによれば、ひと月におよそ十二回に及んで、天皇は『西国立志編』を読んでいたのです。

また、天皇は、明治十五（一八八二）年、侍講の元田永孚《もとだながざね》に勅命を下して『幼学綱要』という本を編纂《へんさん》させています。これは、「孝行、忠節、和順、友愛、信義、勤学」など儒教の徳目を掲げ、四書五経や日本、中国の故事を引いて、子供の修身教育の教科書のために編纂されたものです。

これが、明治二十三（一八九〇）年に渙発《かんぱつ》された教育勅語のもとになったとされますが、『西国立志編』が西洋の偉人の説などを引いて自己啓発を教えているのに対し、『幼学綱要』は、東アジア的価値観によって立志を目指すものだったのです。

江戸時代の道学書がだんだんと消えて行く時代に、それに代わる自己啓発書が現れたこと、しかもそれが国家元首とされた明治天皇の勅命によって編纂されたことは非常に興味深いのではないかと思います。

我が国は、この頃、「ならぬことは、ならぬ」という自制ではなく、自らを自発的に啓蒙することが必要な時代になっていたのでした。

『西国立志編』が天皇の愛読書のひとつであったことは、当時の青年に大きな影響を与えたことは言うまでもありません。

平川祐弘《ひらかわすけひろ》は『天ハ自ラ助クルモノヲ助ク　中村正直と『西国立志編』』（名古屋大学出版会）で次のように記しています。

『西国立志編』の冒頭は、その高らかな口調によって、明治の青年に訴えた。この一節を声に出して読むがよい。朗々と唱するうちに身内から力が湧いてくるではないか。漢文教育を授かった人には、このような漢文訓読体を思わせるめりはりのある文体が、爽快に響いたのである。

リズムのいい文章の音読は、読んで心地よく、また内容も脳内に深く残るといわれます。『西国立志編』こそ、明治を支えた精神そのものだったのです。

露伴が目指した境地

さて、幸田露伴の文学は、尾崎紅葉の「写実主義」に対して「理想主義」という言葉で括《くく》られることが多いのですが、これは、他の言葉で言えば「反近代」とも言われ、また近代文学研究者・三好行雄《みよしゆきお》によれば「文明開化にはじまる近代化に対して同調しなかった、あるいは批判的だった作家、ないし文学」とも言われます。

露伴は、家族全員が、我が国のキリスト教、プロテスタントの移植と普及に大きな役割を果たした植村正久《うえむらまさひさ》（一八五八～一九二五）によって法華宗からの改宗をしたのに対して、唯独り、それを頑として受け付けなかったという人でもありました。

それでは、露伴が目指した世界は、どういったものだったのでしょうか。

それは、娘の幸田文《あや》（一九〇四～九〇）の言葉に見ることができます。

幸田文、明治から昭和前期の大文豪、幸田露伴の娘のことを、寡聞ながら、筆者は、悪く言った人を知りません。上品で、物怖《お》じせず、誇らず、襟元がいつもピシッとしている。

その実、『幸田文全集』（岩波書店）をひもとけば、人生の深さを湛《たた》えて人情の機微は細やかに、読んでいるうちに自然背筋を伸ばし、きちんと生きていきたいという思いが溢《あふ》れています。

文は、六歳の時に母を亡くしました。父、露伴は四十二歳。すでに著名な小説家で、家事を手伝ってくれる女性を雇いますが、長続きしません。露伴の心配は、家事よりも、娘の文を母親無しでどのように教育するかということでした。

「茶の湯活け花の稽古にややらない代り、薪割り・米とぎ、何でもおれが教へてやる」（「このよがくもん」『こんなこと』所収）と、露伴は文に語ったと言います。

そして、文もこう記しています。

「掃いたり拭いたりのしかたを私は父から習つた。掃除ばかりではない、女親から教へられる筈であらうことは大概みんな父から習つてゐる。（中略）おしろいのつけかたも豆腐の切りかたも障子の張りかたも借金の挨拶も恋の出入も、みんな父が世話をやいてくれた」（「あとみよそわか」『こんなこと』所収）

しかし、それにしても彼女は父から何を習ったのでしょうか。

「父に学んだ旅の真価」という文章があります。

「晴天風雨、ゆき霜のみなおもしろを教えてもらったのもこの時である」

彼女は、全天候さえ楽しみとする方法を露伴から習っているのでした。

文が二十一、二歳の時の話です。露伴は最愛の息子を三ヶ月前に亡くし、その哀しみを祓《はら》うために旅に出たのでした。大正十五（一九二六）年のことです。

「いま私が用事の旅の途上で吹き降りにあっても、横なぐりの風に吹かれても、かえってその風景をおもしろがってあまり愚痴をいわないのはおかげである。損得でいうもおかしいが、これはたしかにおとくである。旅があかるくなることたしかである」

文はこの文章を「まことに、旅はわが心のあり方を問うもの、である」と括っていますが、「旅」を「人生」に置き換えることもできるでしょう。

露伴の教えは、まさにここにあるのです。

たとえば、「些細なやうで重大な事」（『露伴全集　別巻下』）で、露伴は「例へば、我が帽子、我が衣服の如きは我物であるから、如何《どう》扱つてもよいやうなものであるが、これを正当に扱ふには、やはり心の持ち方の良否《よしあし》があつて、其処に違つた結果を生じる」と言います。「然らば如何にして、物に接すべきか。／それには、その物を愛する、この心がけが最も重要なものであつて、これは仁である。／その物を理解し、正しく取り扱ふ、これは次に大切な心がけであつて、これは義である。物に接するにも仁義が第一である。」

「仁」とか「義」を言うのは、古い言い方でしょう。我々現代人からすれば、もはやこうした言葉は通じないかもしれません。しかし、はたして、他にこれに代わる言葉があるのでしょうか。

『論語』に、こんな言葉があります。「黙してこれを識し、学んで厭はず、人を誨へて倦まず〈自分で考え学んだことを心に刻み、広く学んで飽きることがない。自分に得たことを人に教えて倦むことをしらない〉」（述而第七）

露伴の努力とは、おそらくこうしたものだったに違いありません。

露伴の「努力」とは何か

「黙してこれを識し、学んで厭はず、人を誨へて倦まず」を理想とするとは言え、理想と現実は異なります。どうしても、そこには、精神の根底に潜む「哲学」がなくてはなりません。その哲学を、露伴はどこに求めたのでしょうか。

幸田家は、江戸時代、将軍家の茶坊主を務めた家でした。茶坊主とは来客の給仕、接待をするための職です。あるいは、こうした家の伝統によって、「生活を楽しむ」ということを自然に身に付けたのかもしれません。露伴の母親は、息子の露伴や孫の文にも、紙一枚でさえも決して無駄にしてはいけないということや、あるものを最大限に活用することを教えています。

しかし、大事にする、最大限に活用するというのは、決して「もの」に限ったことではありません。人間関係においても、有機的な豊かな関係を築くことができれば、人生をより楽しむことができるのではないでしょうか。

それが露伴の『努力論』に書かれている「惜福・分福・植福」の考え方なのです。

「惜福」とは、自分が持っている才能やお金などを正当に使って、無駄にしないこと。「分福」とは「幸福」を独り占めにするのではなく、人と分け合うこと。そして「植福」とは自分の力や情愛、知識などを社会に貢献できるようにすること。

「努力」と聞くと、一生懸命に頑張って何かを成し遂げることのように思われますが、露伴の言う「努力」はそんなものではありません。

他人を存分に楽しませ、自分も大いに楽しむための「力」であって、「人生を努《つと》める」ということです。

じつは、漢字の「努」は、もともと「粘り強い女性」という意味をもっています。この「力」は、「必要な時に一生懸命頑張って力を入れる」というより、むしろ、「長時間掛けることの粘り強さ」というのがもともとの意味なのです。

時代は目まぐるしく変わっても、ひとの本質は変わりません。露伴の『努力論』には、「粘り強さ」の本質とは何か――本来の姿、不変の性質が記されているのではないかと思うのです。

たとえば、「努力の堆積」という章（本書八四頁）に、「努力」と「好んでなすこと」の違いということが書かれています。

> 努力は厭な事をも忍んでなし、苦しい思いにも堪えて、しかして労に服し事に当たるという意味である。が、嗜好《しこう》という場合には、苦しい事も打ち忘れ、厭うという感情も全くなくて、すなわち意志と感情とが平行線的、もしくは同一線的に働いている場合をいうのである。

というふたつの違いを記して後、露伴は次のように書いています。

そこで、世界の文明は、努力から生じている歟《か》、好んでこれをなす処から生じている歟といえば……」として、「好んでなす場合にも、努力が伴わぬ時はその進行は廃絶せざるを得ない。しからずとするもその結果の偉大を期する事は出来ない。

好きなことをやっていければいいと思うのは人の常でしょう。でも、それだけでは、結局、事業を成し遂げることはできないというのです。

それでは、どのような考えをすればいいのか。

「正」「大」「精」「深」という四つの目標を持つべきだと露伴は言います。

「正」とは、自分を正しい道に進ませようとすること。

「大」とは、「自ら小にして得たり」、つまり「小さな自分でいることで満足する」ことがないようにすること。

「精」とは、「大ザッパでゾンザイである」ことを斥《しりぞ》け、精密であろうと思うこと。

「深」とは、井戸を掘るのに、深く掘ることがなければ水を得ることができないように、学びにも深さがなければ、その功績を得ることができないと知ること。

つねに、この四つのことを考えて人生を歩めば、努力は、喜びとなって帰ってくると言うのです。

何とも迂遠《うえん》な、理想を説く「努力論」であるかと思いますが、しかし、毎日、少しずつ、本書を声に出して読んでいると、驚くことに、露伴先生が目の前にいて、「努力をせよ、努力をしないで、努力に変えよ」という声が聞こえてくるような気がするのです。

中村正直の『西国立志編』と合わせて、音読をしてみて下さい。明治の「気」を感じることができるでしょう。

本書の底本には東亞堂書房から出版された明治四十五（一九一二）年刊の初版を用い、誤字及び振り仮名は、適宜、岩波書店刊『露伴全集』（一九七八〜八〇年刊）によって補いました。岩波文庫本にも本書は収められていますが、岩波文庫本には本書初版の附録として載せられる「立志に関する王陽明の教訓」がありません。この附録も露伴の思想を知るには非常に重要な論考だと思います。熟読玩味《がんみ》して頂ければと思います。

なお、本書には、現代では不適当と思われる表現が少なからず使われています。原作の歴史性を鑑《かんが》み、原文通りにしてあることをお断りする次第です。

令和元年五月吉日　　董雨白水堂にて　山口謠司　拝

（文献学者）

一、本書は、明治四十五年に東亜堂書房より刊行された『努力論』を底本とし、明らかな誤りと思われる箇所については、岩波書店刊『露伴全集』を校合のうえ適宜修正した。
一、原文の旧仮名遣いは現代仮名遣いに、旧字体は新字体に改めた。
一、漢字表記のうち、代名詞、副詞、接続詞、助詞、助動詞などの多くは、読みやすさを考慮して平仮名に改めた。
一、送り仮名が過不足の字句については適宜正した。
一、底本記載のものに加え、難読と思われる語には、改めて振り仮名を付し直した。また書名、雑誌名には『』を付した。

本文中には、「盲判」「耳聾」「吃」「穢多」「エスキモー人」、さらには特定地域の民族を「蠢たる民」「蛮民」と蔑称するなど、今日の人権意識や歴史認識に照らして不当・不適切な表現があります。

「穢多」は徳川幕藩体制下で確立した封建的身分制度により、身分・職業・居住を強制・固定化された人々に対する蔑称のひとつです。近代社会においても、当該蔑称に根差した差別により、多くの人々やその家族が人間の尊厳や市民的権利を不当に侵害され続けてきた歴史に、編集部として深い遺憾の意を表するものです。

本書には「穢多」の記述がありますが、著者（故人）が執筆した当時、そうした表現の不当性が正しく認識されていたとは言い難く、むしろ扱っている題材の時代的状況およびその状況における著者の記述を正しく理解するためにも、底本のままとしました。

努力論《どりょくろん》

幸田露伴《こうだろはん》

令和元年 7月25日　初版発行
令和7年 5月10日　5版発行

発行者●山下直久

発行●株式会社KADOKAWA
〒102-8177　東京都千代田区富士見2-13-3
電話　0570-002-301（ナビダイヤル）

角川文庫 21734

印刷所●株式会社KADOKAWA
製本所●株式会社KADOKAWA

表紙画●和田三造

Printed in Japan
ISBN 978-4-04-400452-1　C0195

角川文庫発刊に際して

角川源義

第二次世界大戦の敗北は、軍事力の敗北であった以上に、私たちの若い文化力の敗退であった。私たちの文化が戦争に対して如何に無力であり、単なるあだ花に過ぎなかったかを、私たちは身を以て体験し痛感した。西洋近代文化の摂取にとって、明治以後八十年の歳月は決して短かすぎたとは言えない。にもかかわらず、近代文化の伝統を確立し、自由な批判と柔軟な良識に富む文化層として自らを形成することに私たちは失敗して来た。そしてこれは、各層への文化の普及滲透を任務とする出版人の責任でもあった。

一九四五年以来、私たちは再び振出しに戻り、第一歩から踏み出すことを余儀なくされた。これは大きな不幸ではあるが、反面、これまでの混沌・未熟・歪曲の中にあった我が国の文化に秩序と確たる基礎を齎らすためには絶好の機会でもある。角川書店は、このような祖国の文化的危機にあたり、微力をも顧みず再建の礎石たるべき抱負と決意とをもって出発したが、ここに創立以来の念願を果すべく角川文庫を発刊する。これまで刊行されたあらゆる全集叢書文庫類の長所と短所とを検討し、古今東西の不朽の典籍を、良心的編集のもとに、廉価に、そして書架にふさわしい美本として、多くのひとびとに提供しようとする。しかし私たちは徒らに百科全書的な知識のジレッタントを作ることを目的とせず、あくまで祖国の文化に秩序と再建への道を示し、この文庫を角川書店の栄ある事業として、今後永久に継続発展せしめ、学芸と教養との殿堂として大成せんことを期したい。多くの読書子の愛情ある忠言と支持とによって、この希望と抱負とを完遂せしめられんことを願う。

一九四九年五月三日